LE PAIN D'AMERTUME

DU MÊME AUTEUR

La Solitude du héros (1978)
(réédition en Poche Suisse, 1998)

Le Cœur hanté (1986)

Une fenêtre sous la lune (1994)

Les petites heures pensives (1998)

FRANCIS ZELLER

LE PAIN D'AMERTUME

L'AGE D'HOMME

Collection *Contemporains*

Publié avec l'aide de l'Office de la culture du canton de Berne,
du Service des affaires culturelles de la ville de Bienne
et de la municipalité de Courtelary

Et soudain, il y eut cette éclaircie au milieu de la matinée, lorsque la pluie cessa, et que tout l'espace du nord et du septentrion fut repu d'émerveillement, comme en un rêve tranquille, et que cette faveur vint à l'esprit au fil de l'heure, dans un apaisement et une grande richesse d'émotions.

Alors, le ciel fut blanc et bleu, d'une teinte de pureté excédentaire et le sentiment naquit, lui qui étincela, gardant l'espace d'une sainteté éphémère et rude. Il regarda la montagne par delà la terrasse, et puis, sous le ciel, il vit l'instant garder de brumes innocentes, les derniers effets de la pluie, comme si, à l'attention gardée, cueillie, il pensa que le temps allait se remettre, après les averses du petit matin.

Il regardait la montagne s'étalant au nord, et c'était toujours pour lui une sensation poétique et forte que de la revoir, la regarder, maintenant qu'elle s'offrait au maintien d'une quiétude heureuse, pareille à l'entendement, à un amoncellement de fleurs, d'iris printaniers, de saveurs douces et fières, sous l'ossature du ciel évasé par le dessus.

Maintenant, il n'y aurait plus de nouvelles importantes à attendre, plus d'instants rédempteurs, le printemps était venu et, avec lui, l'amoncellement considérable des premières floraisons. On aurait dit que le temps était échu, fourvoyé, à cette heure de la journée qui était limpide et soyeuse, qui somnolait en de vastes évasements, sous le silence miraculé, le silence ordonné de la même sorte qu'une gloire étincelante, à ses moments survenus, à l'instant des quiétudes retrouvées. Le silence rassasié, ordonné de prêtrise certaine; et ce silence, c'est la même chose dans la tribu africaine que dans la froideur du grand Nord, un geste de femme et une écoute radieuse. A ce moment vécu, on dirait une sorte de salut. Sous les chaleurs exténuantes ou sous l'altitude arctique. Il y a le ciel profond, et c'est là que dorment les choses existentielles et les anges blancs; et peut-être saura-t-on un jour celui qui rêve dans un genre de délivrance qui est, à la fois, appel et crainte, qui sera sotte, sottement imaginée, après l'heure, pareille à une jeune fille de la ville de Berne.

Il regarde au loin, la montagne énigmatique, et sous son abaissement, la petite gloire de la ville, les quartiers étagés, le lent renversement des rues qu'on ne voit pas très bien, qu'on devinait; les rues qui sont une énigme géographique, et c'était un amusement, un délassement particulier et bienvenu que de chercher leur trace, à la grandiloquence architecturale des lampadaires publics qui les accompagnent.

Parfois, une petite jouissance, l'énormité d'un sentiment, un présent, un présent – et puis l'amoncellement pouilleux des maisons de la vieille ville – et c'était émouvant que cette élaboration des hommes, leurs tentatives de vivre mieux, leur fierté et tout ce qu'il y a d'onirique dans les entreprises humaines, leurs certitudes et leurs manquements au devoir qu'ils ont inventé pour les autres, le doute et le courage, oui, une jouissance après l'effort de la compréhension.

Dans cet univers qu'il vit, là où il continue sa vie, le paysage est fait d'arbres et de lampadaires, leur haute veille la nuit autour de leurs éclatements sanguins où s'endorment les légendes et les songes; puis, une maison, deux maisons, dix maisons surgissent, des centaines de maisons, et aucune pour lui appartenir – il dit que ne rien posséder est la plus grande fatalité du monde, mais il dit aussi que de ne rien avoir est la plus belle des vertus – des maisons altières et audacieuses et de petites bicoques ridicules, de couleurs claires et jaunes, le blanc dominant toutefois, le blanc des façades et le vert de la nature, le blanc et le vert, puis le bleu, une ample ration de ciel qui devenait blanche sous le soir.

Alors, il y eut un léger avancement de l'heure, il surgit un doute et le temps hésita, ainsi qu'une méditation de lune froissée, dans le matin, et tout s'éclaira d'un soleil particulier, aventurier, à l'égal d'une sentence versée, dans le même état des choses recueillies et passagères, comme en une part prise à la gloire du monde.

Il y aura un temps, un temps viendra où les hommes reconnaîtront leur bêtise, mais ce sera long, les gens d'ici et de là-bas, d'une haute lunaison, et sous les averses nacrées, s'avertiront enfin de leur éternelle tentation de la médiocrité. Il regarde au loin, et l'air est encore épris de la bonne fraîcheur matinale; il regarde, parcourant le paysage, lisant le paysage, son plaisir journellement reconstitué – c'est la vie, il n'y a rien d'extraordinaire, il n'y a que ça, ce sont ses racines, son univers mental et sa petite identité qu'il retrouve là, tout autour – il regarde, comme si c'était ici qu'il devrait y avoir lieu une grande révélation, et il attend, enfin quelque chose de solide, d'épuré, de puissant, d'une grande maîtrise de la vérité. L'ami viendrait, annoncé, dans l'après-midi, pour discuter et boire un verre de vin rouge, alors que tout serait étincelant et mû d'une mémoire scintillante.

L'ami sera là vers les trois heures, pour dire le monde et partager les grandes déceptions des hommes; l'ami d'enfance, l'ami précieux et embêtant, le plus juste de ton et de langage, l'ami comme un frère, mieux qu'un frère, l'ami de compréhension et de respect au-delà de toute chose, de toute idée, l'ami qui donne son éloignement à la montagne, l'ami aussi vrai que le dos rond de la lune à son sommet, et dans la solitude écartelée du monde, comme un grand soulagement au cœur, l'ami éprouvé au feu des tristesses et des joies. Il y a cette sauvegarde de la vie, du temps béni, d'une oisiveté et d'un labeur amoncelés.

Il était pourtant né, lui, d'une misère telle qu'elle était elle – même indigente; et maintenant qu'il possède quelque chose qui lui dit de vivre sans le souci fatal, il tente de vivre mais à peine a-t-on de quoi vivre que l'on croit déjà que le monde nous appartient, et c'est ridicule comme un premier quartier de lune. Est-ce une impression, ou l'âge plutôt, il ne peut le savoir, mais il a oublié sa rancœur d'enfance et il s'est fait complice des réalités, mais il ne prendra et il ne donnera plus rien.

Il se repose un peu, aux heures matinales, d'une nuit inféconde et troublée de cauchemar – c'est son lot habituel, il dort mal – et l'effort de ne rien faire, le corps articulé et désarticulé, le livre à la soumission d'un esprit chagrin. Et pourtant, avec l'heure qui avance, il reprend vie et goût du sel. Aura-t-il toujours son esprit emporté par des rêves impossibles, qu'il ne sait tenir en réserve pour des nuits plus belles, pour se justifier enfin, par un étourdissement de l'esprit.

Il regarde, il regarde le monde et la nature précaire du monde, son désœuvrement dans la ville, là où rien n'est jamais définitif, là où les choses s'attachent et se détachent – il regarde le monde vivre, la vie aller, son sort se reprendre et s'aliéner, le sort qui échappe toujours à l'intelligence – par cette impression curieuse que donnent les images, la révélation d'exister et celle de ne pas exister, dans la semblance d'un miroir, dont on ignore l'effet et la cause, dont on ne devine pas le sens précis; pareillement à une vêture mentale dans une sempiternelle interrogation sans récompense.

Il dévisage, il croit dévisager, et ses sentiments le trompent autant que son regard échoue, il n'y a pas de révélations définitives, il n'y a pas une image qui ne se soit regardée déjà dans une sorte de miroir déformant – et aller chercher des songes beaux comme des cartes postales – et s'en repaître, en faire son pain quotidien, pour pouvoir enfin savourer l'humeur des jours et le sel de la terre.

Il y a cette ligne bleue maintenant, qui dessine l'horizon, haute vers le nord, d'une audace fatigante, éprouvante comme l'ascension vers un calvaire, quand on allait la gravir en l'enfance, la faim au ventre et la soif aux lèvres – et aller chercher des impressions belles comme le renoncement, et qu'on garderait par devers soi, tout au fond des yeux – des images innocentes et braves, qui feraient le souvenir fertile comme l'humus, dans un accomplissement d'avec la nature – mais il ne fallait pas se perdre, la montagne est haute, aussi haute qu'un ciel promis. Puis, plus tard, au premier âge adulte parvenu, il raconterait sa peine originaire à une femme dont l'enlacement précoce lui serait la première révélation de la vie, et, en elle oubliant un peu sa grande férocité, il lui demanderait de l'épouser et elle, elle rirait d'un rire éclatant comme la fleur du coquelicot.

Si une femme venait, il y aurait son parfum tout autour, et de la dentelle sur ses genoux, puis aussi le don de son regard et de sa cuisse altière; et il glanerait les impressions, les sentiments éclos et une jouissance extrême lui viendrait – peut-être une étreinte comme une rédemption – et cela vaudrait toutes les louanges du monde. Si une femme venait – les femmes sont consolatrices de tout, elles sont d'un événement qui fait oublier tous les autres événements – il y aurait de la saveur sur ses lèvres, une saveur de menthe et d'anis, une saveur bonne comme un crépuscule à l'inspiration éveillée, dans l'accomplissement du rêve. Un crépuscule ou une aube, dans leur avancement, dans leur céleste imposture de beautés écarlates.

Voilà, il ira peut-être dans l'après-midi, se promener le long du canal, dans la compagnie braillarde de la faune aquatique, léger d'idées et d'émois, soucieux et interrogé, à la recherche d'un sens, miraculé de poésie; à la recherche d'un sens légendaire et rédempteur, dans la familiarité du paysage, des arbres et du chemin – à la promenade champêtre – il ira, si le cœur lui en dit, ainsi que chaque jour, croisant désagréablement l'étonnante complicité des chiens, la fidélité des chiens qui vont reniflant tout, les arbres comme les mollets des promeneurs; et qui parfois montrent leurs dents, en réserve de morsures, obéissant soudain à des femmes lourdes d'orgueils et d'excès alimentaires. Elles qui passent leur chemin avec des regards farouches lancés en semence de haine, la haine quotidienne sur leurs traits, comme si elles voulaient mordre, elles aussi.

Le long du canal, il y a des promenades colportant un peu d'agrément ouvert sur le monde où l'on doit réinventer les choses et se faire une vertu de la bêtise dont on doit s'édifier – il y a un peu d'espoir et un peu de désespoir – quelles sont ces odeurs qu'on y rencontre, qui rôdent alentour de l'eau sale – des odeurs de vieillissement de la nature, de l'aliénation irrévocable du monde, de la pourriture des siècles, du désagrément de ces odeurs, de l'ennui rencontré et qui gagne parfois, de la familiarité des cygnes guettant le pain – comme si l'on avait toujours du pain sur soi; qui sont insistants tels la mouette domestique, alentour du ciel et de l'eau. Et déjà les muscles se lassent, comme fatigués, comme meurtris, comme s'ils étaient épuisés, et une bande d'enfants arrivent, qui jouent de tout, de l'oiseau, de la présence du cygne et du canard. Et déjà, pris par la vie qu'on nous donne, toujours les mêmes gestes violents les uns pour les autres, qui miment un combat, qui miment la guerre, de telle sorte qu'ils sont pleins à craquer d'énergie, d'étourdissement, de rancunes déjà dans leurs cris et leurs injures, déjà hommes et pourtant enfants, à la limite d'un orgueil attendri et d'un orgueil fécond de forces dévastatrices, à l'envers déjà du respect.

Il ira, il ira une fois encore, et une autre fois toujours, se rassasier de poésie campagnarde, de la petite poésie des choses, considérant le monde et son alentour dans des sortes de désillusions oniriques. Une fois de plus aller, comme dans le conte d'une fatalité orgiaque d'aller, malgré le temps et l'âge qui élaborent leur moralité; et maintenant et bientôt se décourager, ne plus aller, se taire intérieurement, ne plus rien dire de définitif et définitivement se corrompre, tel un homme à la longue barbe qui ne demande plus ses chemins. Qui a peur des chiens et des enfants, sage déjà et ne servant à plus rien, le long du chemin de berge, dans l'accomplissement des heures furtives, dans le temps encore vivant et déjà presque défunt.

Il ne sait pas la vie qui vient, l'énigme de la vie qui passe, il ne saura jamais, maintenant il peut le dire sans se faire confondre, il n'apprendra jamais, pareil à tous les autres. Comme la plupart des hommes, fourvoyés sont-ils dans un devoir qu'ils ne comprennent pas. Parfois, une émotion, deux émotions, bienvenues et sincères; peut-être la beauté d'une femme ou un couchant réussi, des choses qui font un homme mieux que tout, toutes les sagesses et tous les déroulements ordinaires.

Mais ce n'est pas fait que de regrets, l'âge qui est le sien, ce début de la soixantaine qu'il vit, qui lui vaut une légère intrigue au cœur, sans véritablement le préoccuper, le bouleverser; non, ce n'est pas encore une fatalité, une crainte, c'est plutôt un début de sérénité – la première sagesse d'une réflexion apaisée – une sérénité parfois bafouée, mais une sérénité quand même, on a vécu ce qu'on a vécu, il n'y a pas à s'en mordre les doigts ni faire un inventaire, déjà. Il ira à la promenade sur les berges du canal, voir les petites choses amicales qui lui font un raisonnement, et qui sont pourtant essentielles à l'agrément, à l'équilibre de l'esprit – parfois encore, et parfois plus du tout – dans le sillage d'une ou l'autre révélation fastidieuse. Mais enfin, mais encore, il y a le temps qui passe, qui est là, qui est cachottier et muet, qui passe sans drames véritables, le temps qu'il faut honorer d'une présence vertueuse, comme s'il s'agissait d'une personne illustre.

Est-ce légende, est-ce profanation, il écrit, il se targue d'écrire, mais une fatalité de minoritaire le guette, mais dans un effort courageux, il persiste, malgré la bêtise universelle à laquelle il a part aussi. Il ose écrire parfois, sans dégoût et sans amertume, sérieusement et légèrement, dans une quête qu'il n'a jamais comprise, et pourquoi la comprendrait-il – il écrit depuis son jeune temps – une quête qu'on ne peut comprendre comme si c'était la part d'un domaine obscur. Il y a, sur sa table, ce cahier d'écolier dérisoire; c'est un long cheminement, il faut se méfier d'illusions et de bêtises, comme en toutes entreprises, le fait d'écrire comme le fait de se consoler. Et il est tout aussi vertueux d'élaborer que de se taire, dans l'instant tumultueux, et faire part de sa voix pour préférer l'ordre au désordre, l'ordre préféré à la morsure du désordre. Une situation peut-être désespérée. La haute ligne de la montagne, vers l'est et vers le nord, où parfois s'inscrit la poésie et la beauté. Il fera part des circonstances de la vie de son enfance, comme il en a le droit irrévocable, comme il croit en avoir le droit, cet homme d'un âge maintenant averti, d'un âge où l'on se pose avec sérieux les questions de la mémoire, celles de la vie et celles de la mort – cet âge à moitié fait de tranquillité et de soucis, et puisqu'il faut aborder les choses du tremblement du cœur, autant y mettre l'orgueil plutôt que l'hérésie.

Il faudra bien prendre le courage de lui dire l'état de son état, l'état des lieux et de la perception; s'en faire un droit irrémissible, donner l'alarme de la raison, transmettre une sensibilité, prendre un droit qui n'est inscrit nulle part, et pourtant croire, pareillement à la goutte d'eau qui va rejoindre la mer. Mais que le ciel bleu est émouvant au-dessus de la montagne, pareillement bleu qu'on le croirait avoir été constitué le matin même, avec ses langueurs virginales, ses aspects, son caractère de deuils et de joies à la fois, de telle beauté chaque jour revenue, insatiable de poésie et charme, en ce sens qu'on croirait voir l'été revenu, après les veilles de pluie et de chicaneries météorologiques.

Alors que quelqu'un joue de la flûte dans l'alentour de son promontoire, à une autre terrasse : oui, quelqu'un s'exerce à jouer de la flûte, et c'est aussi gai et salvateur que le chant d'un oiseau de haut ramage, c'est léger et violent, c'est un sentiment de gloire altière, telle la révélation d'un don ami et ennemi, en cet exercice de jubilation aussi précieuse à la vie que le pain et le vin. Il va, il va de la chaise à la terrasse, investir les lieux, s'investir dans l'espace, pour mieux écouter le joueur de flûte, lui aussi, réduisant à rien la petite tristesse du matin. Il y a des choses que l'on sait et des choses qu'on croit savoir. Il ne sait pas où commencent les perceptions et où s'arrêtent les intentions.

Il va, de la terrasse à la chaise, élaborant une idée qu'il perd de suite, comme une goutte de pluie que l'on ne peut retenir, comme le chant hautain du vent, dans le léger trouble médicamenteux qui est le sien; il va et il vient, puis il retourne, écoutant le joueur de flûte, l'artiste qui fait ses gammes, qui, de ses doigts, opère ses notes, et hardi et virtuose, clame dans le matin la beauté de la musique, et élève, édifie, console, donne des images radieuses et transmet l'agrément de sa mélodie si vive qu'elle ouvre un peu le secret de l'élaboration. Et il y a à prendre et à laisser, comme toujours dans toutes les entreprises humaines, comme le marteau et l'enclume, comme la hache du bûcheron, comme le laboureur poursuivi par la meute des corbeaux.

Alors, les idées deviennent légères et lourdes tout à la fois, dans un ravissement et une blessure, la lame et la peau, l'effort et la déconvenue; faut-il donc, à certains êtres, avoir sur cette terre l'enfer et le ciel, le haut et le bas, l'absolution et la damnation – mais il écoute d'une tendre oreille, le voisin artiste et mélomane; et la vie change un peu, les idées se font profondes et consolatrices telles la mer, à l'égale de la mer – toutefois, on n'y prend pas garde véritablement, on laisse le hasard s'introduire à l'esprit, et il n'y a plus de demeure vivable dans cet entrelacement.

Il passe des voitures sur l'avenue des bords de mer, infiniment de voitures, des amas de voitures, dans les villes atlantiques et méditerranéennes. Ils jettent des regards noirs et arrogants sur le bleu des eaux, le vent des émotions ésotériques; et ils s'affaissent, ils ne parlent qu'à demi- mot, excédés de soleils et de lunes – dans la convoitise des courtois et dans l'accaparement des voleurs – combattants sans vertus et sans grâces, sans mérite, tenus au possible et à l'impossible, comme s'ils voulaient conquérir le monde avec des lames assassines, et moralisateurs encore, donnent des conseils à de plus pauvres qu'eux, tuant l'esprit des choses pures telles la grâce et la consolation en d'autres redevances. Il y a le monde, l'exil vécu dans l'espérance et puis aussi, le passage des heures, sinon rien d'important, si ce n'est le hasard, l'effroyable hasard de la vie. Et puis aussi, il y a l'infinie tristesse des enfants, la terrible tristesse des enfants malades de soumission. Il y a ceux que Dieu relèvera et ceux que Dieu ne relèvera pas.

Le joueur de flûte donne concert à son auditoire chimérique composé du personnage principal et d'une vieille dame de la contrée qui réclame, peut-être est-elle belle ou d'humeur fâcheuse, et elle crie qu'on n'est pas fait, en ces lieux, pour le plaisir matinal. Mais l'artiste ne l'entend pas, il continue de jouer, il donne son aubade à la vieille aussi, mais celle-ci comprend-elle ou ne comprend-elle pas? Il y a des choses élémentaires dans la vie, des choses qui traversent toutes les races et toutes les civilisations, qui sont faites même pour les imbéciles, qui séduisent les cœurs les plus durs et aussi les moins enclins à la justification, et toutefois, s'il existe des gens pour ne pas aimer la flûte, qu'aiment-ils donc, de quoi sont faites leurs satisfactions? Charlie Parker, lui aussi, improvisait sous les insultes.

Le joueur de flûte, ce doit être du Mozart, sa simple et petite mélodie, ses quelques notes furtives, à peine exprimées dans le vent du matin, font la surprise du jour, lui et son invocation musicale, sa prière frêle et pourtant puissante d'un peu d'art dans la ville, et il manque probablement un auditoire plus large à ce qui traduit si bien le sens du sacré. Vivre est avant tout une espérance. Et la vieille dame a fini par se taire, retournant chez elle et fermant la fenêtre avec fracas, comme pour avouer qu'elle est bête. On pourrait croire, parfois, que la vie s'est égarée, qu'elle est une substance morte et épuisée; on pourrait croire, parfois, que toutes les paroles du monde sont dites et qu'il n'a plus qu'à attendre une fin du monde ou une renaissance du monde, ce qui serait la plus horrible des choses.

Et voilà que le joueur de flûte s'est arrêté dans son interprétation d'une pièce de Mozart – avait-il deviné avec exactitude – et le personnage principal se trouve soudain confronté au talent, à la sourde rumeur de l'élaboration. Ses partitions rangées, le musicien s'en est allé, préférant le silence à l'Incompréhension, et puis, il alla vers son intérieur, lui aussi, de commune mesure et de mesure commune, dans le silence impérieux du monde, laissant croire cependant que tout l'univers est organisé autour de la musique, autour de l'art, et si ce n'est pas vrai, de qui peut-on autrement s'édifier d'un salut. Le monde est fait de musiques et de silences, et tous les deux sont fragiles, expiatoires, précieux – lorsqu'il faut dire du monde encore la laideur et la beauté, dans la marge de l'absolu, pareillement à ce que l'on peut croire que l'élaboration est un mystère divin, qu'elle vient et qu'elle n'est donnée que de Dieu seul.

On dirait parfois que la vie n'éclaire plus, qu'elle se trompe, qu'elle s'est fourvoyée – et l'on est dans une impression qui est de celle que l'on a en considérant un infirme, un être tout mal fait comme on en rencontre parfois – et ce n'est ni abaissement ni élévation, c'est d'un naturel de la vie, du hasard, de ce qui est mal raisonné, toutefois les infirmes sont éclairés de l'intérieur parfois et il émane d'eux une tranquillité qui épure, qui rend grâce et l'on ne sait plus qui est le plus atteint, de l'infirme ou du voyant visionnaire. Il y a un épuisement de la vie, et ce n'est pas simplement l'âge ou le temps de la récolte, il y a véritablement un épuisement, et il faudra toutes les prières de la terre pour en venir à bout. Et ce n'est pas seulement l'âge ou l'usure, ce n'est pas toujours une assignation du temps, c'est la vie, peut-être la maladresse humaine, le péché, l'abandon au profane, la vie, dans ses tournures, qui se trompe et qui défait.

Est-ce que vers le soir, il viendra une perturbation atlantique pour défaire la beauté estivale, et mettre les oiseaux en émoi, dire au monde qu'il n'est pas éternel, s'il le croyait quand même ? Entre brumes de mai et soleil estival, être debout, dans la concordance de l'homme de paille et de feu, et puis l'aveu à rendre à la nature.

L'aveu fait de ce que la grandeur terrestre n'est pas imaginable sans Dieu. Verra-t-il le couchant rose et bleu, comme il a vu l'aube, épié l'aube, lui, homme de petite foi et petite vertu, homme qui cherche à s'avertir, en ces instants où l'on peut croire que Dieu s'adresse aux hommes, et qui fait de sa petite moralité une vertu pour tenter de glaner de la poésie là où il en reste. Alors, ce sera juin, le temps des passages, de la méprise peut-être, de l'accomplissement d'une saison et de l'espérance d'une autre saison, comme s'il fallait faire, en quelque sorte, que la pleine lune de juin soit une humeur devinée et presque entendue.

Puisqu'il faut l'une et l'autre, la réjouissance et le regret, toujours, pour faire face au petit drame de la vie et mordre comme dans un fruit mûr. Dans une joie et dans un remords, pour combler le paradoxe des êtres, de tous les êtres, et mener à terme les raisonnements les plus exigeants, les plus rudes, les plus âpres, pareillement à ce que l'on pourrait croire que le temps ne se mesure véritablement qu'en étant du passé, le passé ; à l'esprit dont la mesure semble être satisfaite seulement lorsque le temps est échu.

Il n'y aura finalement de printemps que quelques jours de clarté bénie comme celle qu'on trouve au front d'un enfant heureux – quand une seule jonquille fleurie suffit a l'enchantement, à l'émotion, à la renaissance – les sens évanouis comme par le vent ; et sinon des brumes, des pluies, un rassasiement de la terre, quelque chose qui hésite et qui fuit, quelque chose comme un asservissement – l'émotion grave et furtive d'une moitié de ciel bleu, quand la saison survient quand même et que tout le reste est à l'avenant. Des circonstances bénignes de la petite vie, le tapis des frêles narcisses sur le pâturage, le son d'une cloche au loin, à l'instant où sonne midi, et le temps qui est parjure, qui ôte jusqu'à l'émoi des choses.

C'est le joli mois de mai, l'air est doux et serein, d'un velours d'abondante mesure ; et, depuis sa terrasse il regarde la montagne, l'étincellement de la montagne, puisqu'elle lui offre son attrait sous le ciel clément, cependant qu'elle garde encore une brume ou l'autre à son flanc, simple relation ou sainte moralité de se donner avec mesure, telle une coquette d'opéra bouffe. Elle est bleue et blanche, faite de grâces immaculées, elle conspire ; il fait enfin chaud, elle inspire au voyage, elle donne l'idée d'aller la voir de plus près, de la vivre en sa présence, elle invite à la randonnée. Il y a tant de fatigue à la parcourir que le personnage – sa raison est faite – renonce pour l'instant et préfère la contempler de loin, et c'est peut-être le plus beau des plaisirs qu'offrent les montagnes.

Quand il était plus jeune, à ces époques où il avait du cœur et qu'il était intrépide, il ne renonçait pas, il allait farouchement, les pieds fermes dans des souliers de montagne, les jambes vaillantes à l'effort, infatigables ; il allait machinalement, à la manière des soldats ; mais maintenant, il ne veut plus, il ne veut plus être ni randonneur ni soldat, il veut la paix, qu'on la lui donne. Maintenant, il veut se reposer – mais de quoi a-t-il donc tant besoin de se reposer – se reposer d'un interminable effort de vivre, d'une mascarade livrée à des singes, tout alimenté est-il de blessures, d'un ancien et nouvel effort que lui demande muettement la vie, achevé d'intempéries et d'insultes faites à sa dignité.

Peut-être vivra-t-il cet âge que l'on qualifie de vieux ou d'âge respectable – on a déjà vu les santés les plus fragiles se remettre soudain – mais, pour l'instant, il est tout courbatu de corps et d'esprit, souffrant par des maux qu'il ne parvient pas à expliquer, comme si cela parvenait d'un mystère inqualifiable ; et le peu des autres qui lui donneraient une amitié bienveillante et attentive sont ceux qu'il ne rencontre jamais, ainsi que le sort le veut, le hasard malveillant qui tourne autour de lui comme un essaim d'abeilles. Il est tout courbatu de misères mentales et physiques, à l'orée d'une souffrance qu'il ne maîtrise pas, et ce n'est que de contempler l'aube et le couchant qui l'apaise – mais personne n'a jamais eu de souffrances qui ne dégradent pas – et lui, il est pris d'une ancienne fatigue à l'âme, pourrait-on croire, le lui reconnaître est l'apaiser, l'âme toute craintive et pourtant toute courageuse de foi, d'envies d'aller encore, éprise est-elle de perceptions oniriques, et tout lui semble aller mieux lorsqu'il fait d'un rêve une réalité.

Alors, pour entreprendre et consoler, il y a cette haute montagne qui ferme l'horizon, au nord, montagne de sainteté et de défiance; qui attise les visions champêtres, et autrefois, en un autre lieu, en une autre contemplation, aller lui était faveur, aller à sa rencontre lui était une joie infinie, reprise, sertie d'émotions; plus tôt dans l'âge, quand les plaisirs lui étaient plus profonds et la vie moins lourde au souvenir. Mais qu'importe, on est fait d'ombres et de lumières; peut-être même est-on fait de se que l'on mérite d'être. Maintenant, il règne dans son esprit une sorte de paix timide, un genre de paix qu'il échange toujours contre des prières, des raisonnements tenus sur le sens caché de la vie, et qui échouent pourtant la plupart du temps, parce qu'on est fait de maladresse et de négligence.

Il n'a d'amis véritables que ceux qu'il s'invente, pour l'accompagner que ceux qu'il imagine, les autres blessent plus qu'ils n'apportent. Il reste les doigts d'une main pour compter ceux qui sont aussi solides que les arbres de la forêt. Et puis, que reste-t-il quand on a trop de frères, on ne sait plus très bien quel est l'égal de soi-même, et puis, quand on compte, c'est qu'on a perdu cette bataille. On peut penser du sort qu'il est toujours bon en ce qu'il donne, mais on doit aussi admettre qu'il est toujours contraire aux hommes, puisqu'il aura de toute façon le dernier mot. Il n'a d'amis que les êtres imaginaires qui lui rendent des visites interprétées sur le ton de l'amitié. Mais cela ne fait rien, qu'importe qui il reçoit, ce n'est pas d'un sens profond de la gravité. Si on rêve, autant rêver dans une grande abondance de circonstances oniriques favorables; le rêve, parfois, est plus fertile de contentement qu'une rencontre, plus bienfaisant que la réalité. Il avait des amis, il se souvient d'eux en sa solitude, c'est du domaine du songe, mais avec le caractère d'empailleur qu'il a, pour mieux faire croire à leur fidélité, il les a laissé partir, que le sort les préserve de sa malice.

Il avait des amis, trop d'amis; mais il ne lui en reste que deux ou trois, lointains et proches, assidus ou oublieux, de la même nature que tous les amis; les autres, il les a perdus, ils se sont tous démunis de lui, sans explications, sans excuses, poussés au loin par trop de négligence peut-être, de sa part et de leur part, par un abandon qui est le signe d'une faiblesse intérieure, d'une impuissance, si ce n'est toutefois une défaillance des autres à le considérer tel qu'il est.

Mais, il n'y a plus ce grand dévouement des êtres qui faisait croire que l'on pouvait croire rendre les choses supportables et les amitiés possibles entre la foi et la servitude, que les hommes étaient des hommes – faits de fidélité et de bienveillance – que l'amitié était une force, un rempart, une sainteté irréprochable, un acte et des actes. Mais tout lui semble avoir disparu, à son encontre et à celle des autres, cela n'est plus, il ne reste que la nostalgie, le souvenir fécond – quand l'amitié était forte, qu'elle était un lieu irrécusable, une forteresse – mais il ne faut pas tant dire et pas tant croire, les époques étaient autres, il n'y avait pas encore les plaisirs frelatés, la brutalité actuelle du monde, le sens maintenant perdu de croire autant à Dieu qu'aux autres.

Qu'est-ce qu'il y a à regretter, sinon les soucis qu'on n'a plus. Peut-être regretter tout et son reste. Quelques regrets sont là qui voyagent en lui, ce même sort du sort de tous les êtres; dans la vie, on attrape des regrets comme on attrape des rhumatismes, on est guetté par les regrets, aussi sûrement que la vague guette la falaise. C'est le temps qui passe, en lequel tombent les sentences de moralité et d'immoralité; l'âge, en ce que l'on contient encore de vérités premières, de ce qui a fait l'édification et l'équilibre des mortels sens de l'ennui.

Et puis, les rencontres fortuites, le hasard éclairant la route, des mots comme si l'on échangeait des monnaies, le fol et triste hasard, à la fortune des instants, un vol et un viol, à l'équinoxe, à la Saint-Jean, dans la forte odeur des foins coupés. Le temps ne passe jamais sans blesser un peu, infliger. Et on rencontre des gens qui disent que l'âge rend serein, qu'il est purificateur tel le feu, mais ils ne savent pas, ils sont des rats échappés de la peste et qui se contentent de faire une opinion aux autres. L'autre, l'Autre qui n'explique pas, qui ne dit pas tout, qui féconde le mensonge comme la poule féconde l'œuf, qui crée des histoires et qui se crée sa petite sagesse, qui va mourir de doute; l'autre, qui va de confessions en confessions, et qui s'est peut-être recréé, recomposé, réinventé dix fois.

Et le pire est toujours venu avant le meilleur, on dirait qu'il faut le pire pour concéder au meilleur. Il n'y aura de soir radieux qu'en une perte et un recommencement, tel le grain jeté par le semeur.

Alors, il reste à sa terrasse, il a pris une chaise dans sa curiosité, et il est installé là, dehors, sous le petit tempérament de mai. Le devoir de l'intrus qui pénètre le monde comme le ferait l'amant avec une femme. C'est la haute montagne qui devise avec le ciel, qui s'incarne dans le ciel, et tous deux ont des beautés répandues en avalanche, éparses en leur constance, lues et reprises telles les grains de la semeuse, avec la grâce de l'élue.

Il reste à sa terrasse, le voyage du monde ne l'émeut guère. Il reste là, voyageur d'esprit et d'insomnies, de translations. Il dit qu'il n'y a rien en ces parts d'ailleurs, sinon des enchantements de jeunesse oisive, des émois de purgatoire, des petits sentiments d'affectation, avec cet argument des autres qui reste, qui est le seul valable, en ce sens qu'il faut aller voir ailleurs pour véritablement comprendre l'ici, le lieu premier des origines. D'ailleurs, où trouver le lieu du cœur, il n'existe pas pour lui; le lieu du cœur des hommes qui est dans la nation ou la religion, qui est peut-être dans la nostalgie maladive des ethnies et des fanatismes, des rassemblements où l'on hurle les choses, mais ce n'est là rien d'important, rien d'exigeant, rien qui fasse l'homme.

Le monde, alentour, est un grand vacarme, une sourde plainte, une communion dédiée à des dieux hypocrites, de petits saints païens qui ordonnent la terre en des usages meurtriers, en des profiteries exclusives, comme si l'or était réservé aux ayants droit, comme si la terre ne devait tourner que pour quelques-uns. Le monde, alentour, à son vacarme, et la petite fille qui traverse la rue en courant, sans prendre garde, avec toute cette honnêteté et cette malhonnêteté qu'on rencontre partout. Il y a la montagne, c'est ce que le regard découvre en première errance, une montagne ordinaire et extraordinaire, la fatigue et les images, le défi et le don, laideur et beauté. Il n'y a rien à gagner sur cette terre, pour son bénéfice et sa défiance, il ne gagnera rien dans son domaine de rêveries et exaltations, dans son domaine d'hérésie peut-être, lui, atteint de maladies chimériques, de maladies insidieuses qui font le trouble du cœur et de l'esprit, mort croit-il déjà d'aventure et de souveraineté. La petite fille qui traverse la rue sans regarder, est-elle mal avertie ou inconsciente encore, fille de cette chair qui fait le peuple, qui garde en ses flancs l'avenir et le présent, de telle sorte que l'ange la veille, pourrait-on croire, comme si elle était précieuse à Dieu aussi, puisqu'il faut un passé pour avoir un avenir, une sorte de terreur pour enfin élever.

Une sorte de souci qui vient hanter les lieux de la méditation. Il écoutera de la musique tout à l'heure, pour sa joie – Bach ou Schumann, Ravel, avec ses goûts tout à fait ordinaires, écoutant ce que tant d'autres ont déjà écouté. Il s'approche d'une mémoire de vivre, il tente de se donner un sens irrévocable – on pourrait croire qu'il n'y a pas de vérités qui restent, et pourtant c'est faux, il y a des vérités éternelles – enfin, près des silences de la vie, près de la faveur et angoisse de vivre, activé vers la saison des feuillages jaunis, d'or, et ôtés, bientôt.

C'est maintenant le lieu privilégié d'une méditation qui n'est pas contrainte – avec tout ce que la musique donne – puis la terrasse à nouveau, la rue en dessous, plus loin la ville avec ses quartiers, la montagne enfin, avec, à ses pieds et à son flanc, toutes sortes de constructions audacieuses, fortes, agrippées à la roche, dans un vertige, un somnambulisme, un courage qui laisse la trace de l'excès, la trace hébétée de la formidable volonté des hommes, de leur sens inouï d'entreprendre, de leurs infatigables ambitions, de leur glorieuse force et orgueil d'exister.

Quand on ne prend pas garde au temps, quand on est fait d'un âge nouveau et qu'on croit ne rien devoir rendre, on n'est pas véritablement vivant; ou alors, on vit à une aune de l'esprit qui n'est pas pleine, qui n'est pas digne.

C'est le matin de beautés éphémères qui navigue sur la terre, qui s'accroche à l'arbre et à la fleur; et c'est étonnant, mais il y a un air de jazz, dirait-on, en dessus et en dessous, par delà l'arbre du jardin; un air de la violence du jazz, celui-ci vivant de coups de poing et de lunes frelatées, de ballades perdues, de blues décharnés, comme si la fatalité était trop forte. Des innocents, tous des innocents, les hommes au goitre gros – des archanges, des démons rachetés, des impuissants de génie, des prophètes à la peau d'ébène ruisselants de sueurs délétères et angoissées, des martyrs – et il y a autant à prendre qu'à laisser, autant à croire qu'à répudier; c'est une aventure incroyable, et il faut croire aux aventures des hommes lorsque la signification est grande, qu'elle est inspirée, après la foi, après le partage, après la sentence de gloire rendue.

Ce sont des êtres inspirés, le génie les entoure, les capte, les fait transpirer d'eau et de sang, les enrobe, les détermine – ils disent la misère et la foi, ce sont eux les derniers prophètes, les derniers justes – ils disent l'exil et l'appartenance, comment ne peut-on pas penser à l'exil en les écoutant, ils ont de la ferveur plein les tripes, ils donnent l'émotion, la pitié, le rachat; eux, fiers et orgueilleux, insoumis, et ils donnent la part de la miséricorde de Dieu. Soumis, ils le sont peut-être, soumis à des femmes fatales, des femmes au sexe et aux fesses foudroyants, grossières et pourtant justes, telles des illuminations; leur pesante bouche de séductrices qui crache l'alcool des nuits de tendresse infinie, négresses, gitanes, femmes féroces comme des lionnes, insoumises elles aussi, des femmes de la vertu et de la séduction terrible des femmes. Et puis, elles écartent leurs fesses innommables aux innocents, elles violent à rebours, saintes, toutes des saintes. Elles et eux, femmes et hommes de l'épreuve indicible, sans enfance, sans avenir, sans âge et sans quiétude, traqués par le vent de l'imbécillité et de la pudibonderie, toutes et tous meurtris d'ivresses confondues, d'égarements, de modifications, de terreurs bleutées – quand on ne prend pas garde au temps, alors il arrive un jour où il blesse – puis, il en est l'une ou l'autre qui chante le blues, comme tu le faisais si bien, Billie, d'une voix rocailleuse comme un torrent de montagne, comme des coups de fouet, maîtresses exigeantes qui ne veulent soumettre personne, qui écoutent la pluie tomber et qui croient que c'est une musique.

Fleurs de brousse et de bitume à la fois, chants, voix, exorcismes de la grande culpabilité et de la grande innocence des hommes, jouez. Jouez, nègres, encore une seule fois, pour entourer votre peine et ma peine. Jouez, chantez, maîtresses divines, dites le blues encore une fois, dites la beauté du monde et du désert étincelant, dites la beauté insondable de la Création, jouez, faites-nous croire à la rédemption, sous l'accueil des pétales de roses; jouez, il y a, en vous, comme une sainte espérance de vivre, comme un baiser foudroyant avec la divinité éternelle des hommes. Puisqu'il en est ainsi de son écoute et de sa danse, jouez le jazz, vous remplissez d'une gloire inconnue l'âme et l'esprit des vivants, le cœur et les sens accomplis; ce sont d'illustres amoureuses dont vous dites le chant, jouez encore, faites part aux autres de votre baiser de feu, emplissez la tête de la bonne et féconde nourriture mentale de votre musique, et puisque vous détenez le génie, l'embrasement des sens, la manne de la consolation, jouez, vous avez touché le plus profond, le plus bas et le plus haut, le plus sublime, l'unité et la multitude; jouez, engeances, jouez dans les bordels du monde où la prostitution se fait sainte, pareillement à ce que l'homme est saint jusque dans ses fautes; encore une fois, jouez, dans la nuit féconde et énigmatique, afin que l'on sache de l'homme et de la femme la vertu temporelle, la vertu tranquille, jouez, comme s'il n'y avait plus rien à craindre du jugement dernier, ultime; jouez, mystiques sans religion, croyants sans foi, comme s'il n'y avait plus rien à craindre de la fatalité, de la morsure du temps, de la misère de l'âme.

Et toi, John, au génie si grand qu'il en était arrogant; et toi, Bill, toi de la race blanche, comme tu avais compris les choses, tu avais de la poésie en ton chant comme nul n'en aura plus, comme nul autre que toi ne saura plus en jouer, toi, nourri au Nozinan, brave devant les sens contraires, toi, colporteur du génie de la grande tradition du jazz, joueur de notes bleues, artiste, artiste et maître. A vous tous, tous témoins, tous guetteurs, tous prophètes de la dignité humaine, dans la tristesse comme dans la joie, à vous tous, et que le Bird jouait dans la ville étrangère, par une fenêtre laissée ouverte.

Rien ne sait mieux dire que la musique, rien n'est plus signifiant, édifiant. A celui qui cherche, la musique donne une ample mesure de contemplation. Quelle merveilleuse chose que l'ouïe mêlée à l'entendement, quelles immenses facultés les hommes de la terre n'ont-ils pas reçu; et doit-on avouer que certains prétendent que tout est venu par hasard. Quand reviendras-tu, Maître, pour les traiter de menteurs, puisque nous, nous ne savons pas les convaincre.

Tout a poussé de forte croissance, à l'orée de mars et d'avril, tout s'est fait d'un bonheur conquérant, tout est revenu dans l'émoi profond de l'aube redire son nom et sa fierté; et maintenant c'est mai, une graine de tendresse des choses, c'est presque un aboutissement, encore quelques jours, quelques semaines et ce sera la Saint-Jean. Ô! l'immense beauté du monde, dans le recueillement.

Et l'archange passa en se cachant, dans la crainte de la bêtise des hommes; mars ou avril, mai fleuri, d'une grande pitié et d'un grand salut – l'archange vertueux, semeur de floraisons, dans des gestes de fou – dans des paroles telles des incantations. Est-ce orgueil ou maladie que cette ferveur, est-ce vent ou bise, aquilon ou mistral, que ces souffles qui passent, qui viennent, qui vont? Est-ce paradis ou enfer que cette promesse? Est-ce Dieu ou diable que cette terre de recours?

Tout lui est étranger ou familier à la fois, ici, sous les regards. Tout lui est entrepris, médité, réfléchi; cependant que les nuages qui sont venus cachent maintenant le fil de l'horizon, à la montagne, en son sommet qu'il faut deviner de plaisir, en cette ivrognerie et tempérance jurassiennes qui gardent leurs émois pour leur compte propre, et qui hanteront toutes les joies du jour. C'est une journée sans fête, sans célébration, un lundi matin guetté depuis l'aube, mais rien, aucun émoi, aucune ferveur, rien dans le déroulement de la vie. Ce n'est pas un pays de fêtes, de prières, de reconnaissances, de célébrations. Rien d'émouvant, ce n'est pas un pays chaleureux. Pour qui donc est faite la peine des hommes, leur labeur sous le ciel hostile, dans des règles hostiles, dans une démocratie hostile? Les gens se disent non. La mesure des hommes qu'on y rencontre est faite pour les travaux de bureau, de banque, pour des travaux d'ateliers et d'usines, il n'y a rien à entendre et rien à voir, sauf l'importance orgueilleuse des riches.

Des fumeurs de clous de cercueil, des débauches de bière, des années de la déchéance du diable, corruptibles et incorruptibles, sans qu'il cherchât autre chose, lui qui se nourrit de peu et qui désespère de la solitude du monde, nourrit en amitié de ce que le sort offre et retire par une grande commisération, telle une petite grâce de la vertu de l'ange. Ses amis, des fumeurs inconscients, des buveurs instables, pareils aux flancs d'un volcan, un peu équilibristes et un peu décourageants – on dirait des gens de la route qui ont perdu leur chemin – qui dansent leur vie en des maladresses de piété blessée, et ils disent, et ils affirment – moi, moi – comme s'ils avaient maudit leur sort de regrets et d'inconstances, et disent la vie encore en des sentences qui font rire.

Et leur pâle étoile brille dans un ciel trop lointain, elle est semblable à la flamme d'une bougie au vent – torturée, malmenée, inquiète – et tout leur semble être une offense faite à leur dignité qu'ils conservent au fond de leurs poches, interdite et gueuse; et ils ont des gestes qui en disent long sur le désarroi et la pitié, des gestes orgueilleux et maladroits; eux, rejetés, malmenés, tombés de la lune, dirait-on, sur une terre trop rude à leur égard. Et il partage leurs peines comme il a partagé leurs évidences. Et parfois, il y en a un qui dit : – j'ai écrit un poème sur une écorce de bouleau, et un autre d'ajouter : – il y a bien le vent qui la lira. Alors, comme ça, de la sorte, c'est la vie qui va, c'est le sort caché dans un coup de poing, et les hommes tremblent déjà au loin, pour la saison bientôt échue.

Il rentre alors pour se mettre à table et imaginer le monde, lui et sa fausse moralité impudique. Et lui rendre sa virginité, peut-être – tous les hommes, pauvres ou riches, veulent une fois au moins, rendre sa virginité au monde – dire les choses sans en flétrir la fleur. Et puis aussi, cette éternelle culpabilité qui sourd, telle émanant du grondement de la source. Il faudra bien tuer la bête, c'est un devoir d'homme.

Il ne viendra pas de bonnes nouvelles au courrier, des nouvelles aussi précieuses que les pluies de juillet, il viendra des aveux terrifiants de mauvaises nouvelles, il n'y a plus de salut qui soit à annoncer. Ils ne viendront plus jusqu'ici les facteurs, ils ne sont jamais venus pour apporter une seule bonne nouvelle; ce sont des chiens, des plaisantins, plus flatteurs et plus mordants à la fois, ce sont des lâches, ils ont peur de colporter la joie, comme s'ils n'étaient qu'eux seuls soumis à les garder, ils gardent les bonnes nouvelles pour des entendus qu'ils fréquentent le soir, autour d'une bière et vers d'autres consommations vertueuses. Ils sont traîtres à leur uniformes, et quand on les interroge sur ce qu'ils font, ils ont des moues qui leur viennent à la bouche, ils prennent toutes sortes de précautions oratoires et ils disent : – nous sommes mal payés, que voulez-vous, nous n'avons rien pour vous, il faut nous comprendre, ce n'est pas de notre faute si c'est la misère chez vous; chez vous, même les chats sont mal nourris, et les chiens hurlent de faim à nos talons, à nos mollets. De quoi vivez-vous, quelles sont vos vertus, et pourquoi est-ce que vous ne travaillez pas, on ne veut pas de ces fréquentations, ce n'est pas dans nos habitudes, qui ne fait rien n'a rien, vous devriez prendre un emploi, le travail est salutaire, vous avez compris, le travail, le travail, et vous aurez de bonnes nouvelles.

Voilà qu'il pleuvra, en ce jour du printemps joli, la montagne s'est faite grise, peut-être l'orage et ses déroulements orgiaques. La petite humanité qu'il rencontre alentour, est une humanité dont il est préférable de ne point préjuger, plutôt que d'en attendre des politesses auxquelles ils ne répondent pas, comme s'ils parlaient une langue étrangère. Et ce n'est pas bon de les insulter, ils répliquent, ils ont de la vie, des intentions qu'ils tiennent pour des vertus, alentour de leur dignité, qu'ils pensent plus nobles que celles des anges. Il vit en assiégé.

Le temps que l'ennui trahit, comme la bouche d'une femme médisante, et pourtant, la vie est fables, légendes, invocations, et la vie que tout inquiète et que tout rassure, lorsque tout est détermination et certitudes. Alors, quand il veille en une heure déterminée du jour, quand le lien s'établit, adulte ou enfant, veilleur ou dormeur, il voit enfin le doute perdre, reculer, prendre honte de lui – qu'a-t-on donc tant besoin de savoir sur cette terre – alors, le doute s'en va.

Quelle heure peut-il bien être du temps de la cité et du temps éternel? Est-ce importance, est-ce signification? Il doit être aux alentours de onze heure du matin. Il a un appartement conventionnel dans ce quartier de banlieue conventionnelle; il a quelques meubles tristes, un pourtour de lit qui lui fait de beaux rêves, à la pleine lune, dans l'accomplissement des choses et du monde. Il a de modestes revenus, des compagnies de gens accoutrés de silences, qui ne saluent pas le matin, et qui font la vie petite comme une auberge andalouse. Et tout autour de sa petite foi de convaincre, il y a aussi une raison et aussi une déraison, ce qui fait pour une fois la vertu et une fois la défaillance, la chute – et rien ne reste, rien ne subsiste d'autre qu'une blessure, un engourdissement au front; ainsi force et ainsi faiblesse que l'on espère et que l'on désespère, idées inachevées et idées reprises, puis enfin, idées qui meurent de lassitude, idées toutefois, idées toujours qui font l'enchantement et le désenchantement.

Il est onze heures du matin, dans le haut clocher de l'église. On entend sonner de lourdes frappes sur la cloche, et voilà, le matin est entamé, le jour est là, d'une perception redoutable.

C'est donc ainsi, ils sont âpres et amers, les souvenirs de la petite enfance, quand les heures sonnaient au clocher et qu'on n'avait pas assez de certitudes pour se faire une vertu. Que cela est bête de se souvenir des douloureux ressentirs de l'esprit qui ne sait pas encore les oublier, mais il faut pardonner aux hommes, comme s'il y avait de la vertu à avoir souffert, comme si l'enfance n'était pas le temps d'un glorieux ressentir.

Il y a une odeur de soupe qui égare l'esprit, quelque chose comme une odeur de soupe à la tomate qui parvient aux narines, qui éveille la faim, par la fenêtre ouverte, une odeur de pommes de terre aussi, qui monte avec la faim, qui arrive, qui parvient; et c'est tout un enchantement de gourmet, de gourmandise altérée qui parvient. Que le printemps est doux dans la senteur des lilas – on dirait une présence féminine – sous l'amas des feuilles du tilleul où naît la floraison de la tisane de décembre. Et dans sa cuisine où on les entend parler, une mère et son enfant se prennent d'égards l'un pour l'autre – il faut apprendre la vie, elle ne vient pas toute seule, elle est une harmonie d'absences et de présences – et les mots sont d'une grâce et d'une moralité grotesques. Il écoute ou il n'écoute pas, ça le distrait un peu, ça l'intéresse à la moitié du monde, mais ça ne le concerne pas.

La mère, dans sa cuisine, met à cuire la soupe de midi – est-il donc tôt ou tard, y a-t-il encore du temps à succomber d'impatience, ou alors, n'y en a-t-il bientôt plus – plus loin, dans la même maison, une odeur de viande que l'on rôtit, savoureuse, animatrice d'appétit, et la vie poursuit son leurre, et attache encore des êtres à des innocences qu'il ne comprend plus.

Retour au paysage, retour à l'engagement singulier de la curiosité, femme et enfante, de la désignation des jours. Haute tentative d'imagination, de sentiments, d'inspiration, en un devoir qu'il n'a jamais compris et qui pourtant le harcèle, et tout est à sa place, les choses sont présentes et absentes, de la mesure autoritaire du hasard. Et, sous les pans de la montagne, la ville haute, cette tentative de civilisation qu'est la ville, – toutes les villes du monde sont des tentatives maladroites de civilisation – l'urbanisation, l'amoncellement des idées et des choses, le cauchemar éveillé, de cette même moralité défaillante du monde, toujours.

Il ne comprendra jamais, ou alors, il est fou, il est de l'outrecuidance des hommes qui interrogent, et peut-on le croire, cela fait plus de mal que de bien. Et pourtant, une urbanisation heureuse sous le regard, ses teintes vertes, blanches et bleues, un égarement encore intelligible, compréhensible en ces lieux, presque humaine, qui avouent des sentiments de la mesure des gens, de leurs intentions de haute et basse culture, de la faim increvable de posséder. Et pourtant, il reste à croire et à aimer.

Aura-t-il pour aujourd'hui, le calme à l'esprit, la sainteté au cœur, dans ce qu'il est au sein même des choses; ou bien, sera-t-il comme tous les autres, comme l'évidence intelligible du monde, en ce chaloir du temps inavoué, un désenchantement qu'il faut croire, de jour en jour; lui, paré d'amertume et de doute. Et si on se hausse d'un étage, si l'effort prend l'être et l'emmène, il y aura une grâce, le don d'une gloire champêtre et onirique. En effet, on voit le lac, l'eau, les rives, les jardins publics qui sont enchanteurs, et c'est du plaisir pour les matins de dimanche, le printemps, l'été, et finalement toutes les saisons, que ce soit chaleur ou gel, pour toutes les promenades de l'année, là où l'on rencontre des paysages aussi beaux que la formulation des contes germaniques.

Il y a, là-bas, un grand lac bleu, gris, et vert; une imposante masse d'eau qui repose paisiblement, et l'attachement aux images se fait d'emblée, quand on regarde ou qu'on contemple, à la recherche de visions chimériques qu'on réservera pour novembre, quand les brumes avilissent tout. On côtoie des berges où sont des chemins d'errance, en de longues promenades émerveillées et fatigantes dans l'été profond, soumis à la marche, si curieux et satisfait qu'on ne revient que le soir, dans l'habitat de la ville, accaparé à des traîtrises de vivre. Les yeux pleins d'offrandes généreuses, jusqu'à s'épuiser, jusqu'à ce que le regard se lasse. La beauté répandue alentour, partout; puis aussi en soi, comme si l'on revenait d'un pèlerinage.

En aura-t-il déjà passé du temps en des promenades lacustres, perdu ou gagné du temps, sur les traces des chemins enchanteurs, pour se faire une idée de la beauté du monde. On ne voyage bien qu'intérieurement, paraît-il, et partir est se regarder encore, se faire face, conspuer les miroirs; mais ne faut-il pas aussi être parti pour s'oublier un peu, ne faut-il pas avoir vu l'essence, le trait, les bruits, les odeurs, tout ce qui forme l'esprit à l'essence du souvenir – ainsi parlent du moins les grands voyageurs – voir, prendre, rendre, mettre en grange, faire moissons, faire saison d'été ou d'hiver, pour se croire enfin empli du don des choses. Le printemps n'est pas sans floraisons ni l'été sans chaleurs, ah! vivre d'un cœur léger comme celui de l'enfant, quand l'été enflammait la véranda, de sa lourdeur bienvenue et pourtant déjà répudiée, dans la saison vespérale, à l'heure méditative.

Ah! voir encore une fois l'été en ces parages, ne rien demander de plus, ne pas commettre d'impiété orgueilleuse, ouvrir le cœur à la fête; ah! voir encore une fois le bel été septentrional, puis, se démettre à la saison d'hiver; voir l'été de fureurs orageuses, du ciel bleu et du ciel blanc – cette blancheur qu'il avait entrevu, enfant, et qui l'avait tant consolé de son exil – la longue journée, le lent cheminement solaire; puis, tout d'un coup, l'averse, l'ombre, le doute, la fleur vaillante qui persiste; ah! l'été dans sa chaleur, sa rumeur obsédante, ses dons et ses fêtes, à la gloire de la Saint-Jean, à la gloire de la vénération de Dieu et de tous ceux qui ont parlé de lui.

Le voilà rentré dans sa pièce à vivre, son salon, pour déplaire aux pédants, s'instruisant d'idées, errant ou s'arrêtant autour de sa table, dans la vivacité de l'heure, comme si un devoir venait le prendre, l'emporter, le soumettre, le transporter en des rivages où le doute n'émeut plus. Il s'approche, il recule, c'est un duel avec l'ombre, d'avec la bête; il n'y a rien d'acquis sans efforts, il erre encore, il ose réfléchir soudain à la tâche, il s'imprègne de son devoir, de son ambition, de ses orgueils – il n'y a pas de liberté sans chaînes et pas de jouissances sans tortures, il n'y a pas de création sans doutes, il n'y a pas de résolution sans foi.

Peut-être, alors que le temps avancera, il aura le courage de son effort; mais il doit tout voler, son art et son orgueil, il doit tout voler à un feu originaire, à une chose qu'il ne désigne pas, qu'il ne sait pas désigner, puisque le savoir qu'il a est toujours mince en volonté d'entreprendre, il lui faut réfléchir encore, mais on ne fauche pas l'herbe des prés dans la rosée du matin sans aiguiser sa faux; si rendre est son devoir, si la plume est plus lourde que le fouet, si le temps n'est pas plus long que la vie; alors, il ébauchera.

Et demain, il se lèvera dans la nuit encore, attentif à sa raison comme à sa déraison, tout déprimé de songes et cauchemars, ébranlé d'effets secondaires, empli, le cœur égaré d'une amertume qui est sa compagne, dans le matin; et il guettera l'aube comme un chasseur à l'affût, et calme sera la ville à cette heure; et lui, il regrettera l'instant passager, le moment des aveux, à l'instar d'une vie nouvelle, croit-il. Et il recommencera toujours, comme s'il renaîtrait guéri avec le jour nouveau, venu de roses et d'aubépines. Comme l'ours qui aime le miel et qui se moque des abeilles. Et pourtant, il ne sait donner aux choses leur nom, et il ne sait rien en recevoir non plus, si ce n'est un médiocre émoi.

Alors, dans le ciel, passe la petite lune du matin, la lune inconsolée, elle qui, dirait-on, n'a plus de courage, et il faut presque la deviner, au firmament d'indigotine, pour la reconnaître, et elle défaille soudain derrière un nuage qu'elle endimanche de son sang. Puis, le matin cède sa place au haut jour, le matin qui se trahit pour la rosée des prairies, le matin qui est déjà élaboré de regrets, de sourde mélancolie, le matin est échu et un vent du nord s'est levé, qui retardera la saison.

Que dit le merle, maintenant que c'est mai, le merle aimable; que dit-il dans son courage et sa foi, poète au matin et au soir, parfois dès avant l'aube et dans le soir gentil, tardivement, tandis qu'il gèle encore aux aurores féminines, dans le tressaillement des sens épouvantés, à la dernière seconde des lampadaires publics. Ce sont là des affaires de poètes ou de déments, de reclus qui ne sont pas sociétaires, de gens égarés sur la terre, de gens que l'on nomme braves et qui ne sont même pas courageux.

Puis, il est la demie de onze heures. On entend toujours sonner, de jour comme de nuit, l'airain de ce haut clocher qui est dans le paysage, témoin ou aventurier, paisible et sans rappel, de la signification de l'indifférence. Il y a tant à comprendre qu'on ne sait plus comprendre; alors, on laisse la proie pour l'ombre, on ne sait plus et il faut dire, on ne sait plus. Elle est vide le dimanche, l'église de la foi protestante, – quelques-uns, quelques-unes, les doigts des deux mains, un petit groupe de nostalgiques ou d'élus – et qui chantent tristement, sans joie, sans ferveur. Ils ne viennent plus les incroyants de la croyance, ils ont un Dieu de servitudes ordinaires, ils n'ont peut-être plus rien, rien d'autre qu'un somnambulisme de la foi, une arrière-garde de raisonnements infondés, stériles, froids. On ne s'accomplit pas sans une mystique, pourtant.

Au parc municipal, quand le temps est amical, il y a des parterres de pensées adorables et des tulipes bleues telles un azur d'outre-mer, de pays fabuleux ignorés des hommes, là d'où l'on ne revient pas, ou plus étrangement, là d'où l'on revient pour raconter des histoires, pour dire l'enchantement dont on se nourrit sous ces cieux d'ivresse, de la beauté qui résidait on ces lieux, avant le grand partage et la guerre civile, avant les grandes famines importées. Ô! le jasmin, les essences rares, au parc de la ville, en ces endroits de repos et d'élaboration, de retenues et de méditations, ô! l'alignement des tulipes – on dirait des sourires de femmes fatales, à l'extrême de la séduction – des gestes maintenant oubliés ou qu'il faut aller chercher dans des alcôves d'innocence et de piété, par des étreintes belles comme l'insouciance de la jeunesse.

Au parc municipal, les marronniers sont fleuris – beaux, glorieux et bêtes tels des soldats, dans leur alignement, de ce côté-ci du soleil, pavoisant de larges feuilles vertes – sages et opulents d'année en année, d'un printemps à l'autre; eux qui sont mutilés de coupes et d'élagages hivernaux. Ce sont les petits génies du jardinage municipal qui ont ces pratiques barbares, à l'envers du bon sens, comme s'il ne pouvaient pas laisser un arbre vieillir selon son art. Et voilà, on ne rencontre que des allées obéissantes à la raison, à la bêtise des gens – cet ordre, cette discipline infligée, cette torture partout – il faut de l'ordre, une imbécillité d'ordre, de l'Ordre qui demande tant de moralité et qui n'en a aucune.

Il ira, aujourd'hui, chercher des silences dans le petit bois; et voir encore, contempler, regarder croître les floraisons de mai, et puis, le calme, l'impérial calme du monde, le silence on ces hauts lieux de poésie – il a besoin de ça, c'est le partage de tous les hommes, on doit se reclure ou devenir fou – la confrontation diurne avec l'univers qu'il a, qui est le sien, et il sera lassé de raisonner, ce qui est sans importance, sinon la sienne, égarée ou morte; et soudain encore, il se reprochera de n'avoir pour qualités que celles qui ne servent à rien. S'ils savaient, les enfants jouant alentour, s'ils savaient la véritable moralité du monde; s'ils savaient ce qu'il faut de servitude pour avoir un peu de dignité, ils aiguiseraient les pierres du chemin pour les jeter à la face des clercs qui dorment sagement dans les palais de marbre et d'acajou.

Une âme, c'est quelque chose de magistral et d'épuisant, cela fait un matin et cela fait un soir, c'est éprouvant, cela donne de l'importance et cela en reprend, cela donne du temps et cela en oublie, par une sorte d'aventure qui sera toujours inachevée et mal comprise, mal vécue. Sait-il du destin les arcanes; et puis, est-il nécessaire de le savoir, le bien est peut-être dans le mal, parfois, le mal utilise le bien pour perdre, et l'on ne peut pas rejeter le bien à cause du mal qui est en lui, du mal qui se fait bien pour être le mal dans le bien. C'est de la puissance et de l'impuissance des hommes.

Ici, ils ferment leurs portes et leurs fenêtres dans la crainte de tout, et le pire est possible, on ne doit pas s'atteler aux choses sans en médire. Ils vivent encerclés de prudence, chassant le hasard ou l'inconnu, l'imprévisible presque, pétrifiés dans leur confort; et si on les salue, si on leur donne le bonjour – ce qui les surprend, ce qui n'est pas de leur entendement – ils répondent par des mots qui se précipitent dans leur gorge, tout étonnés de ce que cela se pratique, et disent sur un ton et dans un accent qu'on leur reconnaîtrait de loin : ça va, ça va.

Ils ne sont pas médiocres, il ne le pense pas d'eux, mais ils ont des frilosités d'esquimaux, qu'ils soient de langue allemande ou française, et maintenant italienne, espagnole, serbe, albanaise ou venus d'Afrique ou d'Asie, peupler ce petit pays qui étouffe, qui donne une petite part de pitié et de condescendance. Et ils ont tous les mêmes retenues et les mêmes pudeurs, les mêmes distances qu'ils élaborent avec les autres, contre les autres. Les gens sont faits de la sorte des bêtes, ils se méfient sans se connaître, et ainsi viveurs que le diable les possède avant qu'ils aient eu le temps de se mettre en garde; et restent là, interrogateurs, attendant un miracle qui ne viendra pas; puis partent en errance, dans leur grande innocence et leur grande culpabilité, vers des élans qui les tiennent debout, à l'orée de la grande forêt, dans la savane africaine ou la cabane des grands froids, et de la sorte, attendent qu'on leur dise que la vie est un lent accomplissement qu'on ne sait pas même réfléchir. Une longue terreur et un long émerveillement.

Il est à sa terrasse, son petit paysage onirique est là, c'est là que sont ses parcours, son errance et son salut, sa nourriture mentale, son aube et son couchant – des choses conventionnelles et ordinaires, du partage des vivants – fait est-il lui aussi de la part médiocre et glorieuse des hommes, de la part modeste et intuitive des hommes, de la part du pardon et de la pitié. Et les autres, quel est leur partage; on dirait qu'ils sont impliqués aussi, et cela leur donne un regard bleu ou noir, ce qui les rend fous ou désabusés, et on dirait parfois qu'ils sont en exil, tous, dans un même sentiment d'exil inexpliqué.

Il fait un peu son pipi, quand il écrit, on dirait qu'il pisse sa condition. C'est à la mémoire des hommes, à la mémoire des vivants. Rien ne se donne véritablement, il faut tout voler, croire en un mérite insultant; ou alors, tout se donne, mais c'est en vain, on aura toujours l'interrogation et le doute, la morsure et l'enlacement, le fiel et le miel, on ne sait pas, on est constitué de silences et d'énigmes – est-ce un hasard qui se forge ou le destin qui s'ordonne?

Un ami sera là, cet après-midi, avant la promenade, un ami viendra – il faudra se soucier du vin, du jus de la treille salvateur, entre les mots, entre les aveux et les mensonges – un ami qui viendra partager ses espérances, son langage, ses convenances et inconvenances – il arrivera vers les deux heures, selon son habitude, pour parler de ce qui fait le sel de la vie, et le personnage principal saura, une fois de plus, que les gens sont faits de petitesses autant que d'avilissements et de grandeurs. L'ami, il parlera des choses qui arrivent sans qu'on le souhaite et des choses qui n'arrivent pas quand on les attend; de ce qui fait la vie, de ce qui lie et délie, qui noue et dénoue, puisqu'il faut toujours se consoler de vivre, puisqu'avec le temps, on arrive à tout craindre, et la crainte de soi n'est pas la plus incertaine, en ces temps d'aboutissement, puisqu'il faut croire aussi que la prudence ôte autant qu'elle donne.

Un ami viendra, cet après-midi, et l'ennui passera un instant. Dans une grandeur de sentiments à la fois admise et réfutée. Un instant, on pourra croire que le temps peut passer sans blesser, mais c'est à lui que l'interrogation restera, c'est à lui qu'il sera donné de faire la part des choses. Un ami pour morfondre, confondre. Un ami pour dire que la vie est toujours autre que ce que l'on croit; cependant que cet ami ne sera véritablement ni ami, ni témoin, ni flatteur, ni conseiller, qui sera l'interlocuteur d'une heure à peine, qui lui apportera la curiosité et l'indifférence par ce qu'il est. L'ami absent et présent, de la sorte d'un fauve qu'il faut apprivoiser, nul autre mystère en lui que ce qu'il dira, de ce qu'il fera savoir, nul autre piège que celui de lui échapper, de ne pas lui appartenir mentalement, le temps qu'il soit là et qu'il sera déjà parti, puisque le personnage fera la part des choses, puisqu'il ajoutera sa vérité aux travestissements de l'autre.

Cet ami-là sera un ami médiocre de sentiments – il y a ce que l'on est et il y a ce que l'on advient – un ami peu habitué à la clarté de l'esprit, confondant savoir et adresse de la réflexion; un ami peu enclin à la parole, un ami ordinaire, de l'ordinaire des amis que l'on mérite, semble-t-il; un ami de la grande désespérance des hommes. Un ami accoudé à la soif, un ami qui a souvent son verre vide, un ami qui dira, à la remarque qu'on lui fera : – verse, verse donc, ne sois pas avare, c'est ta charité que je veux voir, tu sais que je bois, verse, c'est pour faire plaisir au diable, c'est lui qui est mon tourment. C'est un ami qu'il ne retiendra pas – il y a toujours des personnages qui laissent une opinion d'eux qui est défavorable, on ne sait pourquoi – c'est alors la négligence qui gouverne, et la négligence n'a pas d'amis; c'est un ami du passage du vent, de la solitude qui n'épargne personne, un ami qu'il aura connu en un hiver de rude audience, alors que la bise soufflait et mordait.

A cet ami qui se donne des mérites qu'il n'a pas, il remplira le verre; et parce qu'il ne le retiendra pas, parce qu'il lui dira : va maintenant, laisse-moi! cet ami s'attardera encore, s'attachera comme le poupon à sa tétine, au sein oublié de sa mère, au verre à boire, au verre qui est toujours vide – et il se plaindra, il dira des choses de la petitesse et désespérance des hommes, des choses de la supplication des êtres – à toi, je peux bien le dire, tu es un ami, sinon à quoi ça sert, un ami – et il pleurera son désœuvrement, ses maladies; conforme à ceux qui boivent, il chahutera ses idées, ses sentiments, pareil à la boule qui percute le jeu de quilles, et il restera encore, insensible à la laideur qu'il colporte, pieux et dévoyé a la fois, invoquant l'amitié et le ciel enfin, quémandant un pardon qu'il ne sait se donner, que personne ne peut lui donner, qu'il ne rencontrera jamais de son vivant; et dira, dans de grands gestes, que le ciel n'est pas fait pour les chiens. Il ne sera jamais rassasié de verres à boire ni de bonnes paroles qu'il attend des autres, un ami jamais repu, c'est un ami de la terre des hommes, un passager clandestin, pourrait-on croire, un passager de route, d'encombrements du cœur.

Il lui dira : va maintenant, avant de me dégoûter l'âme! Et il partira enfin, accablé par l'ombre qui l'accompagne toujours, qu'il trimbale sur lui.

Le personnage est alors pris d'une faim jeune et sereine, un appétit de circonstances éprouvées – le goût du pain, l'odeur du pain frais que ses ancêtres respectaient – un état de choses auxquelles plus personne ne pense, même dans les pays les plus reculés, les plus affamés de tous les bouts de la terre. C'était de civilisations à la fois païennes et bibliques, le respect du pain; c'était écrit dans les livres, sur des parchemins précieux, le goût du pain, au cœur des cathédrales, sur des remémorations aujourd'hui en ruines; mais l'argent est venu, l'or, les orgueilleux, les pédants, la distinction du riche et du pauvre, et tout fut piétiné, oublié, rendu en cendres, laissé au vent, abandonné au fleuve qui passe. Une société sans pain serait une société sans sel, mais ils ont oublié le goût du pain, ils n'auront, au fond de la bouche qu'une grande amertume, un grand déchirement, une peine qui ne connaîtra plus sa joie. Et là où manque le pain, c'est la dignité qui manque aussi.

Il y a, paraît-il, des pays tropicaux où les enfants sont nourris de viandes juteuses à s'en donner un estomac plein, des enfants qui se baignent nus dans les rivières, entourés, dans la compagnie de quelques crocodiles, par des parfums antiques, là où se fait la beauté et la laideur du monde, quand on croit encore que la moralité des choses se fait essentielle; et l'on murmure des paroles de sages, pour trouver des significations a ce qui n'en a pas. Et on devra dire encore en rêvant que c'est le diable qui divise les hommes, et que quelqu'un est bientôt à la porte, grand en puissance et en clarté, et qu'il frappera pour ceux qui l'attendent.

Lui, le voyageur dans son intraitable courage, il racontait, par son sens du devoir d'épater, il racontait, et il ne savait pas ce qu'il disait quand il parlait de devoir – il en demandait aux autres et il n'y mettait pas du sien, il n'avait jamais accompli son devoir – pareil ainsi à tant d'autres qui font la morale aux autres et qui ne la tiennent pas pour eux. Lui, l'aventurier, du devoir et de la rage d'aller, et c'est peut-être ce qu'il lui était arrivé de plus juste, il s'était ruiné dans ses entreprises et martelait la table de sentences qui tombaient telles des arrogances de grand juge. Il racontait, ce cousin, à la table d'anniversaire, qu'il était chasseur de serpents venimeux et qu'il en était miraculeusement revenu. Il racontait qu'il était chef de guerre général, pour un grand roi nègre, un roi qui régnait sur les conséquences de la vie en l'ôtant aux autres, un roi qui régnait sur des lionnes et des éléphants, au pied d'une montagne sainte, et que la sainteté n'était probablement pas de là; un cousin originaire d'alcools et de profiteries, au pied de la montagne sacrée, des aventures ainsi racontées qu'elles donnaient des frissons dans le dos des enfants. Et ses prouesses de bagnard amusaient la table où siégeait la famille – des prouesses extraordinaires, des aventures mirobolantes, si folles qu'il en fut ruiné dans sa santé – et toujours il racontait, jusqu'à ce qu'il fût cinq heures de l'après-midi, instant où il prit congé de l'assistance, prenant excuse pour s'en aller qu'il avait un important rendez-vous, ce que personne ne crut.

Un cousin, c'est fait pour conquérir le monde, pour vivre au-delà de toutes les émotions; et puis revenir, raconter, se donner une importance que chacun pensait? Être légitime, faire en sorte d'épater pour mieux croire en lui – il est des gens ainsi faits pour avoir un auditoire suspendu à leurs lèvres – un cousin, ça raconte des aventures du bout du monde, et il faut le croire sinon périr, car il y mettait de l'émoi et il n'aimait pas qu'on le contredise. Qui donc n'a jamais eu un cousin ou un parent de cette trempe? Mais au voyageur sédentaire, à l'aventurier de l'esprit, il ne fallait pas tant dire. Ce n'est pas fait de croyances, d'indulgences, un voyageur casanier; on est fait de prières plus belles et plus insoumises, quand on est voyageur en chambre, et on n'a pas que la montagne pour seule référence. Alors quoi! il faut pardonner au cousin bavard; mais faut-il le croire lorsqu'il dit que l'on devient un homme en allant fermer la gueule aux crocodiles.

Au repas d'anniversaire, le frère du personnage principal écoutait avec passion l'aventurier des aurores africaines pour lui soutirer peut-être l'aveu de ce qu'il avait fait de l'héritage familial qu'il avait volé aux autres, par des astuces de prince chinois.

Comme pour l'entendre dire des sortes d'aventures et de péripéties que tout le monde, toute l'assistance voulait détenir, de même sorte que l'on pourrait se croire meilleur après. Mais lui, le personnage principal, il avait compris déjà, il n'écoutait pas, ou alors un peu, histoire d'agrémenter son humeur qu'il avait laide; et le vin versé et bu donnait du cœur à la cérémonie et de l'esprit aux esprits, c'est pourquoi il n'écoutait pas, égaré était-il dans une vérité que personne ne savait.

Quand on s'est raconté tant de chimères, à la table grande et large de la petite auberge de montagne, l'esprit et le cœur valent bien une petite attention; il n'est pourtant pas nécessaire d'écouter les autres, on ne le fait négligemment que par une petite politesse, à la faveur d'une main tendue, tout en regardant du côté des femmes, pour enfin deviner ce qu'elles ont à se dire d'important, pour rehausser le ton de l'aventure et rencontrer la beauté qui était bien banale ce jour-là. Bien émouvantes étaient les histoires de ce jour, de ce midi passé sur l'altitude de la montagne, contemplant les plaines et les cieux lourds tels des aveux, tels des mystères, dans l'abrutissement des cigarettes et des alcools, le regard portant jusqu'aux monts alpins qu'on voyait à peine sous leur couverture nuageuse.

Et toutes et tous étaient confortablement assis près des horloges anciennes qui donnaient l'heure en de grands avertissements de ferraille et de clochettes dont quelqu'un dit qu'elles étaient paysannes d'origine, de ton et de parures, avant tout; et cette révélation soulagea tout le monde. Et lui, il regardait le paysage, entre les arbres, en ce dimanche de mars, et il ne circulait bientôt plus d'émois et de faveurs autour des tables, toutes et tous repus, et les circonstances continuaient d'aller dans une tiédeur de ton qu'il remarqua, et il en fut content.

Mais cela ne le regardait plus, il ne portait plus d'intérêt aux autres, il était étranger comme il le fut toujours, sa douleur était morte et son opinion faite, il n'y avait plus rien à prendre ni plus rien à laisser, il avait en tête l'heure du coq, dans la basse-cour, près des rivages lacustres. Il y avait dans son cœur cet avertissement qu'il ne partageait avec personne, et cela lui faisait beaucoup d'indifférence envers ce qu'il vivait, pour les entreprises terrestres des autres; atteint d'un vieillissement auquel il donnait des vertus, ne partageant plus ce qu'il y avait à partager.

Rares sont les hommes qui ont véritablement quelque chose à dire, rares sont les bavards qui ne s'écoutent pas avant qu'on les écoute, et si on avoue de la pudeur à réfléchir, on doit aussi avouer de la pudeur à dire. Il retourne à sa terrasse. Regard rapide sur l'état du ciel, du temps qu'il fait. Là, des odeurs, de la signification de l'appétit, ici une odeur de vin que l'on cuit – tiens! à cette heure déjà; là, une odeur de soupe aux pois, le plat régional; puis, une odeur de farine qu'on fait revenir avec un peu de vin blanc – une exaltation d'odeurs plus festives les unes que les autres, et il en est heureux pour les maris qui rentreront vers midi – ce sont de braves ménagères qui sont à l'ouvrage, de presque jeunes femmes encore qui ont pourtant un âge inavoué, des voisines qui mettent à profit le dicton populaire qui laisse croire que l'amour passe par l'estomac. Elles sont à l'ouvrage dans leur cuisine, on entend des bruits de casseroles ou de plats qu'on sort d'une armoire; parfois, il y a une Italienne qui a du tempérament et qui chante à alerter son patrimoine, une chanson dans un langage qu'il ne reconnaît pas, et cela fonctionne, cela s'active, cela fait toute une humanité de braves gens qui travaillent à rendre le monde meilleur, qui se donne de la peine pour réussir le devoir du jour.

Et elles se donnent du souci, elles toutes à l'extrême du détail, à l'excès des soins qu'elles apportent, les ménagères de son quartier; mais elles ne sont que ménagères et femmes oubliées, ce qui ne suffit pas à son ciel ni au leur, ce qui ne suffit pas a entamer l'aventure, ingrat est-il! Elles ont des gestes touchants, des attitudes qui font grandir l'existence, les femmes du quartier – toutes semblables aux mêmes soucis – quand elles circulent dans leur cuisine – le seul royaume dont on les a fait reines, la seule importance qu'on leur concède – et élaborent leur repas, dans l'attente de l'élu qui sera gourmand à deux reprises. On croirait qu'elles détiennent l'avenir du monde, avec leurs pruderies et leurs gestes vifs, attachées à la famille mieux que les chiens de garde, fidèles parce qu'elles ne peuvent pas faire autrement, parce qu'il y a la vie qui les enveloppe, les dégrade, les courbe et les fait soucieuses; les femmes, peu soucieuses d'éclats, peu généreuses et peu quémandeuses, les femmes de ce climat; et elles détiennent le sort du monde entre leurs mains laborieuses, entre leurs fesses, en leurs entrailles de procréation. Et elles restent, le soir, sagement sur le pas de leur porte, frileuses et fidèles, et demandent au passant qui voudrait peut-être s'attarder un peu : – et vous, qu'est-ce que vous faites, de quoi vivez-vous?

Mais lui cependant, il a osé, il ne veut plus participer, il s'en remet aux Œuvres, il se fait profiteur, lui aussi; profiteur parmi les profiteurs, et il rend les injures, dans l'avilissement général, loin des chefs et des sous-chefs, eux qu'il abandonne dans leur grande bêtise et leur maladif acharnement à donner encore à ceux qui ont déjà trop. Puisqu'il n'y a pas de moralité à la fable, pourquoi donc en demander à lui seul?

Un jour peut-être – sachant maintenant la véritable moralité du monde – il se fera meurtrier ou assassin, pour rappeler qu'il faut la morsure du reptile pour féconder la race, pour défendre l'intérêt, pour apprivoiser la descendance, mais ce jour tardera, il ne veut pas commencer là où les autres n'ont pas fini. On ne va pas en enfer pour si peu de chose, l'enfer, c'est ici, c'est là, c'est le centre du monde et le centre de l'aventure, il n'y a de rémission qu'à ceux qui entreprendront. Y a-t-il des arguments pour le contredire qui ne se contredisent pas déjà? Un jour peut-être, il se fera grand prédateur, pour se consoler de la moralité du monde, rien ne peut être sauvé que par le feu, le feu au béton, le feu au bitume, le feu aux maisons, aux villas de maître, aux hôtels particuliers, le feu partout, le feu aux usines, aux chefs et aux sous-chefs, sauver la vie humaine par le feu, être fou furieux et donner de l'espoir aux enfants.

Pour l'heure, il tourne autour de la table, il vient, va et revient, regardant avec effroi le grand et le petit de ce qu'il a fait, il regarde le grand cahier blanc de pages blanches ouvert devant lui, et il attend que le feu le brûle, le maîtrise, l'empoigne et lui dicte ses effets inspirateurs, inspiratoires. Il attend l'instant, la minute, la grâce, et c'est créer peut-être qui lui viendra, auquel il parviendra, et son attente est presque plus précieuse, plus régénératrice que faire, que croire. De sorte qu'il ambitionne – parviendra-t-il à l'heure de la sentinelle – il veut donner l'œuvre, et faire en sorte qu'il ne soit pas simplement un désespéré dans une tentative désespérée.

L'heure passe, le temps lui presse, les émotions passent plus vite que les instants, il attend, dans les mots qui se percutent tels des voitures de conducteurs ivres – qu'a-t-il fait de ces moments de la vie pendant lesquels il ne faisait rien, perdu à réfléchir l'épine plutôt que la rose, il y a des instants à l'homme où la dignité se remet – reclus de fatigues physiques et d'émotions chancelantes. Ces heures et ces jours pendant lesquels il n'osait pas, instruit de devoirs qui lui soulevaient l'estomac, et il refusait l'obstacle, par précaution ou par lâcheté, par paresse, par égard ou par méprise, par sainteté ou par damnation, s'inclinant vers l'heure du clocher; et soudain, il commence, il tente sa dignité, il traque sa foi, farouchement, inspiré d'idées et de tourments qui mordent tels des bêtes sauvages. Elle est lente à venir, l'heure de comprendre, il en faut du temps pour se faire une raison au monde, et encore, ce n'est jamais la bonne, et puis, on n'est toujours fait que de troubles et de passions.

Un jour, il faudra faire de l'humanité une immense prison, un grand asile, ils seront acculés à prendre des décisions bien plus précaires encore; et ce sera leur dernière solution, leur dernier acte de commandement. Après, il n'y aura plus personne pour les regarder passer. Après quoi, ils iront se réfugier dans des cliniques psychiatriques où la discipline les épargnera par pitié, parce qu'ils ne sont pas plus braves que les autres, et ils demanderont encore qu'on les traite avec respect, eux qui en ont si souvent manqué envers les autres.

Pour l'heure, pour l'instant – on dirait que les peuples qui n'ont plus de riches sont des peuples malheureux – c'est la jouissance et la torture, la joie et la douleur, l'accouplement des fauves, la dérision et la certitude, l'amour et la haine, l'affabulation, la création enragée. Il dit qu'il doit avoir de la rage avant d'avoir de la compréhension, et avant que de mourir, cet enragement salvateur – on ne parlera pas aux rats en parlant de morale, on ne les tuera pas en leur offrant des récoltes – lui, voyageur de l'esprit, engagé d'étreintes et de soupirs longs comme des perditions, de la sérénité de la lionne qui cajole ses petits, il tente sa dignité comme s'il tentait une femme.

Le temps sera à la pluie, quand il sortira dans son après-midi, à la promenade comme à un pèlerinage, croyant sans religion et auteur sans lecteurs, d'une race d'homme qui s'est faite autant à l'espoir qu'à la déception, dans un orgueil farouche comme le lièvre, le chien.

Par un miracle extrême, qu'il considère comme très bien venu, il se trouve être en possession de trois manteaux de pluie et de deux parapluies qui lui sont venus par des générosités incroyables, et qui, à défaut de lui donner de l'élégance, font très bien l'affaire pour lui ôter sa gêne de fréquenter les autres, pareillement à ce qu'il serait atteint d'agoraphobie, dans sa petite misère propre et bien pensante, pareille à celles qu'il croise parfois, et qui regardent le sol de bitume, dans une honte, alors qu'il faudrait regarder le ciel dans une fierté indécente.

On doit se faire à tant de choses impures et maladroites, au souci de la planète, heureuses ou tristes au sort des jours qu'on ne peut plus prendre soin de soi, averti est-on quotidiennement de la bêtise et de l'égarement, et il y a tant de gens dans les cimetières qu'on doit se prémunir de mourir aussi. Alors, il s'est fait oisif et conspirateur, de l'oisiveté du corps pour ne garder également que la mesure de l'esprit, et on lui reproche cela tous les jours; mais il s'en moque, il vivra de ses idées, et il se détourne des sentences moralisatrices, elles qui ont cours dans les auberges à bière et à joueurs de cartes, qui sont l'ortie et l'épine du monde.

Il est à sa table maintenant, il existe, il tente son aventure et il arrache les choses, les mots, les phrases, à des complaintes de pleine lune, de rayons lunaires et de rayons solaires, à la bonne fortune de l'engagement. D'où lui viennent ces silences orgiaques qui le brisent, est-ce talent ou fanfaronnades, d'où sont issus ces mots et ces lettres oui l'insultent, que sont ces expressions qui le prennent de court et d'entendement déjà lassé? Il n'est pas de devoirs plus orgueilleux que ceux que l'on garde pour soi, à la tâche est-il maintenant fiévreux comme un ouvrier, méconnu d'aristocraties modernes dont il ne se fait même pas un souper. Et puis aussi, mais où prend-il le droit de tout juger, comme si c'était d'une essence intemporelle, comme s'il avait visité les prophéties et instruit les bâtisseurs. Il n'a rien de la vertu des saints, il n'en veut pas, cela lui a été mesuré, cela ne l'intéresse plus.

Il s'est fait pareil à quelqu'un qui eût voulu parler à la terre, à l'infidélité des hommes et à la timidité des femmes; à la nature étroite des êtres, leurs comportements douloureux comme des couches, à leur faim, à leur soif, leurs bonheurs et drames – haute est la demeure de Dieu dans le ciel – à leur attachement à la terre, aux choses de la terre, leur infatigable attachement émotionnel aux valeurs diaboliques qui font fuir les anges et qui apportent les malédictions.

A sa table donc, dans un effort gigantesque, appelé à combattre, appelé à la clarté, comme par un hasard sans importance, sans définition du bien et du mal, sinon dire le bien et le mal, dire la précarité de la vie, appelé tel le semeur et le meunier, le boulanger; dire combien il faut de patience et de détermination pour faire reculer le diable qui inspire le monde, le diable qui fait de la négligence des êtres tout son déjeuner et son souper encore.

Il ne se taira pas, il est de la foi du charbonnier, il est peut-être loin du compte, mais il ne compte non plus pas ses prières, il en est au compte de la formulation d'une chose ou l'autre dont il cherche la modalité. Et soudain, il y a ce paysage qu'il voit au revers de la fenêtre ouverte, et cela lui est neuf, cette image comme une impression d'ailleurs, et ce sentiment que donne le revers de la vitre lui appartient comme une chose dite et non-dite, un espace miraculé et miraculeux, et cette impression lui appartient et ne lui appartient pas. C'est la vie qui vient le visiter en une petite satisfaction hasardeuse, c'est le don d'une petite foi, d'une nouvelle conscience onirique. Sans s'émouvoir, ou alors, on ne s'émeut que plus tard – il doit inventer la beauté qui l'impressionne, et son souvenir sera pour son émoi, si insatisfait est-il de son sort – et si satisfait est-il de ce qui lui arrive, ainsi fait de la même nature des hommes qu'il n'est content ni lorsque les choses sont passées, qu'elles sont échues – il y a dans les maisons des hommes des images où la mort danse par des hasards malencontreux et elle ne s'épuise que dans un baiser.

Puisqu'il pleut maintenant, son ami ne viendra pas cet après-midi, il le sait, il le présume; ce n'est pas un ami à venir par un temps de pluie. Trop fait d'inconstances et de frilosités. Cet ami-là se cherchera une auberge ou alors ira à son auberge habituelle et là, il ne bougera plus, content d'être devant sa bière, philosophant aussitôt des circonstances de la vie, avec d'autres qui sont comme lui, qui sont toujours en avance d'une soif, épiloguant sur tout, sachant peu de choses et les répétant avec insistance, autour de la table ronde comme si c'était des vérités premières. Et ce sera bien cela, ce sera bien de leur vérité élémentaire que de discuter avec ignorance, dans une petite façon d'accommoder les autres et la vie, en buvant jusqu'à la soûlerie, enfermé dans un confort qui les rassurera de la marche du monde, leurs paroles faites de sentences redites et de remords repris, jusqu'à la nuit qui les verra sortir enfin, titubant le long des rues.

Un ami de cliniques psychiatriques, formulé en des temps anciens, si tant est que l'on peut édifier une amitié entre deux sortes de remords, l'un qui est de trop boire et l'autre qui est de trop penser à soi, l'un et l'autre également sournois, également stupides, dans la petite faveur et défaveur des jours, avant et après, dans le jour qui emporte ses amertumes comme le fleuve emporte ses alluvions.

C'est midi qui est passé déjà, et l'heure sonne au clocher, et le ciel est couvert, on dirait une menace, le ciel est couvert de nues blanches et noires. On peut croire parfois que le temps qui passe est institué d'une monotonie fatale, tel un mal qui remporte, un mal de dent à ne plus rien croire, un sentiment d'absence dans une solitude insoumise, et rien de ce qui est ne transpire une insolence sournoise de vivre, rien n'est conventionnel cependant que tout est d'une convention habituelle. Il est occupé à regarder dehors encore, occupé a épier les sens que la vie, par hasard donnerait, mais il n'y a plus rien à voir sous ce ciel couvert, rude, pénitent et impénitent, un peu comparable à une maîtresse dont on aurait perdu soudain toutes les affections. C'est mai, c'est le printemps, mois et saison de légende, d'un grand rêve et d'une grande déception.

Il se souvient soudain que son père l'avait pris sur ses genoux, en des temps reculés, sur ses genoux et lui caressant le front, le soir de Noël à l'église, pour se donner une contenance de bon père, peut-être, ou touché par l'émotion des lieux et de la soirée – et c'est mince comme essence du souvenir, cela ne tient pas debout, c'est juste pour faire croire, un semblant d'affection pour sa personne de gosse mal nourri – c'est peu de choses en regard de ce qui lui a manqué, et ça n'est même pas une consolation, ce n'est qu'un désordre de plus sur un chantier qui en a eu tant d'autres, c'est le pot de terre qui rencontre le pot de fer, c'est peu de choses et c'est toutes les choses qu'il ne trouvera jamais plus. Il a ses fils de fer barbelés, lui aussi; tout le monde a sa barrière de barbelés en lui, en soi.

Mais ce souvenir du soir de Noël à l'église ne lui est venu que plus tard, alors que sa réflexion et son souvenir s'aiguisaient; peut-être l'a-t-il lui-même reçu par une autre narration, un autre récit lu et enregistré, et qu'il aurait accaparé pour se faire un peu de vertu, puisque cette vertu-là est nécessaire pour accompagner les jours, pour ouvrir à nouveau les lourdes portes qui se ferment avec fracas, quand on va sa vie et que l'on n'a rien d'autre pour s'édifier par la vertu, simplement, par un équilibre, pour se racheter, pour un équilibre hasardeux, choir ou ne pas choir sur le sol de bitume des rues. Pour tenir sur ses jambes, pour oser se servir un grand morceau de pain, quand la faim survient, quand elle monte à la bouche; et croire encore que c'est un don du ciel à une terre de misérables.

C'est l'heure de midi, l'heure du bouillon de bœuf chaud et du morceau de pain qu'il taille près de la huche – c'est une civilisation de gros que cette civilisation de mangeurs – et c'est par une civilisation égoïste et inconvenante – puis, il range la huche, et il mange, une cérémonie qu'il voudrait partager entre tous, et qu'il pratique seul, éprouvé de doute, puis il pratique l'ordre parmi les choses, c'est le seul travail manuel dont il se souvient – et assez content de ses petites habitudes de croyant incertain – comme si les habitudes sauvegarderaient la vie; lui, épié de conventions et des soucis qu'il a partagé avec des fous, il se soulage enfin de ses manies outrancières qui sont le sel de son existence. Il ira se promener plus tard, si l'ami ne vient pas,; il ira, sous la pluie et dans le vent qui chasse les nues, prendre des nouvelles sur l'état du monde, si l'ami n'est pas venu, et il pense maintenant, à le bien connaître, qu'il ne viendra pas. Un ami, ce n'est pas fait pour les jours de pluie – mais ça devrait plutôt l'être justement – les amis qu'il possède sont de petits aventuriers de circonstances maladroites, des amis qui boitent dans la vie, de corps et d'esprit, sous l'auvent des péchés pardonnés et des innocences inavouables.

De quoi donc est faite sa narration, quels sont ses grades et ses références, de quoi est-il l'héritier inconvenant pour avoir cette ambition singulière de dire, de vouloir dire, de se prononcer sur tout, catégoriquement et sans honte, sans ambition autre que la sienne et qui est probablement monstrueuse. A-t-il écouté le vent dans les tourmentes d'été, sous l'orage foudroyant; a-t-il entendu l'oiseau qui avertit, comprend-il les gestes du semeur, est-il meunier et boulanger à la fois, connaît-il l'odeur du pain en hiver dans la cuisine des fermes assiégées de bise et de frimas, à quoi veut-il parvenir, quel est son ressort, quelles sont ses certitudes, comme s'il pouvait exister des choses que l'on appellerait certitudes ? N'est-il pas parfois cerné par le doute, mais ne peut-on pas croire du doute qu'il est à l'origine des plus belles certitudes ? Pour ce soir, il mangera un ragoût paysan agrémenté d'une salade et de quelques pommes de terre à la valaisanne.

Voilà, il est arrivé le temps pluvieux annoncé par les météorologues, elle est arrivée la perturbation océanique – il pleut désagréablement, il pleut pour faire croire au pire – on voit pleuvoir en regardant vers le dehors ; et, de la terrasse, au-dessus de la ville, sur le clocher puis sur la montagne, on assiste au retour de la pluie ; et c'est le mois de mai dérisoire qui se fait de larmes et de soupirs.

Il pleut, il constate le dépit du ciel et constate de même son propre dépit, et l'humeur du ciel est aussi l'humeur du personnage, de cette même humeur catastrophée qu'il aura en sortant pour la promenade, cet après-midi. Lui que rien ne consolera des déroulements du jour, si habitué est-il d'avoir un confort domestique supportable, et d'avoir aussi un confort mental acceptable, en cette humeur qu'il aura à ne rien dire du temps qu'il fait et celui qu'il ne fait pas.

L'arbre est donc devant lui, dans le jardin de la maison d'en face – un immense agrément où le merle chante, où le rossignol chantera – cet arbre qui est un personnage important de sa vie, cet arbre qui désigne les saisons, qui les interprète, les rappelle ; on dirait un érudit, on le dirait sage, on dirait qu'il fait des gestes, qu'il avertit, qu'il donne un sens à l'émerveillement dont il s'accomplit. Un oracle, comme tous les arbres, un être méditatif, un personnage de vie et de sens ; et peut-être viendra-t-il encore des jardiniers pour lui rogner ses branches, pour l'insulter, les jardiniers qui sont orgueilleux de leur petit savoir et qui, à l'instar des paysans raconteurs d'histoires, combattent la nature et qui diront, si on leur fait un grief : – c'est la nature qui veut ça, c'est la vie de l'arbre, il faut nous faire confiance, c'est notre travail ! Et il devra retenir ses injures, et le temps passera, et l'arbre qui est un malin redeviendra pareillement beau, le printemps suivant, par son feuillage épanoui. On dirait le salut d'une âme, le rachat d'un cœur, l'arbre, droit devant, dans cet élancement, cette conquête pieuse de l'espace et du ciel. La saison passera comme en un rêve, il n'y aura plus de gel aux corolles de l'églantier. Il faudra rêver la saison, c'est un devoir de gentil.

Il aura, en avril, autrefois, entendu le merle chanter près de la véranda de son oncle, celui qui parlait de l'exil et de l'exil des peuples, celui qui en faisait une importance attentive – il était toujours gai, gai et solennel quand il parlait de cela, et ça lui était, pouvait-on croire, d'une joie à la fois vive et triste, comme s'il avait perdu et retrouvé des choses d'importance – comme s'il regrettait quelque chose qu'il ne voulait pas avouer, une sorte de ressentiment, à la fois une amertume et un reproche, dans un destin échoué – aurait-il voulu lui aussi un autre sort pour ses jours, un autre entourage, une autre mesure d'accueil, une mesure comme une mesure de plénitude heureuse qu'il ne connaissait pas alors, quand il parlait dans la véranda, devant l'assistance éberluée des cousins et des frères, tous attentifs et indifférents, pareils à des auditeurs qui entendent quelque chose de nouveau.

La véranda d'exil noyée de soleil. C'était Pâques, un matin de Pâques, et tous les clochers de la ville avaient appelé et rappelé. Puis, autour de la table, dans la vastitude de l'instant, il avait distribué le pain du dimanche et versé, dans de grandes tasses blanches, la boisson chocolatée et nourrissante, et tous les enfants avaient mangé et bu avec appétit – eux tous réunis, toute la génération des promesses, avait-il dit – de grand appétit et de grande soif, pour tenir tout le jour ou du moins jusqu'à midi; et il riait, il était gai et drôle, il chantait des airs d'opéra en allemand, content de lui et de sa générosité. Se sera-t-il souvenu, le personnage principal, de ce matin de bonheur hautement parvenu, achevé, édifié de grâce et abondance; en aura-t-il eu des instants à se souvenir de cette paternité nouvelle, dans la véranda, alors qu'une fanfare jouait au dehors, pour les anciens, pour les vieux réunis au sous-sol, et que toutes les promesses des hommes étaient tenues, en ce jour-là. Et l'enfant avait choisi son sort, déjà; l'enfant presque abandonné, l'enfant qui n'aurait, pour tout viatique annuel que cette heure de clarté.

Un oncle – il en avait alors plusieurs, mais aucun de Véritable – un oncle, c'est toujours une fête, un oncle, le voir et l'entendre dire, cet oncle-là, cet oncle qui enseignait, qui avertissait, qui ramenait les choses, qui dictait les émotions, à cet oncle-là, que de reconnaissance ne lui a-t-il pas dédiée. Un oracle qui donnait autant à entendre qu'à manger, avec sa joie et son affection naturelle; et l'enfant ne savait plus très bien de quoi profiter le plus, de ses paroles ou des larges tranches de fromage qu'il donnait, qu'il servait avec de l'entrain, et il savait que servir avec de la joie peut être beaucoup plus que servir, et le nourrissement était d'écouter et de manger à la fois, de même sorte, ose-t-il dire en se rappelant, qu'une sainte cène, presque.

Que ne sera-t-il pas nourri de ce souvenir! Un oncle, c'est précieux, en des temps difficiles. Il ne faut pas rendre à la haine, à la rancune, à l'égarement, à l'éloignement; un oncle, un oncle qui sait parler et donner, qui accueille et qui réjouit, c'est d'une grande importance aux souvenirs des enfants qui viennent de leur campagne et qui faisaient les yeux ronds devant l'abondance de la table. Puis, il fallut repartir, remettre les pieds dans les sabots, enfreindre la loi des sollicitudes; et c'était les bourreaux qui succédaient aux anges, sous l'indifférence des cieux. Mais toute la terre était remuée, pour l'enfant, remise à des labeurs d'émoi qui occuperaient longtemps encore le quotidien.

Que de fois ne sera-t-il pas tenté de dire sa souffrance – quelque chose comme un mal physique à l'esprit qui le fait anxieux et désespéré et dont maintenant il ne se relèvera plus qu'avec douleur – et ce ressentir avec l'âge, plutôt que de régresser, monte encore en force au sein de sa mémoire, et c'est un drame pour lui, c'est un nouveau et ancien drame à vivre, inconfortable, épuisant; dont il croyait pourtant avoir perdu la trace en lui, mais non, si violent et amer qu'il ne sait comment s'en détourner, et cependant, voilà que le souvenir lui revient, qui salue et qui s'installe comme une parenté d'infortune et de mauvais aloi, misérable, dont il ne voulait plus, et c'est un incendie qui le consume, il en vivra ou n'en vivra pas, il se fera une raison ou bien, c'est sa raison qui l'emportera ailleurs, dans un précipice dont il évite d'en mesurer la profondeur.

Et parfois, dans le colportage de ses émotions nouvelles, dans ses allées et ses venues, il entre dans les églises et ainsi, il prie le divin de l'épargner, il prie pour une rémission peut-être, pour quelque chose qui arrivera et qui le sauvera de cette aventure, si cela est du possible de la vie qui passe, du possible de l'âme qui invoque sans savoir, et peut-être qu'il faut porter sa part et qu'il la porte; il prie et il menace, parce qu'il est du sort de cette terre. Et il aura faim encore, du pain et du fromage que lui servait son oncle, une saveur forte et irraisonnée, et il aimera cette faim guérissable, il la recherchera dans tous ses états, parce qu'elle est brave, salvatrice – parce qu'elle est féconde d'idées, et qu'on obtient plus de ses soifs que de ses rassasiements. Parce que c'est une faim heureuse, et c'est incroyable, mais il peut dire qu'il y a des faims heureuses.

Viendra-t-il l'ami, vers les trois heures, étancher sa soif indestructible. Pour l'instant, il ne cesse de pleuvoir, et cela rend tristes les images du dehors, triste le monde envahi de nuées qui font son deuil à la montagne. Et le vent vient et passe, semblable à l'homme ivre qui marche sur la voie publique, encore inassouvi d'alcool, qui hurlerait contre les portes des auberges déjà fermées. Sera-t-il derrière la porte, vers les deux heures, le voisin de chambre dans des hospitalisations lointaines; viendra-t-il ou ne viendra-t-il pas – et cette indifférence subite du personnage principal qui dira à son ami qu'il est lassé de lui – viendra-t-il réclamer, en sa compagnie désagréable, sa ration de vin qu'il dégustera avec des lèvres gourmandes et insatisfaites, tant il aura à redire sur la qualité et la quantité, s'il vient.

Il n'est plus dans son cours de visions essentielles, le personnage principal – ô! la pluie sur les feuillages nouveaux, et l'on dirait une salle qui applaudit au concert, le vin est tiré et il faut le boire – il n'est plus dans le cours d'un raisonnement signifiant, tant est-il fait d'hésitations à l'ouvrage, depuis que son âge l'a abandonné au vieillissement – il vient d'aborder la soixantaine – maintenant, il est un peu comme un cheval fourbu qui vient de labourer ses hectares, sur la montagne et dans la plaine – il est de ce fait un être de fatigues et d'anxiétés, fourbu de rien et d'autres circonstances encore – fourbu tel les bœufs qui ont labouré les parcelles qui sont voisines de la rivière, en amont et en aval, grandes et fertiles, qui donneront la fécondité de la terre. Et il sera toujours épris du sentiment d'avoir su presque garder sa jeunesse florissante – un sentiment qui convient à d'autres aussi, de la même facture d'esprit et de raisonnement – et, en même tant, de l'avoir perdue sans que ce soit une source de regret pour lui.

Mais où sont-ils donc maintenant, les êtres de l'intelligence humaine, ceux de l'intelligence du cœur qu'il espérait tant rencontrer plus tard, au-delà de son âge, au-delà de la jeunesse, dans sa petite ferveur de racheté. Ils n'existent pas, on ne les rencontre pas, ils sont morts ou rendus à peu de chose, ils ne sont plus que l'écrin qui contenait le bijou volé, plus que la cage qui contient l'oiseau, ou alors, ils se taisent, ils ont changé de rôle, on ne les voit plus au fronton des barricades. Ses joies sont enfouies, il en est là de son temps où l'on ne se préoccupe plus de l'heure qu'il est, de l'heure que l'on vit parce que peut-être, vers son âge, on est plus rassasié de jours et d'instants que de questions et l'oubli vient et ne vient pas, comme si les hommes s'emplissaient de quelque chose d'étrange en prenant de l'âge, quelque chose comme une part donnée que l'on sait pourtant reprise, comme un sentiment d'assouvissement qui constate encore un appétit de vivre jusqu'au bout, dans l'abondance des moissons, lorsque fleurira la dernière rose de décembre.

Quelle heure peut-il bien être maintenant aux cadrans des horloges, aux chiffres des montres, à la splendeur des clochers, aux frontons des gares et à la fierté des établissements publics et des édifices à vocation religieuse. Il doit bien être une heure solennelle, il doit bien être une heure bonne comme le pain, une heure de cette espèce des heures qui font les destins et les sorts, qui plantent la vie au milieu du cœur, qui réveillent les anges et qui font plus avec le moins de la vie. On dirait qu'il est fait d'un équilibre instable et qu'il cherche à sa vie sa signification aventureuse et légendaire, encore; comme s'il n'avait pas assez raisonné son sort, alors qu'il n'a fait que cela, depuis toujours et qu'il a peut-être échoué dans sa tentative de se donner une seule raison valable de vivre. Comme quelqu'un qui doit remonter un vent contraire, comme quelqu'un qui ne sait plus l'heure et qui pourtant a pris un rendez-vous auquel il ne sait pas s'il arrivera en avance ou en retard. Il faut rester dans la citadelle, aiguiser ses raisonnements comme on aiguise des armes, et affronter le diable qui est aussi l'adversaire. Il retourne à sa terrasse, pour un peu voir la situation météorologique. Il pleut, dans un désarroi de vieille légende.

Aura-t-il l'occasion de le lui dire – à cet ami qui tient si mal debout, qui désespère et qui est désespérant – il pense que cette amitié-là est achevée, il n'en veut plus, qu'elle est morte d'une mort irrévocable. Quand son ami viendra frapper à sa porte, vers les deux heures, il sera déjà parti, il sera exilé de sa demeure; et l'ami trouvant la porte close, cet ami-là jurera contre le ciel, lui et le sort défavorable, ne sachant plus rien de son équilibre, déjà, ne sachant pas vers quelle auberge aller, puisque plus personne ne fait crédit aux errants, à ceux dont la damnation est une trop grande soif. Et cette manière qu'il a l'ami, de craindre jusqu'à son ombre presque.

Peut-être les chasseurs de perles, dans les mers tempérées, ont-ils besoin de courage pour affronter les requins, puisque l'envie d'avoir est bien plus forte que l'envie d'être, puisqu'on abandonne souvent, à la saveur de la bière ou du vin, l'être à l'avoir; et que c'est une loi universelle, une loi qui traverse toute l'édification d'une nation. Que le monde entier comprend et déteste, puisque les êtres sont ainsi faits qu'il ne peuvent, dans la tourmente des jours, ni refuser ni accepter Dieu, et qu'ils restent là, debout ou couchés, à se demander s'ils ont bien agi.

Il était à ces instants-là, à ce parcours du temps et des déterminations, vers les cinq heures du matin, quand il parvint à la gare, démuni de tout, vivant un échec d'une grande intensité, abouti là par une série d'épreuves dont il ne savait pas encore toute l'importance en lui, toute la mesure de désordres et désillusions; il cherchait le numéro de quai du train pour Berne – là où il voulait se rendre, remettant au lendemain toute sa dignité, étant fait de maladies et déroutes intérieures, voulant reprendre sa vie à l'obscurité, voulant aller vers son canton, poussé par un trouble qui lui faisait croire que son sort était là.

Le train pour Berne, ville qu'il irait rencontrer à nouveau, puisqu'il venait de là-bas, sa valise dans une main et sa machine à écrire dans l'autre main, ses membres déjà fatigués, déjà déçus de leur encombrement – le poids des choses, rendu à un sort qui lui pesait plutôt qu'il ne s'en avertissait, qui lui donnait une âme lourde et un cœur défaillant, ne sachant plus que faire – et il ignorait, à ces époques, que sa fatigue lui venait de loin, de trop loin pour qu'il pût de lui-même s'en racheter.

Qu'était-il venu chercher dans cette ville, huit ans plus tôt, incompris encore de faveurs amicales, sinon un travail et un lointain attachement à une culture romande qui, bientôt, le décevrait terriblement. Il était venu en ces lieux pour mériter un pain qui le ferait digne aux yeux des autres autant qu'à son propre regard. Qu'était-il venu chercher là, en des lieux hostiles et étrangers, presque ivre de n'avoir rien bu, la maladie, la prévoyante et imprévoyante maladie déjà inscrite en lui, et il allait faire ce que peuvent faire les hommes réduits aux obéissances malvenues.

Quels regards sur les choses, sinon des regards maladroits, avec le petit savoir qui était le sien; lui, conspué de fatigues anciennes et nouvelles, et cherchant quand même, dans des éloignements de grande solitude, un sens et une raison à tout, lui qui n'avait reçu, dans ses pauvres instructions, ni le sens de l'un ni le but de l'autre. Et il demandait parfois à quelqu'un qui passait, qui lui semblait être un homme de bonne compagnie – où est le sens, où est le but? où est l'avertissement, où est le chemin, la démarche à faire – mais personne ne semblait savoir, personne n'avait de temps à lui consacrer; qu'il soit avisé ou primitif, l'homme ne s'arrête pas dans la rue pour répondre à l'inconnu – riches ou pauvres, les gens ne s'arrêtent pas dans la rue, les gens ont leurs soucis, leur enfermement dont ils ne savent pas eux-mêmes se défaire, dont ils ne veulent pas se méprendre – et le passager clandestin, le guetteur d'ombres dans son fourvoiement ne fait ni leur intérêt ni leur fortune.

Il avait désespérément cherché un sens à son énigme intérieure; mais, maladroit ou mal avisé, il n'avait pas trouvé, il avait échoué dans sa recherche. Maintenant, il marchait vers la gare, décidé à partir, à quitter les lieux de son désœuvrement; et tout rendre à l'oubli, dans le seul souci de retrouver un sens à vivre et cet autre sens qui est le sens de la dignité; maintenant il marchait, enfin décidé à quelque chose, s'arrachant à sa petite racine, vomissant déjà ce temps de disgrâces; la valise à la main, quelques effets et quelques livres, puis, dans l'autre main, au bout de l'autre bras, la machine à écrire, qui avait si peu servi à de grandes élaborations, pauvre voyageur qui ne savait même pas la consistance des jours ni leur étroitesse, ne sachant rien encore de leur fatalité.

Il était en errance, et se sachant accoutumé à cela, pas même surpris de se trouver là à cet instant, tant son sentiment d'errance lui était familier, toujours donnant à l'horreur des jours l'horreur d'être encore, perdu était-il maintenant dans le passage souterrain qui établissait la distance entre le passé et le présent, et c'était un adieu, l'adieu simple et banal à des choses connues, un adieu à ce qu'il avait tant aimé et tant haï, et cela comme ne savent le faire que les êtres éthérés ou inconscients, inaboutis dans leur personnalité.

Il marche, il va, péniblement, dans un petit malheur d'aller, mais c'est toute sa petite vie que cette errance, il n'apprend à connaître que ce qui lui était déjà connu, et la douleur qui lui vient au cœur, en ce moment, n'est que le fruit connu de sa négligence. Et c'est son sort, son trajet, son parcours de désenchantement – sait-il au moins que c'est le hasard qui le guide et que c'est toujours comme ça que cela arrive quand on laisse le hasard entrer dans sa demeure mentale – il va, misérablement; il n'a rien fait, rien commis de répréhensible, mais enfin est-on innocent d'échouer, qu'est-ce qu'on demande à quelqu'un qui a mal parcouru son chemin, et déjà il ne regrette rien, comme si une chanson lui venait avec des couplets nouveaux. Il la sait, c'est le maudit hasard qui le chasse, le hasard l'entourant de blessures, le hasard pervers qui donne à ceux qui n'ont pas besoin et retire à ceux qui ne sont rien.

C'est un matin de dramaturgie infâme, un matin de miséricorde et de grâce; cinq heures, il fait froid, un froid de février, et il y a ces escaliers à gravir maintenant, dans son cheminement jusqu'au quai, et il souffle, il est un peu comme une mule que l'on a trop chargée. Advienne que pourra, il est dans son errance, un peu malheureux et un peu content d'avoir enfin décidé quelque chose qui le rachètera, pense-t-il, et il croit qu'il n'y avait rien d'autre à faire.

Il va, il chemine gravement, il croise les autres sans les voir, sans les regarder; et déjà, il y a du monde à la gare, un petit peuple matinal, il ne savait pas, il croyait pouvoir être seul, mais non, on ne le regarde pas non plus, il y a des circonstances dans la vie, si ce n'est qu'elle, où il est préférable de ne pas s'étonner de voir passer un voyageur si convaincu, si chargé de fatalité. Prendre la pitié pour de l'indifférence, il s'est donné son aura, il poursuivra le chemin jusqu'au bout, pour qu'enfin Dieu soit témoin de son odeur, de son aristocratie de l'égarement, mais à quoi bon l'avouer, personne ne lui en tiendra compte.

Il est des jours ainsi qui soulèvent l'amertume du cœur, les enfants ont des images dans les yeux que guettent les larmes, on ne devrait jamais rien croire dans la vie, croire est un sentiment de fortune et d'infortune, on ne devraitpas croire et laisser les autres à leur culpabilité ou à leur innocence. Croire est un sentiment équivoque, on doit d'abord croire en soi avant d'aborder la moralité des autres. Pour l'instant, il ne croit rien, il est dans la tourmente, dans un semblant de tempête neigeuse; le quai est là, des escaliers encore, à gravir, peut-être la lune à atteindre, il est labouré par l'âpreté de son effort, rien ne semble aller, c'est un jour de douleur et d'incertitude, un jour qui est fait de l'horreur de la crucifixion.

Dites-moi, quel âge a-t-il donc, la trentaine à peine en ce temps-là, voilà de quoi espérer encore, c'est un âge qui en a avisé d'autres. Que laissera-t-il derrière lui, sinon du vent, en partant si misérablement. Quelle trace laissera-t-il dans cette ville à la dévotion des étrangers, à la dévotion des actionnaires, comme toutes les villes qui ont un ministère des impôts et un ministère des banques, mais ce n'est pas le même, il ne faut pas mélanger l'auge avec la porcherie. A-t-il donné, a-t-il reçu, était-ce de l'avarice ou de la générosité, est-ce outrage que de le penser, était-ce du lard ou du cochon? Il n'a rien reçu, il n'a rien donné, semblable ainsi aux errants véritables, aux tziganes, aux abandonnés, tous de la race des orgueils irréfutables, incompris et délaissés, semblables aux galets des rivages océaniques, rejetés puis repris, la vie un peu pareille aux grands édifices des bords de mer où l'on joue, dans la passion, le sort et le destin, sans comprendre véritablement.

Voilà le quai, le train est là, il ne reste qu'à monter et trouver une place encore, dans l'empressement des gens et leur humeur matinale conséquente et inconséquente. Le pire est passé, croit-il; maintenant, tout ce qu'il a vécu ici est dans son dos, il le renie, ce temps ingrat, ce temps amer, il n'a même pas un dernier regret, pas une petite sollicitude, il monte. Il y a encore de la place, mais que de monde déjà, on voit bien qu'on a à faire à un peuple de travailleurs, de gérants, de comptabilisateurs. Il s'installe, un compartiment est libre encore, c'est fait, il s'assied, il est sauf, repris vaguement d'espérance. Il veut retourner chez les siens, dans son canton, vers son origine raciale, et là, il pense vaguement qu'on s'occupera de lui, ce qui est une espérance légitime. L'aventure reprend, il se remet lentement, c'est l'imprévu, c'est l'étonnement que ce compartiment de chemin de fer où il y a de quoi aller maintenant, dans une servitude déjà oubliée, et il se redispose l'esprit par des sentiments d'achèvement et de recommencement. C'était un bien mauvais rêve que cet exil au pays du désenchantement qui fut intérieur avant tout, et il ne faut pas en vouloir aux gens de leur indifférence, ce n'est que le lot de leur vie déjà. Installé, il jette encore un regard au dehors, là où c'est la nuit encore, et on ne voit rien de significatif, rien d'approbateur, aucun reproche. L'épreuve lui semble être terminée. Il se dit qu'il abandonnera peut-être, au fil du trajet, sa coupable négligence du cœur.

Mais qu'a-t-il donc fait, ce curieux voyageur, pour se faire des reproches, comme s'il se sentait coupable de quelque chose, alors qu'il est de l'innocence des braves et des gentils. N'a-t-il pas simplement tenté de vivre, de se faire une raison à la sale moralité du monde, dans cette ville qu'il vient de quitter, à l'affût d'autre chose, cherchant dans sa nuit comme une sorte d'impunité ? Qu'a-t-il donc fait pour ne pas être agréé par la sainte soumission générale à des moralités que l'on ne connaît que trop, en cette ville qui n'a d'égards que pour les ayants droit et les participants. Peut-être a-t-il tenté de réfléchir, tenté une réflexion, et ça, c'est le pire des crimes, c'est de la plus haute des désobéissances.

Peut-être lui reste-t-il des illusions encore, en quittant cette ville de l'illusion et de la désillusion des hommes ; il ne sait pas, il laisse fuir une réflexion pour en suivre une autre, il lui est préférable de laisser tomber un ancien orgueil pour se faire croire qu'il en retrouvera un nouveau.

Ou craint-il de son enfer passé la blessure, et ne craint-il pas déjà l'enfer à venir – le sort des hommes avertis ne vaut pas le sort de ceux qui sont inconscients – par sa nature soucieuse, reptilienne ; ou bien vivra-t-il enfin des jours fleuris, comme il l'espère, et comme il l'espérait déjà en venant ici. Il allume une cigarette, après avoir repris son souffle – en ce temps-là, il fumait encore ; en ce temps-là, il n'avait mesuré ni la hauteur ni la largeur ni la profondeur – et ce train qui attend, qui ne part pas, qu'est-ce qu'ils peuvent bien faire, où est l'ordre et l'exactitude.

Cinq heures du matin, et la vie d'un homme qui échappe à la monotone trame des jours, dans cet enfer devenu grand à force de faux raisonnements, de fausses attentes, de blessures infamantes. Est-ce une vie perdue ou une vie gagnée, il ne peut le dire, mais il y pense vaguement, et puis l'étreinte des sentiments le quitte, le laisse choir. Il y a des moments de l'existence qui sont graves et où, véritablement, on ne pense à rien, sous le coup d'une émotion trop forte. Et peut-être est-ce mieux ainsi, mieux que le doute dans la maison en flammes, mieux que l'hésitation. L'esprit est constitué de la sorte qu'il échappe au pire parfois, fort d'une émotion qui peut être salvatrice, avec les comptes que l'on tient.

Il reprend lentement des forces dans la solitude précaire de son compartiment – toutefois, il viendra bien quelqu'un pour s'asseoir en face de lui, comme c'est toujours le cas en cette situation infamante – il reprend une sorte de courage, une sorte d'ancienne vaillance comme il en avait en son jeune âge, puisqu'il lui fallait avoir de la vaillance tout gosse déjà, si exposé était-il aux assauts répétés de l'animalité humaine. Il revient à lui, il reprend ses esprits un instant abandonnés aux fauves, l'espérance fait vivre le pauvre comme le riche, il n'est pas juste de dire que c'est la consolation des imbéciles. Il fait nuit encore, à cette heure du matin de mi-février abasourdi d'un grand souffle de bise persistante. Les dés en sont jetés, c'est le fruit de sa réflexion; ici, il ne travaillait pas, installé dans une insidieuse oisiveté qui ne pardonnait pas un seul sentiment adverse, puis, lourd encore de son passé en ces lieux, pourtant soulagé, attentif, il attend que le train parte. Et dans cette nuit désespérante, aux aguets d'une dernière familiarité qu'il surprendra sans émotion, il se verra partir sans remords et sans regrets.

Dans cette obscurité où il réside encore, qu'il invoque plus qu'il ne détermine, il regardera sans un intérêt au dehors fait de vieilles fables et de vieille civilisation.

Il est venu en avance – ah! oui, l'individu prévoyant – et il écoute la ville dormir encore telle une lionne dans une cage au cirque, une vieille lionne domestiquée par des forces qui n'avouent jamais leur profiterie. La ville dort – il y a cette animation de la gare qui est rédemptrice, et où des passagers inconnus vont et viennent sans lassitude – et c'est à peine si l'on ose imaginer le sort de ceux qui sont là, s'activant au mieux autour de leurs tâches. Leur destination, leurs espérances, leurs sortilèges, ce qu'ils raisonnent, ce de quoi ils sont faits, par des destins qui les rapprochent et les éloignent. C'est l'art qui sauve des maladies les plus infernales, ce n'est pas la médecine ou les charlatans.

L'aiguille des secondes de l'horloge, qu'il a devant lui, sur le quai, juste là pour lui rappeler, pour dire, pour faire savoir que la vie est faite de jouissances puis de châtiments. L'aiguille qui avance, qui trotte, qui cannibalise le temps; et c'est encore la vie qui va, il n'y a presque rien à dire d'une destinée où l'on se sent convoqué sans ne jamais être reçu, comme dans les fables africaines, indiennes, sous les auvents terrifiants de la jeune Amérique.

Ce sera l'inconnu, tout à l'heure, quand le train partira. Il n'aura plus d'attaches, rien, ni amis ni amantes, plus rien, rien pour le retenir. Il patiente sans hâte. Le temps, une sorte de temps lui est à nouveau accordé. Il laisse tourner l'aiguille des secondes de l'horloge, il n'a de hâte qu'à regarder fleurir les nouveaux parterres de floraisons qu'il rencontrera demain. Il veut redevenir un homme, de la vertu et de la réflexion des hommes; il ébauche vaguement, de la sorte d'un esprit repu d'angoisses, et cela ne l'élève pas ni ne l'abaisse, c'est son lot en lequel il est de parenté intime – cette ville où il fut tant curieux, sans n'avoir rien découvert qui lui soit utile ou bienvenu, rien d'autre que ce que les autres ont déjà compris, déjà saisi

– et pourtant, peut-être fut-il appelé à il ne sait quoi d'essentiel, de pur, de profondément enraciné dans la nature humaine; et pourtant, il allait, comme frappé d'impuissance, d'une impuissance de l'élaboration, de la prononciation mentale des paroles et des mots.

Et le train qui ne veut pas démarrer, qui reste là, à quai bêtement, allongeant le temps; et alors grandit en lui l'attente d'une révocation du sort, et cela relègue sa patience au fond d'un grand trou que les anges ne visitent plus, si agacé devient-il de cette attente, cependant que l'on entend venir sur le quai encore des pas pressés et le train s'emplit, le train bouffe ses passagers, le train engloutit son lot de voyageurs, et tout lui reste à entreprendre, de la même sorte de destin qu'un voyageur entrant dans un labyrinthe.

Mais que pensait-il, voilà que le train démarre enfin, lentement tout d'abord, pour en faire croire, mais il va, il quitte les lieux; et c'est un apaisement qui le gagne, d'autres sentiments qui lui vont sur le cœur; puis, les bruits de la traction, le passage des roues sur les rails, l'enchevêtrement des aiguillages, tout cela fait un vacarme et une musique qui le pénètrent, et lui donne une impression de force grandiose, de consolation, d'achèvement et de recommencement. Puisque les mots ont une puissance si mystérieuse, puisque les paroles sont si énigmatiques à prononcer, il rentrera en lui-même, afin d'accomplir une sorte de pèlerinage dont lui seul connaît le chemin, puisqu'il faut parvenir à se faire du talent en des manières de solitude et d'effroi.

Le voilà affaissé sur lui-même et pourtant surpris d'une aise nouvelle, juste de meilleurs sentiments qu'il apprivoise; et alors, il détend ses membres, il actionne ses muscles, il y a, en son esprit, un dénouement qui s'opère, on ne le reprendra plus avec cette histoire de culture qui croit rendre à chacun ce qui lui est dû. Et le train accélère, fuit maintenant comme un rôdeur surpris dans une basse-cour, gagne de la vitesse; et c'est un vacarme inouï, un chant profond qui monte, qui lui pénètre l'esprit.

Il lui vient maintenant ce mot en tête – libre – ce mot tant galvaudé qui a fait le parcours et l'alibi de tout ce siècle et de tous les siècles – et qu'il faudra toujours sauvegarder, qu'il faudra toujours reprendre à la bête, qu'il faudra que les enfants comptent sur leurs doigts fragiles tels la liberté – ce mot tant usé, mis par les gâte-sauces à tous les propos, ce mot lui vient à l'esprit et il ne sait ni son mérite ni son privilège. On dirait qu'il se redresse, qu'il prend de l'altitude, de l'éloignement, qu'il gagne des monts et des sommets, là où dorment les dieux, où réside l'Esprit Saint; et l'enfance le quitte, il est jeune encore, il redevient un être digne de raisonnements, une somme humaine, – est-ce une bataille perdue ou une bataille gagnée – il ne le sait pas, nul ne le sait, on ne sait pas ces choses-là sur le moment, il faut attendre, faire longuement des comptes avoués et inavoués, mais a-t-il grandi en ces lieux qu'il quitte – et il se situe maintenant dans ce premier moment de la vie où il ose s'avouer ses maladies, où il reprendra le fil des choses à de nouvelles lumières, où il embrassera la divinité sur le front.

Maintenant que le train fuit, rage et s'émeut, atteint la campagne, a-t-il déjà tout oublié et a-t-il déjà tout repris, de son front l'aventure longue et sévère; le train qui grogne, qui bouffe l'espace de ses dernières considérations en ces lieux, qui hurle tel une bête fauve; et ces rivages sont quittés, sa peine est reprise, il lui reste sa vie à faire, comme on dit dans les livres de l'éducation ancienne, les livres du jeune temps, quand on n'apprend pas aux hommes leurs droits, sinon celui de leur faire savoir qu'ils sont citoyens et soldats, et que c'est un honneur, et que c'est fait pour servir la bête.

Dans le compartiment, il rôde une odeur de vieille fumée, de transpirations rances, de fréquentations louches et malpropres; et l'on se dit que des hommes et des femmes ont vécu en ces lieux : qu'ils ont voyagé avec l'espoir et le désespoir peut-être, et lui est leur pareil, lui colporte les mêmes idées, les mêmes impressions, les mêmes sentiments, et que c'est de son devoir aussi que de les comprendre. Fiers ou honteux, c'est leur affaire, c'est leur cheminement; on a vu des horizons se perdre pour ne pas avoir su les étreindre – c'est le sort qui a laissé sa trace fugitive, on ne devrait pas y prendre garde – ce n'est pas important, c'est le temps qui passe, c'est seulement l'esprit qui convoque le sens, et il y aura à gagner que de s'être fait une opinion sur les choses.

Ce n'est important qu'intellectuellement, ce sentiment de vie qui se fait et qui se défait, de la même sorte d'un devoir à reprendre, comme si en tout il fallait toujours reconsidérer les autres, la part qui est faite aux autres. Il a dans l'idée de se rendre à Berne, canton dont il est originaire, une ville où il a fait un apprentissage particulièrement maladroit, mais qu'importe, il connaît, il sait encore un peu la langue coriace et presque paysanne qui est celle de ces lieux. Là, il verra, il déposera son bagage à la consigne, il ira boire un café et il décidera, il s'avisera de ce qu'il faut entreprendre, et, témoin sans cause, guetteur d'ombres et de lumières, il se fera une raison à la déraison des jours. Que restera-t-il de son courage au bout du parcours, aura-t-il la dignité de son courage, ou, à défaut, le courage de sa dignité?

Et ils demandent, ils veulent une réponse claire et avouée, ils se font arrogants sous les couleurs de leur drapeau. Peut-être existe-t-il une ville, dans ce pays, où il pourra séjourner sans que les offices du contrôle de la population ne lui demandent quelle est sa cantonalité, son origine, dans le but de médire et de faire toutes sortes de manières qui puent l'ethnie, mais enfin quoi! – est-ce que vous parlez la langue au moins, d'où venez-vous, pourquoi êtes-vous là, qui répond pour vous, ah! oui, je vois, vous n'êtes pas d'ici, c'est regrettable! Quand viendra la grande catastrophe, où irez-vous? Et si le temps tourne, que ferez-vous? Dans ce pays plus arrogant que modeste, il y a toutes sortes de cantonalités qui sont autant de frontières, et bien malheureuse est l'âme qui se targue de ne pas les avoir rencontrées. Et les officiels des offices de demander encore – je vois, vous êtes étranger, enfin presque, est-ce que vous avez des papiers, enfin quoi! une carte d'identité. C'est chez nous, ici, c'est chez nous, je n'ai rien de plus à vous dire, est-ce que vous avez payé votre taxe militaire?

On ne voit rien au dehors, c'est la nuit, la nuit froide de février, la nuit sentencieuse et éprise de brumes, de brouillards, la nuit de la nuit, forte en son sein comme en son âme – il n'est pas intéressé par les lieux qu'il traverse, il a un but, une chimère, une destination, et cela le rend fier, lui non plus n'a rien à dire, il va en son courage et sa foi, décidé à ne plus courber l'échine – alors que le temps est à une bise sibérienne. Vague déferlement d'ombres et de fantômes, des lumières surgissent, passent et défaillent dans le regard inquiet; il n'y a aucune image à voir, ce n'est ni l'heure ni la saison, tout est désordonné, à l'image de ses idées, tout fuit et tout s'aliène comme le temps à sa montre. Et l'heure lui importe peu, il a décidé, il s'est enfui, il est en un voyage de grand retour, on ne lui racontera pas d'autres fables, et lui, il ne dira rien, il se taira sur la stupidité des hommes.

Nuit froide de février, nuit encore, nuit de la nature de la nuit, nuit sans visage, nuit de l'essentiel et de l'aléatoire, nuit monstrueuse accroupie autour des lampadaires publics qui fuient; et là, en ces endroits surpris dansent, dansent des sorcières attelées aux regards des fous, attelées à toutes les bêtises du monde; en ces lieux étranges où l'insulte règne avec les contradictions malhonnêtes.

Le train fonce dans l'espace, on dirait un ogre affamé, on dirait qu'il force son allure d'instant en instant, tant il grogne à la rencontre de rivages qu'on ne voit pas, qui sont sous l'enveloppe de la nuit. Quelles tournures a-t-il encore dans son sac, le destin purificateur, puisé à son égard, enfoui en sa demeure mentale, de quelles idées farouches ne se fera-t-il pas encore le complice ou le profanateur. Quels tours n'a-t-il pas encore dans sa besace, le destin, pour lui infliger ce sort de reclus, ce sort qui le fait un peu honteux et discourtois; et puis, vagues épaisses de sentiments meurtris, défilés incantatoires de séductions répudiées, intérieurement, dans le train qui l'emmène loin d'un exil pour lui infliger un autre exil peut-être. Vagues de sentiments défaits, de la même mesure de la danse des sorcières. On ne devient que ce dont on s'inspire.

Et le train circule farouchement dans la nuit, à de vives allures, et le passé se confond avec l'avenir – il entre dans le doute, ou plutôt le doute se réintroduit en lui, le doute qu'il connaît bien, qui est ami de longue date, encore – il a faim et soif, et il se dit qu'il faut vivre et croire encore, c'est sa détermination, mais de quel poids sera-t-il donc fait en arrivant dans ce lointain pays qu'il n'a pas revu depuis vingt ans? Homme de la nature la plus imprévoyante des hommes, il va, le train va; puis, n'est-ce pas trop tôt déjà, il est saisi d'un sentiment qui est celui qu'il doute soudain de tout, de son entreprise comme de sa raison, à cette seule fin de philosopher encore, comme si l'heure et l'instant le voulaient. Mais ce n'est rien, à cette âme rien n'est important, sinon vivre, aller d'un petit cœur réduit à aller, et puis survivre, aller de la forêt à la prairie, en une mutation constante, aller du pesant à la légèreté, dans son présent dérisoire, installé dans une sorte de recel du temps, de recel de la mémoire, et il parviendra au but aussi sûrement que l'éclair à la cheminée des raisons accroupies dans leur deuil. Auras-tu, toi le hasard du jour, un peu de la quiétude à mettre dans son esprit, auras-tu, toi le doute, un peu de certitude pour ne pas trop l'accabler?

Il fuit, le voyageur dans son compartiment, au seuil d'une dignité élémentaire, emportant avec lui ce dont le sort l'a fait, son sens, son ordre et désordre intérieur, fier soudain de n'appartenir à rien, sinon à une race de militaires et de musiciens, de philosophes; et il relève son front, pareil à l'acquitté que les juges libèrent.

Il retrouve un peu de sa personne, de son entendement, de sa joie spirituelle, il était tant épuisé de doute qu'il fallait qu'il s'en aille; c'est le voyage qui lui change les idées, c'est un petit personnage fait de paradoxes, à la manière de tous les hommes de la sainte humanité, il faut lui pardonner et le lui dire, ça fait bien huit ans qu'il n'a pas connu d'interlocuteurs véritables. Que cherche-t-il sinon un salut – cette idée est importante pour lui, cette idée le traverse et ne le laisse pas en paix; il veut, pareil aux autres, de la certitude à se mettre au front, les êtres qu'il rencontre sont soumis à tant de choses qu'il faut leur pardonner l'égarement même, l'aliénation au juste comme à l'injustifié et prendre leurs paroles, leurs injures comme des tentatives de justification.

Il le dit à qui veut bien l'entendre, l'écouter, qu'il est poète, simplement poète – pour se justifier de quelle faute – et bien que n'ayant, dans ce métier, dans cet apostolat, rien fait, ni écrit ni pensé, il se donne toutefois du talent, par un orgueil qui touche peut-être à la démence, à la maladie; mais il faut lui pardonner, ce n'est pas parce qu'on est propriétaire qu'on a à soi seul le droit de faire de la prose. Et il rage si on le contrarie. Cependant qu'il a compris déjà que l'art est essentiel à l'évolution des hommes, et que c'est là sa seule chance que d'y participer; que l'art est essentiel à sa propre vie, et que, pour lui, pour sa nature attentive et profonde, versifier peut devenir plus important que de passer sa vie dans les laboratoires surchauffés des orgueils soumis. Il n'a de doute aucun quant à sa vocation, il n'a pas de doute, le doute vient plus tard à la réflexion, quand on entreprend véritablement, mais cela, dans le train qui fuit, il ne le sait pas encore.

Il veut encore garder de la patience, pareil à l'homme prévoyant qui ne mange pas l'entier de sa gamelle, il décide intérieurement qu'il en sera ainsi, et il n'a du reste rien d'autre à faire, le temps qui passe lui rappelle sans cesse sa situation, ses causes, son salut ou sa défaite; mais il ne veut rien croire, il est entêté comme un âne, il doit savoir, par un instinct miraculé, qu'il ne faut ni donner ni prendre, sinon, il échouera, car on échoue si l'on ne prend pas garde de conserver son orgueil, sa fierté, sa mentalité, sa moralité, si farouche et si inconvenants soient-ils.

Le trajet sera encore long, il suffira à user des tonnes de patience, il fera le chemin difficile et tortueux, le cheminement précaire; mais dans quelle plaine, au-delà de quelle montagne, vers quel rivage est-on, il voudrait savoir sans vouloir le savoir vraiment, il voudrait se situer dans son contexte, on ne voyage pas sans s'orienter – est-ce une sorte de déportation volontaire qu'il vit, ou peut-être un retour de déportation, il ne le sait pas, qui le lui dirait – quels comptes ne fait-on donc pas quand on est livré à de pareilles épreuves – de quels témoins est donc fait le monde, qui témoigne pour les humbles et les déshérités; il y a dans ce pays des conseillers en tous genres, mais aucun pour consoler, aucun dont la trace est un témoignage, rien qui soulève l'esprit, rien, ni pour dire ni pour faire, rien que des marchands et leurs acolytes, des faiseurs de morale qu'eux même ne suivent pas.

Il est dans la trentaine, un âge où il est temps de se faire encore, mais cela dépend de ce que l'on sait, de l'héritage que donnent les hommes, sans le vouloir véritablement. Un âge médian qui n'a plus les faveurs et les inconsciences de la jeunesse, et pas encore non plus l'avertissement de l'âge, il vit un âge de la vie où la révolte se fait plus tiède et qui n'a pas encore pénétré la saison fervente ou le temps de la résignation. Il est donc dans sa jeunesse, s'il le croit; et une si longue fatigue qui l'étreint déjà, mais a-t-il une petite sagesse qui éclairera ses aboutissements les plus proches et ceux, plus lointains, plus secrets, de sa même saison? Est-ce tourmente ou indécence, ce qu'il vit, est-ce aussi maladresse, à quelle sagesse populaire ne devra-t-il pas se faire encore? Il faut un courage immense aux humbles pour se faire, et le but n'est-il pas à peine désigné qu'il faut déjà regretter de ne pas l'avoir atteint plus tôt. Alors que l'enfance est si proche encore qu'elle ne parvient pas à blesser encore, que son sillon n'est pas encore une meurtrissure, oui, c'est trop tôt; mais toutefois, elle lui pèse déjà sur l'esprit et le cœur comme une énigme qu'il n'a pas résolue, entreprise, laissée derrière lui à la manière d'un vieux sac de chimères, il est édifié de pain et de lait, de la nourriture des fermes où l'on économise les choses pour les redonner à d'autres qui en auraient plus besoin. Et pourtant, il tremblera quand il reverra son église, sa demeure familiale, son univers de quiétudes et souciances; et cette citation biblique le surprendra encore une fois, celle que l'homme des cérémonies lui dit à sa communion : soyez toujours joyeux!

Février de bise et de froidures étend ses brumes au dehors, et lui, l'homme abandonné par une aussi longue négligence, il tente de surprendre des éclairages aux fenêtres, il tente, dans sa quête maladive, de surprendre le confort de maisons paisibles et bonnes, de la grâce attentive de la vie, comme si cela pouvait lui apporter des soulagements dont il garde le souvenir en lui. Y a-t-il des mères qu'on verrait, penchées sur des berceaux qui éclairent tant les choses – il faut prendre son cœur et le donner, il faut prendre soin de la vie, où qu'elle soit et quelle qu'elle soit – la tendre attention d'une mère dans l'heureux souci de choyer son enfant; mais il ne voit rien, rien pour ses chimères, les endroits sont désolés et déserts, il n'y a pas de quoi s'édifier de la plus petite des émotions.

Mais voilà qu'il pense à sa mère, furtivement et sans acquis, pour ne pas se blesser une fois de plus – sa mère, ses constantes maladies, sa rudesse, son manque total de sentiments maternels – comme si elle était indifférente à la vie, comme si elle avait perdu quelque chose d'essentiel, quelque chose d'irrémédiable. Mais, ce n'est pas une confidence faite à la lune; et pourtant, il faudrait ne rien dire, ne rien avouer, tous les hommes ont leur viatique qui les sauve ou les égare, dire sans façons et sans remords n'est pas de l'art, on ne fait pas de bonne littérature avec les mauvais sentiments non plus.

A la fois ce qu'il vit est une fuite et un retour, un pesant effroi mental qui tente de se faire, d'accéder à la quiétude, d'élaborer; à quoi pense-t-il alors, si difficile est l'accomplissement d'une émotion, d'une idée qu'il poursuivrait et qu'il voudrait autre, s'il en avait une seule de véritable – alors que le train circule dans son grondement familier maintenant, maintenant presque assourdissant et presque complice – va-t-il vers un avenir ou vers son passé, que veut-il à la vie qu'il lui soit une décision salutaire, que veut-il reprendre qui ne lui a jamais appartenu – il cherche, il aborde, il ébauche, il tente une idée ou l'autre, mais son désordre intérieur est trop grand, on dirait une danse maladroite, on dirait l'ours dans ses attitudes familières, une danse par laquelle il oserait se donner une identité, puisque le malheur est là, puisqu'il lui faut enfin se croire averti, quand bien même on ne sait jamais ce que valent les circonstances de la vie, on ne sait jamais si l'on est en dépenses ou en acquisitions. Peut-être surprendra-t-il un rayon de lune sous ces climats délétères, la lune, sa conseillère, son image, son pavois, inscrite dans le ciel telle l'avertissement.

Et soudain, enfin, de gigantesques néons apparaissent, enfin de la lumière après le chaos, enfin de la clarté, enfin des éclairages publics, on approche de Lausanne, c'est presque la félicité. On aborde la ville par une banlieue qu'il reconnaît – il fut échoué un jour par ici, retenu à un travail pénible qui le réduisait – une banlieue un peu austère et industrieuse; enfin des rues, des échappées, la vie quoi! La vie des vivants qui s'activent, et voilà maintenant qu'il a fait un bout de chemin. C'est une banlieue de gens honnêtes et travailleurs pour la plupart, de braves gens sans beaucoup d'histoires ni de prétentions, des gens venus de toute part du lointain ou du proche, des gens qui ne disent rien, qui sont peu bavards ou qui hurlent, pour les moins avertis, des fanatismes conquérants; et tout cela forge une mentalité de ville anonyme, sans fesses ni regards, elle qui doit se regarder dans les images des autres, et, da la sorte, se faire une raison à son sort.

Un jour, il y aura la guerre, une guerre atroce et cruelle comme toutes les guerres, un jour de revanche où le monde chancellera, où plus rien n'ira, où plus rien ne fonctionnera, plus rien n'obéira. Un jour, ce sera le désordre, les émeutes, la fin des privilèges de toutes sortes. Non plus la démocratie des privilèges, mais un dogmatisme égalitaire et serein.

Voilà donc que des gens vivent ici, qu'ils rient, qu'ils se tourmentent, que leur sort les conduit, les mène, les accompagne, les fait grands ou petits, les berce de leurs illusions ou les relève de leur orgueil, les conduit dans l'ombre ou la clarté – tout ce qu'il faut pour faire un monde et le défaire – des riches, des pauvres, des profiteurs, des travailleurs; une population de larmes et de rires, pareillement versée dans ses soucis que le reste de l'humanité.

Mais voilà qu'on arrive à la gare principale de cette ville toute en collines et en vallons, et où la vie passe en des frôlements d'ailes d'anges, cette ville dont il se souvient pour y avoir travaillé, dans un temps depuis longtemps échu – et il en connaît les promenades et les parcs, les jardins – en ces endroits de merveilles, son regard allait sur des parterres de fleurs inouïes, le long des chemins, et il était ours ou agneau, à moitié poète et à moitié idiot était-il, prenant dans la contemplation de la nature les seuls plaisirs qui lui venaient. On eût presque dit un esprit repris de miséricordes, repris de fatalités incroyables – il allait, venait et retournait sur ces chemins – et revenait encore, pour voir encore une fois, comme s'il avait oublié quelque chose d'essentiel en route.

Une ville belle comme l'innocence de la fée, quand les choses sont pareilles à des parfums de femmes, quand elles se donnent et s'apprivoisent, de la même nature d'une jouissance infinie, forte, et qui désigne le plaisir d'être là. Lui, solitaire et enfermé, qui allait chercher de quoi nourrir ses improvisations romantiques, puis qui se faisait juste, dans son ogrerie de bêtises élémentaires. Au bout d'une avenue, il y a un parc en cascades, en escaliers. On peut y marcher comme on veut, on est dans une nature domestiquée et pourtant grandiose, on peut s'asseoir et regarder. Un soir de juin, par un temps magnifique, il était là, il était indéfectiblement présent. Le soleil se couchait, en des clartés fabuleuses sur le lac et les Alpes, au loin. Le plus beau paysage du monde! C'était son anniversaire, sa fête, quoi! – un temps de solitude et d'égarement encore – et tout resplendissait d'un luxe inouï. Il y voyait une récompense, une faveur à lui seul dédiée. Il était là, regardant, appuyé à la balustrade; et bientôt, il remarqua que la foule du soir ne regardait pas les choses – les badauds qui passaient par là et qui s'en allaient toutes et tous la tête basse, occupés à des raisonnements qui devaient être bien sévères, rentrant chez eux sans regarder et qui passaient sans élever la tête; ces passants, pensa-t-il, sont bien délicats, et installés dans une grande indifférence, ce qui n'est pas à leur avantage, ces passants indifférents envers la beauté inimaginable qui séjournait là, en ces instants fleuris. Alors, pour la première fois de sa vie, il pensa de lui qu'il était probablement fou, malade, atteint de névrose mentale. A ne considérer que lui seul les débordements et les images, à être seul à voir cette indésirable beauté – le spectacle fabuleux du lac et des Alpes sous le soleil – il se mit l'alarme en la demeure, lui, fou et misérable tel un chien égaré, il se sentit dans une solitude inébranlable. Ce n'est pas l'homme qui est bête, c'est la vie qu'on lui fait.

Mais voici que soudain le train redémarre – comme il avait trouvé clair et beau le printemps passé dans cette ville – des gens sont montés, quelques-uns sont descendus, ce qui est le contraire existentiel des formulations humaines habituelles. Ils ont pris le train d'assaut, et ils rangent auprès d'eux des serviettes et des portables plus importants que leur sort; le compartiment est plein, on lui a pris sa solitude, il n'en demandait pas tant, c'est la foule maintenant, et rien n'est plus anonyme, plus insignifiant que ça.

Il n'aime pas beaucoup les autres quand ils sont autant à le pousser dans son coin, et leurs regards qui cherchent, qui imaginent, qui devinent, qui sont en errance aussi, leur opinion sur le monde et les choses si vite faite. Il n'aime pas les rencontres qu'on fait dans les trains et les auberges, en ces endroits les gens ne sont pas véritablement à eux, on n'a que la pointe de l'iceberg toujours, il y a des idées qui perdent leur substance rien qu'à considérer l'enveloppe des choses.

Il faut toujours chercher – chercher éveille à la vie – se faire une opinion avec la mesure de l'effet et non pas avec l'effet de la mesure. Et puis cette question qui revient toujours à la bouche des gens quand on les rencontre hasardeusement : – que faites-vous donc dans la vie? Un peu conne si la fonction était plus importante que l'être, et effectivement, elle est plus importante que l'être, que la première impression dont on doit déjà se départir. Une innocence est parfois plus coupable qu'un deuil. Il y a toujours dans l'innocence les prémices d'un quelconque drame.

Le train prend de la vitesse, il accélère, il galope tel un cheval fou et hurle tel une meute; on le dirait repris de force et de vigueur, il avance, il fonce, il crie, et l'on entend parler l'allemand, l'allemand des villes et des campagnes helvétiques, une langue qui est faite du regret de la paysannerie primitive, en ces temps où les hommes parlaient aux hommes. C'est l'heure qui frappe quelque part à un clocher déserté des anges, dans une contrée où il n'y a plus de saints, de justes.

Où est son ciel, son rivage, ses attaches, sa maison, sa saison d'orgueil? Il n'a plus rien, il n'a jamais rien eu, il a tout concédé à de petits princes de la désignation ethnique et sociale, il porte encore en lui leurs antagonismes religieux, leurs injures, leurs insultes; et il attend que vienne la guerre pour se battre contre eux, à armes égales, sans la complicité des journaux fourvoyés et des radios insidieuses, loin de l'aise bavarde des imposteurs et des propagandistes. Ils seront massacrés et il ne restera plus personne pour pleurer leur sort.

On dirait maintenant que le train prend de l'altitude, qu'il monte une crête, et traverse le Lavaux, là où il y a tant de cartes postales à faire, et déjà il s'éloigne de la ville en se secouant sur ses rails, et le bruit du train se confond avec la rumeur des bavardages – de quelle civilisation est-il donc, de quel pays, de quelle province; a-t-il seulement le droit d'exister, au moins, puisqu'il n'est pas dans les calculs des économistes et des actionnaires – et ses doutes qui sont si vivaces, qui dureront éternellement, même s'il aborde aux rivages hypothétiques d'une sévère consolation, les doutes qu'il aura toujours et dont l'ombre le menacera toute sa vie. Le doute qui égare, qui inflige, qui retient prisonnier des autres, les autres qui s'égarent aussi, qui ne savent pas qu'ils s'égarent, et quand bien même ils sauraient, peut-être ne voudraient-ils pas le dire et s'en éloigner. On en apprend des choses en voyageant un peu, cela donne de nouvelles illusions à l'esprit, cela empêche les certitudes et les aiguise à la fois, on apprend qu'avoir est préférable à être, quand bien même il est des innocents pour dire le contraire – et puis, personne ne sait véritablement, toutes les idées des hommes, à peine émises sont déjà contredites, contestées; on doit tout émettre et tout contester, c'est le premier devoir de la science et du savoir, on ne sait plus que les ruisseaux vont aux rivières, et les rivières aux fleuves, quels sont donc les véritables héritages des hommes?

Dehors, c'est toujours la nuit, la nuit obèse d'ombres, la nuit en peines et tourments, tel l'homme seul sur sa couche, la nuit indéfinissable, de la même essence que l'oubli, la nuit qui est le sort fatal des vivants, qui est ce que l'on rencontrera inévitablement un jour. Et toutes faveurs suspendues, il faudra bien croire qu'on est fait de chair et d'esprit, d'incrédulité et de foi, et l'un désigne l'autre. C'est fait de chair et d'esprit, un homme, et sait-il au moins ce qui forme son souffle; mais non, il ne le sait pas, il veut des idées, des augures, des arguments, mais il ne récolte que des incertitudes, des doutes, de la confusion.

Le train monte, souffle, expire et respire; c'est Lavaux qui siège au-dessous de la ligne de chemin de fer, là où il admira toute les beautés du monde. Bruines et brouillards, nuit encore de l'indétermination, des choses et des émois, nuit qui garde en son sein les images pieuses, les saintes images du parcours, comme s'il lui était donné d'être aveugle aussi. Mais il ne regrette pas, ou plutôt, on dirait qu'il fait des comptes, on dirait qu'il calcule des sommes monstrueuses, et il n'en retient que des déficits, à tant se croire conduit par une foule d'aveugles. Alors, il se détourne, désabusé, et cherche ailleurs la petite musique disgracieuse de son raisonnement. Il ne reste rien de lui en ces séjours. Lui, il résiste, il résiste d'espérer.

Non, il ne regrette pas – il n'est pas d'un âge où l'on regrette déjà la part des choses survenues à la mémoire – ni passé ni présent, mais il voudrait avoir une réflexion moins fatalisée, comme s'il en était d'un devoir inconnu qu'il faudrait mener à terme, alors que personne ne lui demande rien, si c'est n'est Dieu qui l'interpelle, en une mémoire où ne parviennent que les anges, une conscience qui n'est établie que par des sentiments qui sont des fous, de l'usualité des fous.

Soudain, un tunnel – c'est donc maintenant qu'il faut tout oublier, c'est donc maintenant qu'il faut se refaire une autre vertu – et le train reprend son souffle, s'active, fonce, se redétermine, aborde de nouveaux climats, fait d'une dernière image vue autrefois, dans une vie si lointaine qu'elle en est presque sacrée, un souvenir qui finira bien par effrayer; le voici en un nouvel exil, il n'aura pas de repos sur la terre, rien, ni gloire ni amour, ni amitié – de la semblable déroute d'un fuyard, d'un vaincu, puisqu'il faut toujours dire aux choses, aux égarements ce qui les formule. Il aura lu, dans les bibliothèques, ce qu'il y a d'essentiel à lire, il a son savoir, il a abordé à une mesure intelligente du savoir des hommes; et maintenant, il n'a plus d'autre foi, d'autre vie à formuler, d'autre espérance que l'art auquel il aspire, quand bien même c'est encore une illusion, l'aveu d'un esprit qui n'a pas sa formulation. C'est une folie sainte, un charabia de saltimbanque, mais il est ainsi fait qu'il aspire avant même de prouver, bien déterminé est-il à se moquer des moqueurs.

Il a rencontré les fous et les imbéciles dans ses hospitalisations, quand il parlait, et il a entendu rire les incrédules, mais cela ne l'a pas ému; une illusion si vivace, ça ne craint ni le gel ni la grêle. La beauté est là où on la cherche, le regard se forge à sa détermination, l'aube naît du souci du jour, on ne fait rien qui ne soit pas une envie, une recherche de dignité.

Mais comme ils parlent haut et fort soudain, les voyageurs du train, comme s'ils avaient quelque chose d'important, d'essentiel, de solennel à dire, dans le rugissement du train dans le tunnel, à la folle allure des wagons; de quelle importance ne se font-ils pas, les passagers du compartiment où il est, quel credo est le leur, que n'ont-ils pas à faire savoir, alors que la moralité du jour n'est pas établie. Et puis, dans le bruit, il comprend à peine, c'est de l'allemand et du français, honte à personne, ni à l'un ni à l'autre, puis aussi de l'italien, du turc, des régions péninsulaires, du monde proche et du monde lointain. Lui aussi n'est pas d'ici, et cependant, il voudrait dire, lui aussi, ses soucis et sa banalité, mais il n'est pas d'ici, il n'est pas de la terre des hommes ou si peu, et il ne le sera pas non plus à l'avenir. On doit toujours laisser aux imbéciles leurs illusions, sinon ils se fâchent. Il préfère le mot d'exil, dans les hautes villes ou les plaines profondes, indévisageables. Fin du tunnel.

S'il n'est pas assez riche pour faire un ami, il ne faut pas s'étonner de ce qu'il veuille être assez fort pour faire un ennemi, un adversaire. Il cueillera la beauté décelée encore dans des printemps aussi éphémères que le sont les printemps, entre mars et mai, et que les tombes des cimetières toutes établies de floraisons magnifiques, pour se recréer une force d'aller, une force aussi sainte que le tronc du chêne; puis aussi, il ira revoir la jonquille fleurir aux territoires d'avril, lui enfin revenu, dans les parcelles montueuses où résident la pie et le corbeau. Encore, il se désaltérera de ses lourdes soifs à la source des ruisseaux qui le virent enfant, et ce sera comme un dédommagement, une sorte de récompense après l'effort, et il oubliera ses blessures assis sous la forte odeur de résine des sapins de l'été. Il regardera encore la lune grossir, dans le ciel, et se faire ronde, émouvante, de la part ouvrière de ses émois, et ce sera juin, l'été, la Saint-Jean, les grandes réjouissances où il se fera prophète d'un ministère muet, d'un ministère poétique de la lune, et ce sera aussi beau et agréable que l'envie de se taire et d'écouter le grondement de la vie, dans les grandes étendues virginales où n'abordent pas les bêtes fauves.

Cependant que le monde est à voir en ces lieux, là où les quiétudes familières sont accablées de silences. Il aura un sort de mérites inimaginables, il le faudra bien, ce sera son souci d'ingrat. Dans les jardins frileux du Nord, il verra la rose fleurir et se faire belle, amante, désirable, la rose toute hantée de velours et de soie, fière au matin de son rang, sous la rosée douce à caresser le cœur, et il verra la fleur et il oubliera enfin l'épine. Il ira encore, fardé comme un clown, épris du devoir d'aller.

Quelle heure peut-il bien être, à quelle heure de la vie sommes-nous, si l'on peut véritablement savoir ces choses ? Il est toute écoute et toute attente, il se fait modeste et grave, de la famille des reclus, de l'enchaînement à son innocence et à sa faute, un peu étranger dans son compartiment, pressé de questions muettes, celles de l'origine des origines, et il a du mépris pour ceux qui le considèrent mal. Ce sentiment d'être étranger partout où il va, c'est de l'enfance que cela lui vient, quand les hommes étaient des bêtes et que la tourmente égarait tout.

Et quand on lui demande d'où il vient, il ricane, il dit que ça n'est pas important, ou alors, il dit un mensonge, puisqu'il faut appartenir à une terre, puisque c'est l'équilibre des hommes même qui est en jeu; en appels lui il dit qu'il vient de la lune haute et pleine, mais il garde la vérité pour ses amis, ceux qu'il aura, la vérité qui est une autre turpitude, un autre mensonge, un autre égarement.

Mais qu'a-t-il d'amis, de complicités; il vient de tout rompre, de tout briser, il est seul, et comme les véritables aventuriers, il ne sait pas où il dormira ce soir. Puisque le sort le veut, qui s'inspire de la laideur du monde; puisqu'il en est arrivé à ce détour de la vie qui le fait modeste et petit, le sort de la vie qui est de ne plus rien pouvoir prétendre. D'être sur pied de guerre, de la même peur native et effrayée que celle du soldat qui monte au front, qui est de la rencontre de la mort, elle et son visage odieux. Où prend-t-il donc le droit d'être, d'exister, et s'il ne le peut presque plus de lui-même, qui le lui rendra? A quelle heure de l'obscurité de vivre est-il?

Il a un bout de papier dans la poche, qui est tout son but – il est soldat lui aussi, il est une sorte de combattant, de témoin du front – un bout de papier qui est son seul orgueil – centre psychosocial de la ville de Berne – l'aveu d'une culpabilité et d'une innocence à la fois. Là, il demandera à être hospitalisé à la Waldau, une clinique psychiatrique où, a-t-il entendu dire, on respecte les créateurs dont il prétendra faire partie, lui sur son intraitable devenir. Il demandera des égards, il se fera arrogant ou subversif, il ne le sait pas encore, mais qu'importe, puisqu'il sera revenu de guerre, puisqu'il aura joué cette balle de match avec le sort.

Et puis maintenant, dans le bruit du train, une suite ininterrompue de doutes, de deuils, d'irrésolutions, de découragements, passage lent et angoissé du temps – la nuit ennemie au dehors, grinche de lumières furtives et folles, d'éclats effarouchés, de brouillards continus, de brumes obèses rassemblées autour des lampadaires publics – rien pour croire véritablement, aucune quiétude, pas même le calme de l'âme vissée en son siège; il lui vient des idées brutales, nuit, nuit guerrière, de doutes et peurs, et il serait livré à la folie la plus intime s'il n'était pas finalement d'une constitution résistante à toutes les épreuves qu'il a eues et qu'il aura.

Craintes infondées et deuils du remuement de la terre, de la même angoisse que celle du chien qui a tout perdu pour avoir poursuivi la femelle, comme parfois perdent leur dignité les chiens qu'on voit errer le long des rues, infiniment tristes, angoissés, de la morsure de la bête, de l'agression de la bête fauve, aux premiers temps chrétiens, dans l'arène. Et puis ce train qui va, qui est lent et rapide, qui laisse le raisonnement se faire et se défaire, nuit et interrogation. Nuit louve et arrogante, compagnie de gens qui laissent traîner des regards significatifs et désobligeants vers le voyageur dans son coin. Celui-ci qui les méprise et les ignore. Gens qui sont indiscrets, gens qui mesurent vite l'épaisseur du bagage, la machine à écrire qui est un alibi ou un vol, pensent-ils muettement – on est dans la société des gens, rien n'est normal ou anormal, il n'y a pas de Dieu que l'on pense attaché à si peu de vertus – mais c'est pourtant le Diable qui inspire, qui jette la dérision aux regards des autres, lui qui est l'entremetteur des idées et des sentiments, c'est lui qui fait si facilement les opinions, il n'y a pas de doute, c'est lui qui gouverne, on est en société, et c'est peut-être une petite foi qui le sauve, une foi aussi tenace et irrévocable que la dent.

Il avait pourtant son village, son clocher, sa demeure – il est de quelque part, on est toujours de quelque part, ou alors, cette part ne lui a pas été donnée, par des négligences qu'on ne comprend pas – il a tout quitté, il voulait fuir une fatalité en se faisant libre d'attaches, et il a rencontré d'autres fatalités, des fatalités familières comme la peur des hommes. Suite d'images folles, de visions grotesques, il regarde au-dehors, et c'est une manière pour lui de se retarder encore intérieurement. Défilé ininterrompu d'images sans gloire, suite ensorcelée d'éclats, le train va, il fonce, il est à sa vocation d'aller, de franchir l'espace et le temps en des effets d'un accomplissement serein du sort; en des vitesses qui éloignent ou qui rapprochent, il ne le sait pas – le bavardage des autres passagers du compartiment ne le concerne pas, et puis, c'est du domaine du hasard, de l'incompréhension – il n'y a rien à apprendre, rien à saluer, il n'y a pas de quoi réveiller une curiosité.

Alors, une étrange fatigue s'installe en lui, il voudrait se retirer de cette circonstance – il n'a pas dormi de la nuit, avec son habituel souci qui le harcèle, avec ses craintes de l'inconnu, mon Dieu! qu'a-t-il fait pour se nuire pareillement – rien n'est fait ici pour accueillir son sommeil, il ferme les yeux, un peu, lassé du voisinage, lassé des paysages transferroviaires, une légère somnolence l'accueille puis le quitte déjà, il n'a pas de paix intérieure assez profonde pour qu'il s'endorme. Il questionne sa montre, et cela l'inquiète plus que ça ne le rassure, il est en fait dans un temps qu'il ne peut évaluer, qu'il ne peut pas mesurer, il est de la grande horloge des cathédrales, le temps et son mystère l'enveloppent à lui fermer les yeux.

Suite d'idées qui accourent à l'esprit, presque sauvagement; et puis, un grand affolement de l'âme, suite de vivre par des écarts de raisonnements inquiets qui cèdent à l'angoisse, suite de pensées les plus confuses, quelle heure est-il donc au clocher de son enfance, vers la colline, en montant. C'est l'enfance qui gronde soudain en lui, pareillement au train, et qu'il y avait du pain à table, du pain et du fromage volés aux jours. Pour l'instant, rien ne va dans sa demeure d'ombres et fantômes.

Comme le papillon en novembre, celui qui survole la dernière rose offerte, comme le nègre que l'on dénigre et que l'on chasse, comme le chien qui est perdu, qui ne retrouve pas sa trace dans le dédale et les odeurs de la ville, comme l'oiseau dans les matins de gel, comme le Juif que l'on arrête et que l'on injurie, comme l'orphelin qui désigne son père à tous les carrefours, comme la foi qui manque au soldat que tenaille la peur infâme, comme le livre invendu que l'on retire de l'étalage, comme une déportation, comme un exil sur des arguments litigieux, comme celui qui a tué et qui ne se repend pas, comme le bourreau qui vient chercher le condamné dans sa cellule, comme le voleur qui pense avoir fait des affaires, comme les nantis qui méprisent les pauvres qu'ils ont volés, comme le deuil de l'enfant, comme la souffrance du malade qui veut mourir, comme la première pierre qui est jetée contre le Christ qu'on conduit au calvaire, comme l'heure qui annonce, comme la morsure du reptile, comme l'arbre foudroyé, il entend le clairon sonner dans les casernes, il entend l'heure et pourtant il ne sait pas la mesure à venir, il n'a pas aimé ce qu'il a vu, et toujours il cherchera, il veut se faire témoin, guetteur, vigile, jusqu'à dire à l'homme qu'il se préoccupe en vain.

Quel sera l'aveu de la nuit, le grand mystère de la nuit quand on arrivera au jour ? Que dira l'oiseau sur l'arbre, aux premières lueurs ? Quand chantera le merle, sur l'emportement du premier printemps ? Quand viendra l'abeille, en un seul aveu, se mettre aux pétales des fleurs ? Quand fleurira la jonquille qui mettra soudain l'extase en route, dans l'après-midi d'avril, alors que le vent se lèvera, selon les lois qui ne sont pas faites de pouvoir d'homme ?

Le train grogne toujours, semble même augmenter son vacarme, sa vitesse son élaboration kilométrique de l'espace, et il circule maintenant en des prises de vues nocturnes et avares de révélations, et son passé est dans son dos, son passé ne lui appartient plus que dans la trace du souvenir. Impressions fugitives d'être dans une sorte de plaine, dans un pays presque plat, mais ce n'est qu'impression, déduction, sentiment d'avancer; est-ce encore Vaud ou est-ce déjà Fribourg, on le saura bientôt, quand les énigmes seront suspendues aux branches des arbres, à la manière des pendus du temps passé. Et il détend un peu ses membres, dans le pauvre espace qu'il a, comme le font les chats quand il sortent d'un sommeil, d'une somnolence, d'une rêverie, d'un sabbat.

Il n'a pas encore, de ce jour, levé les yeux sur une femme, et toutefois, peut-être est-ce de ne pas en avoir rencontré. Peu de femmes, il y a peu de femmes à croiser dans le petit matin; elles sont encore dans leur lit, les courtisanes et les autres, enveloppées dans leurs draps roses, bleus ou blancs, et qu'une main d'homme retire, dans la dernière somnolence. Peut-être est-ce l'image de la mère ou du père qu'il recherche, peut-être est-ce là son énigme malheureuse et lui viennent alors à l'esprit des sentiments confus – il voudrait dire, mais il ne sait pas; il a des aveux à faire, mais qui l'entendra, qui prêtera une simple oreille attentive à ses désœuvrements. Il devait, plus tard, rencontrer des psychiatres qui lui dirent : cela ne sert à rien, cela ne nous est d'aucune utilité. Mais on ne demande pas, à ce travailleur obscur, d'avoir de la clarté à l'esprit encore.

Il réfléchira, il pensera, aura-t-il une récompense aussi haute que celle de ses peines, on ne devient rien si l'on ne pose pas de questions, on ne devient rien en étant soumis à la vérité qu'on nous laisse. Il tentera de raisonner encore la moitié ou l'entier, s'il est convenu de bravoure, l'entier de son sort, mais ne se blesse-t-il pas d'amertumes par des raisonnements nouveaux qui s'inspirent des anciens – on est fait d'une sorte de bois dont l'écorce est vive et qui crie sous la scie du bûcheron – ils se feront obèses et sentencieux, les raisonnements, le soir dans leur demeure, accablés seront-ils de fatigue et de fierté. Lui, il pense que le temps fera des cicatrices de ses plaies, juste de quoi penser et oublier, alors que cela n'est pas vrai, que le temps n'arrange rien, qu'il est de moralité douteuse, comme les riches, et qu'il ne cède rien à l'attendrissement, emplissant les plissures de son pavois par les larmes des pauvres, des malheureux, de ceux qui pleurent; portant en ses plis une vertu qui n'en est pas une. A-t-il des mots ou des lettres, il pense qu'aucune philosophie ne remplacera, même si l'esprit en prend du plaisir, la plus petite aune d'appartenance à la condition, au partage, à la camaraderie. Non, il n'y a pas de rémissions pour les raisonnements des hommes, il faut attendre que la grâce veuille bien s'avancer, ou bien entrer dans une folie heureuse, la folie des simples d'esprit qui regardent passer les cortèges en pensant qu'il s'agit d'un pèlerinage, et ils vont aussi droits soudain et puis orgueilleux encore, pareils à des épouvantails de champs de blé. Il n'y a pas de mauvais chemins, il n'y a que de mauvaises perspectives, de mauvais buts, de mauvaises ambitions. Va, enfant, prend un peu de la misère du monde sur toi; tu sais, rien n'est grave de ce qui arrive, on ne se fait de raison qu'à travers un cœur charitable.

Qui es-tu toi le divin, pour avoir créé l'homme et son interminable tourment? Puis, suite saccadée de lumières épanouies telles des jonquilles dans un printemps alsacien, suite de grands candélabres, rêveurs du matin au-dessus des errances, on approche d'une ville, c'est Fribourg, on aboutit à quelque chose qui est, à la fois, un silence et un vacarme, c'est une ville, on voit des clartés semées telles des aubes jetées par la main d'un semeur. On semble être parvenu dans un aimable lieu d'activités déjà en mouvement, un lieu dont il ne se souvient pas, un lieu où les images semblent être vivables, mais quelle foi faudrait-il pour le dire? Et on dirait que cet endroit qu'il connaît un peu porte une signification estimable de la vie, de l'existence courante.

Le train a ralenti, maintenant il se traîne entre les aiguillages, on entend le hurlement de l'acier sur les roues, le train freine, il entre en gare, bientôt il sera arrêté sur le côté du quai où sont les lumières, l'agitation, l'attente des correspondances, l'éveil du matin, les premières aspirations du jour. C'est la ville, le lieu et l'exode, déjà on s'agite, on prend du souci, et les cafés sont ouverts pour accueillir les visiteurs qui prennent le matin pour se faire une opinion sur le jour. On boirait bien un café chaud, assis dans le tourment du Buffet de la gare, en ayant un sort dans une quiétude, mais si braves sont ces gens, le salut n'est pas d'ici non plus.

Il monte des gens dans le train plus qu'il n'en descend, une foule qui viendra se tasser sur les sièges qui sont disponibles encore, et rien ne dira d'eux l'aventure, sauf ce petit orgueil du monde, de la fatalité du monde. On sera à l'étroit dans la cohue, et les êtres du matin croiseront des regards fous, des regards de rancune, de bestialité, quand le train emportera tout. Où vont-ils donc tous ? Sont-ils des passagers d'espérance ou de désespérance, ont-ils des jours qui conduisent à la foi, au contentement, ou alors à l'ennui, comme se font un sort tant de vivants. Ou sont-ils héritiers de leur père, de leurs traditions, de leur envergure, à la manière de la petite moralité publique. Tout n'est peut-être qu'un jeu où circulent les hasards et où se désignent les choses, aveuglément, les hasards tels des sentinelles de cargos éventrés, des hasards de causes perdues. Pauvre veilleur, où en est la nuit.

Le train va, reprend lentement sa course, accélère, gagne de la vitesse, gronde de nouveau – et alors il se sent enfin proche du but, proche de la miséricorde, d'un achèvement, proche d'un lieu d'accueil et de certitude, – mon Dieu pourvu qu'il n'y ait pas trop de monde déjà. Sa mère portait déjà de telles angoisses qui ne font que grossir le souci devant les épreuves, les choses; c'est d'elle qu'il a hérité le sens de la dérision, ce qui fait justement qu'on ne fait rien, que l'on aborde pas le sort en face, qu'on laisse aller, qu'on entreprend pas, par la faute d'un immense sentiment d'impuissance. Elle qui ne s'identifiait à rien, pas même à Dieu; oui, elle, elle qui a fait des enfants sans savoir la majesté de la vie, de la foi, de l'étincellement, de la danse et le travail, comment est-ce que ça va – sinon rien, rien d'autre, ni santé ni équilibre, elle qui aurait dû le savoir fragile pourtant, puisqu'elle lui a donné une vie étroite comme un chemin de campagne; pauvre femme, pauvre enfant, lui qui a dû ouvrir la gueule des fauves, dans les cirques et les ménageries, aux aguets des blessures. Enfant de la longue misère mentale du monde, que faire, s'il lui est donné de s'avertir encore ? Aller aux sources, boire l'eau claire des grands fleuves, veiller la nuit là où passent les anges, dans un grand bruissement d'ailes salvatrices; puis refuser, dire non, se faire une vertu de la négation du monde.

Le train rugit tant maintenant qu'on le dirait épris d'une allure mortelle, sauvage, pareil à l'antilope qui tente d'échapper à la lionne, comme s'il convenait, lui aussi, de l'envie de toucher au but, comme s'il se pressait pour livrer le personnage au quai, à la foule, à la rue, comme s'il cherchait un épilogue, un dénouement à l'angoisse du monde; le train qui file et qui avale les distances si vite qu'on dirait un grand fauve chassant pour sa survie, et le but se devine, bientôt il aura fait son devoir, bientôt il ne servira plus qu'aux autres et à leurs ambitions.

On approche, et les idées filent aussi vite que le train. A ces parages qu'on devine plus qu'on ne les voit dans la brume, sera-t-il encore une fois frappé d'hébétude, de silence et d'amertume, il ne le sait, mais il a son instinct qui l'avertit, ou plutôt, le sort sera-t-il que la vie se déroulera sans blessures, sans rompre, sans corrompre, et qu'elle sera, à la gorge, plus douce que le miel? Il a soudain confiance, l'oiseau livré à l'air libre, loin de la cage des persécutions; une confiance dont la trame monte en lui, et pourtant, il lui reste du fiel à la bouche, il allie confiance et méfiance, douceur et amertume, rêve et cauchemar. C'est encore la vie qui lui a appris cela, ce comportement de rigueur et de doute, comme si l'un n'allait pas sans l'autre; et pourquoi ne pas croire que l'interrogation fait l'homme, et pourquoi ne pas penser aussi qu'on est proche des véritables certitudes à l'instant même où l'on approche le doute le plus profond. Il donnera des nouvelles au pasteur, celui qui lui a dit : – va selon ta force!

Où en sont tes muscles, ouvrier de la dernière rétribution, où en est ta fatigue, ouvrier mal payé et insulté encore, dans la maison de tes ennemis, ennemis parce qu'ils ne veulent pas donner de salaire, parce que leurs poches ne sont jamais assez pleines, ils veulent l'argent, tes ennemis, ouvrier; mais quand donc en auront-ils assez? Ne seront-ils donc jamais contents, jamais rassasiés? As-tu des muscles encore, ouvrier ou est-ce une fatale fatigue qui te hante, qui t'étreint, une vieille et longue fatigue que des siècles d'incertitude et d'infortune ont abandonné en toi, dans tes membres, dans ton corps, dans ton esprit et ton cœur, en ce sens qu'une mauvaise vie est le fuit d'une mauvaise réflexion. Mais à quoi bon tant d'égards et de moralité, le monde en a-t-il pour lui, le monde est-il fait d'égards et de moralité pour lui, est-ce un sens qu'il trouve à la foi aveugle des hommes, est-ce un sens qu'il trouve à leur moralité défaillante, eux qui ne veulent pas même entendre chanter l'oiseau, au matin, pensant que cela est vain, et qu'il n'y a pas d'autres vertus sur la terre que d'entrer dans les édifices du grand luxe, au bras d'une femme, sur les avenues maritimes de l'Ouest.

De combien de réflexions hâtives et inabouties sera donc fait la journée – il se réserve des droits, mais est-ce le respect que les autres doivent à leur prochain que cette aventure si effrayée, si inconventionnelle, aura-t-il un seul droit qu'on lui réserve – et soudain, quand il aura atteint le but, il se réjouit déjà d'entrer dans une auberge et de boire le nectar des plaines brésiliennes, comme si cela lui manquait depuis tant de temps déjà.

Bientôt, il sera temps de monter au front, d'accepter la blessure, qu'en est-il de tes muscles, ouvrier, où te feront-ils mal encore, comme en cette oisiveté coupable de tant de gestes, celle que tu as vécue si douloureusement, celle de ton passé, celle, achevée, de ton temps perdu? L'action fait l'homme, c'est une parole de soldat ou de gens industrieux qui font travailler les autres. Qu'en sera-t-il de ton courage, homme, qu'en sera-t-il de ta foi, quand l'homme fera l'action et qu'il faudra réclamer une chose due, à moins que la moralité ait changé, dans l'étonnement aux choses nouvelles, en une perspective qui serait que les autres soient enfin les autres, et qu'ils découvrent en ce qu'ils ont toujours été. Ou seras-tu de la même sorte que l'oiseau dans les branches, l'oiseau que guette les chasseurs, l'oiseau dans l'arbre d'insouciance, puis, le lys, toi pareil aux lys, pareil au lion dans son territoire, pareil à l'abeille qui fait son travail et son utilité par une sorte de mémoire féconde, d'héritage élémentaire.

Pour l'instant, il reste à ses insoumissions. Il a tant de vertus cachées qu'il n'ose pas les dire, de crainte de les nommer – et cela lui serait enfin sa vérité – de crainte de les perdre, de la même sorte que l'on nomme les choses que lorsque l'on doit les perdre; et tout lui semble être d'une fatalité qui lui répugne maintenant, si près du but est-il parvenu, lui qui sera toujours édifié d'une conscience morte et d'une incertitude maladroite. Alors, soudain, il comprend la douleur des déportés – et à quoi donc cela lui servira-t-il – tout un siècle de déportations, tout un siècle d'hommes martyrs et persécutés, tout un siècle de honte, un siècle de plus de l'injustice du monde. Les lois terrestres fondamentales ont été depuis toujours transgressées par les nantis, les profiteurs du travail humain.

Il est passé sept heures du matin, à un clocher anonyme d'un village que le train traverse en fuyant comme un démon, un pestiféré. On voit, un instant, le devant du train prendre par une large courbe de la voie, et s'articuler comme un reptile, puis reprendre à gauche, hors du regard, et toujours ce vacarme d'aller sans se rompre, cette course, ce cheminement, et les lieux traversés se désignent à des soucis du matin; et lui, pourtant impatient d'arriver, il n'a finalement pas retenu le temps qui est passé, fier et innocent de toute la négligence des hommes. Et tout le désir du monde l'emmène vers sa faim, la désignation de la faim qui le traverse; et pour qu'on le comprenne, il doit dire qu'il confond, en son esprit, l'atteinte physique et l'atteinte mentale.

Depuis que Caïn a tué Abel, il y a de la honte dans le monde, il y a la haine et le mépris, la pauvreté et la richesse, la négation et pourtant le salut, tout ce que le diable inspire et tout ce qui lui échappe, il y a le manque et l'abondance, il y a l'impie et la vertu, le pardon et la damnation, et cela façonne un monde, cela le fait et le défait, le construit et le détruit, l'envisage et le renie, puisque c'est son sort d'impuissance. Depuis que Caïn a tué Abel, il y a une sorte d'ombre irréversible sur le monde.

Puis enfin, aussitôt qu'il regarde par la fenêtre, il comprend, c'est Berne, la lumière, les clartés, les rues, une banlieue; c'est Berne, et le train ralentit déjà. Ses modestes bagages sont là, dans la niche; alors, il se lève, il étend un peu ses jambes, il se remet en mouvement, tout ce qu'il aura fait sa jeunesse durant, il prend ses bagages, il se prépare et se charge, passe lentement par le couloir, atteint la porte du wagon, ouvre, passe et referme – il est enfin derrière la porte du train, c'était juste un effort, juste un raisonnement – il attend qu'on soit parvenu à terme, à destination. Les gens aussi se sont levés et viennent, c'est une destination courue, enfin, c'est presque le bout du monde. Le train cahote, cherche son parcours entre les aiguillages, les essieux grincent, les roues freinent, tout à coup, on parvient en un lieu d'une grande stupeur jaune, on arrive encore, on ne cesse d'arriver, c'est la gare, on est parvenu enfin au but, il va falloir égaliser, tirer les penalties, et c'est un début ou une fin du monde. Il est fatigué, il est atteint d'une fatigue mentale et physique, il doit se refaire, il ira boire un café, c'est son premier souci. Et malgré sa fatigue, il est empli d'un grand soulagement, il se sent plus léger; on dirait qu'il reprend le cours d'une dignité autrefois égarée, dans un séjour de ville étrangère, par une lâcheté qui le rebute maintenant.

Il se parle moralement, c'est un héritage de famille vertueuse s'il en est, il s'inscrit déjà dans un devoir, aura-t-il de nouveaux courages et de nouvelles forces, pour résister au diable et à ses appellations, pour gagner un pain d'amertume à la sueur d'un front enfin redressé? Le train grince, l'acier mord, tout s'émeut, les roues hurlent dans leur freinage; puis enfin, puis encore, voilà, le train s'arrête. Alors, il descend, il est content, il aborde les autres dans une gloire immense, marqué sur son visage par les tribulations de la nuit ancienne, il est content, c'est peut-être la vie qui l'a repris.

On dirait un air de jazz qui est là, qui rôde dans la gare ensevelie de vacarme, Davis à la trompette, un blues, et puis une contrebasse, une batterie, un piano, c'est toute la beauté du monde qui s'insinue ici. Voilà, il est sur le quai, il foule le bitume, de quoi semblablement se retrouver, de quoi se remettre en une situation qui le fera simplement homme parmi les hommes. Homme, on est du sort de la bête, homme, on n'a que l'esprit pour désigner les choses.

Maintenant, tout suit son cours extrême, tout est l'évidence même, il s'est redonné un avenir, et c'est tout ce qu'il cherchait, simplement, dans une danse dont il avait perdu les pas. Il marche, courbé par son bagage, c'est de son vivant, il marche avec les autres, il est trop entouré d'autrui pour qu'on le remarque, pour qu'on le désigne, les autres et lui qui prennent par un long escalier conduisent vers les allées centrales. Il est content de son sort, mais saura-t-il un jour être content de lui, à l'approche des situations futures, elles en lesquelles il donnera son courage pour les conduire véritablement à terme. La gare est un immense chantier, on élabore et on construit de toutes parts, il faut chercher son chemin, et tout d'abord l'élémentaire, la consigne pour les bagages. Déposer sa soif, sa faim, sa honte encore.

Il va, il chemine, il interroge les panneaux indicateurs parmi la foule qui marche du même allant vers les sorties, la foule dense, compacte, pressée, hâtive, prise d'arrogance et d'irrespect, ainsi faite de chair et de parole, dans un grand mouvement et un grand grognement, une grande clameur, et on dirait l'ordonnance d'un bataillon en route pour conquérir le monde, c'est-à-dire le confort des auberges ou des bureaux des ministères. Quel sera le premier contact de cette nouvelle vie, le contact essentiel, et qui détermine l'humeur et l'impression pour tout le jour et le reste ? Ce n'est pas ici le pays du sourire, le pays de l'amabilité naturelle, et le reste à l'avenant, quand on veut être et qu'on n'a que sa petite foi pour entreprendre. Par cet hiver rigoureux, il arrive des bises froides et rédemptrices du sommeil intérieur, des bises qui empoignent les hommes et les femmes, le long des allées provisoires trouées d'air; et les passants passent, et les travailleurs travaillent, les bâtisseurs bâtissent; il faudra revenir et ne pas se faire une opinion définitive de la seule impression de ce jour.

Il faut se faire à la misère du monde et sitôt l'oublier, ce n'est pas un gage, ce n'est pas une rétribution. Il ne faut pas se faire chien chez les mangeurs de chiens. Il y a des escaliers qui montent et d'autres qui descendent, il y a des hauteurs et des bases, des largeurs et des profondeurs, dans la foule du matin toujours – il est presque huit heures à une grosse horloge, il rencontre de petites joies et d'insignifiantes peines, c'est la vie qui est là, c'est le sort du monde qui s'organise ici, on dirait que le devoir est grand et à la fois insurmontable. C'est l'émoi, la prière, l'émotion, la transcendance qui passent et qui restent figés au cœur. Il n'est pas pire détresse que celle qu'on imagine, il n'est pas pire bêtise que de faire le monde meilleur qu'il est.

Il trouve la consigne, c'est là, au bord d'un imposant couloir. Et cet immense chantier qu'est la gare, d'où s'élèvent des cris et des ordres, auxquels se mêlent les vacarmes étourdissants des machines à tout faire, des machines à édifier, pour que s'élèvent les édifices de la grande ambition des hommes. On dirait un monstre qui prend forme, on dirait une énorme bête en train de combattre une autre bête, on dirait un accouchement douloureux et bruyant d'une bête sacrée. Et partout, on travaille, on s'active, on discute, on hurle des ordres avec des barrissements d'éléphants, c'est la modernité qui s'édifie, c'est le sens qui prend la forme de l'absolu. Il ne reste rien de ses souvenirs, du temps de son apprentissage, il ne retrouve rien de ce qui faisait qu'il y avait un peu de poésie alentour des choses, il faut à la fois se faire à soi et se faire au monde; parfois le devoir est ingrat, le labeur le cède au désappointement, mais c'est pourtant les seules choses que la vie concède aux gens sans trop les meurtrir. Voilà, c'est fait, il a déposé ses bagages à la consigne, il a reçu en retour un billet bleu et il se demande ce que cette couleur peut bien faire là, il range dans ses poches le faire-valoir et la monnaie de sa pièce, il est déchargé enfin et il s'éloigne, les bras meurtris par son effort; mais quelle est soudain sa joie d'aller, son réconfort d'être là, et un grand sentiment de liberté l'emplit, il est enseveli sous le contentement, le formel le dépasse, et il pense à aller boire le premier café du jour.

Alors, il s'oriente, si tant est qu'il connaît encore les lieux, si tant est que les lieux sont encore définissables. Il va, il regarde à gauche et regarde à droite, et finalement, il tombe sur une grande salle d'auberge où l'on sert à boire et à manger, une sorte d'établissement qui propose un libre service, et voilà qu'il trouve ce qui lui convient. Il entre, prend la file, attend et avance. Une bonne odeur de pain frais règne dans tout l'espace de la salle. Il prend un café et deux brioches. Cela lui fera du bien. Le café et les brioches arrivent, il a déjà payé, c'est la seule moralité qu'on lui demande. Il s'éloigne de la caisse avec son plateau, il cherche, il trouve une table, juste de quoi se mettre à l'aise, et le café qu'il boit lui descend dans la gorge à la manière d'un élixir de grande réputation, il boit et il mange, il est fait d'un autre présent et d'une autre identité que la veille. Il a son fond, comme disent les maîtres nageurs.

Le froid matin d'hiver fait la vie qui grogne, il ne rencontre que des visages fermés, des traits tirés à la manière d'une grande déception, on dirait que les temps sont durs, ce sont des étrangers qui sont là et qui font de la vie une fatalité monstrueuse. On entend venir des bruits de toutes parts, une lancinance de bruits, de moteurs et de clameurs, comme si le monde était en train de se redéfinir, Mais il est en chantier, lui aussi. Il retrouve ce langage suisse-allemand à son oreille, il l'aura quitté voici bientôt quinze ans, il se redéfinit et se dilate, s'interprète à nouveau sur une autre portée, lui semble-t-il, et maintenant, ce dialecte lui revient petit à petit, avec l'entourage, le bain d'exil, avec ses consonances un peu brutales, vives, grossières, remontant du fond de la gorge des gens, puis dans leur bouche et sur des langues qui propulsent les mots au dehors, un peu comme le langage espagnol, et on pourrait croire que les gens vivent ici d'une amitié et d'une solitude tenaces. Comment avait-il pu oublier cela. C'est peut-être la langue du pain qui passe, qui s'articule, qui baigne les hommes de ses vertus familières. Il faut s'accoutumer à la peine comme à la joie. C'est février survenu au dehors, et la bise qui souffle semble pénétrer jusqu'aux entrailles les plus profondes de l'édifice en chantier. Il est à l'aise, et toutefois il frissonne un peu, mais est-ce de froid ou du souci des heures à venir.

Encore quelques instants de ce temps, encore quelques minutes de ce temps privilégié d'attendre sans être pressé, voués aux anges qui passent, de contenir le monde et de le vomir, il est à peine huit heures – et quand bien même il s'attarderait, il lui vient soudain à l'esprit que le hasard a peut-être changé, qu'il s'est mis en ses convenances, comme en ces êtres qui survolent la vie en semblant la caresser, le fameux hasard du monde, l'odieux hasard – mais c'est pourtant par une part de hasard et de volonté réunis, ce qu'il vit maintenant, dans l'étincellement du temps, soumis et insoumis, livré à la meute et pourtant vainqueur.

Le débit de boissons et marchandises où il séjourne, tout emprunté est-il encore par son voyage, a de grandes baies vitrées qui ouvrent la vue sur le passage qui conduit aux quais et où passent des gens portant encore les ombres de la nuit qu'ils ont traversée, et la petite humanité qu'ils composent est établie de doutes et d'empressements, d'une fuite dirait-on presque, comme si le temps importait plus que le devenir, le rachat; et ils diraient qu'ils n'en ont rien à foutre, que c'est leur sort qui veut ça. Quelque part au monde, il y a peut-être un lieu magique en lequel on se décharge le front et le cœur, auquel on parvient par des mérites insensés, orgueilleux – est-ce aube, est-ce midi ou couchant, un point cardinal de la consolation des êtres, Sud ou Nord, Est ou Ouest, de la température des bains dans la mer – un lieu magique qui est peut-être la définition du bien et où les sages du lieu ne se sont vendus au tourisme, eux qui sauraient peut-être raconter, dans des longs soirs d'invitation, ce qui faisait la force de leurs ancêtres livrés aux colonialismes de toutes sortes, quand on sait que de petits économistes voudraient voir ressurgir, pour enrichir des actionnaires qui ne possèdent même pas la honte.

Cette salle à consommer, cette espèce d'auberge de la pleine lune et du désarroi, est fréquentée par un peuple de marginaux, de réfugiés, de laissés pour compte, semble-t-il; et lui, il est leur semblable, leur ami de partage, fabriqué de la même sorte de solitudes et d'égarements, de la même farine, du même pain – il partage avec eux une mentalité commune de sort et d'esprit, mais ils parlent tous des langues étrangères – et il ne comprend pas, il laisse à l'abandon la curiosité par laquelle il pourrait entrer en leur compagnie amicale, pour échanger des mots et des prières qui édifient les nations mieux que les hommes politiques qui les gouvernent. C'est ainsi une humanité de doutes et d'attentes, une assemblée fraternelle de gens qui, pourtant, ne partagent rien, ne mettent rien en commun, par une peur insensée de l'autre; et ils vivent et s'édifient par une petite satisfaction d'être là, rescapés de guerres infâmes, dans l'élaboration du jour qui est un ingrat. Une humanité sans sourires et sans regards – mon Dieu que pensaient-ils recevoir ici, de quoi est-on fait pour leur donner quelque chose encore – pardonnés de hontes et de privations – par quels chemins sont-ils venus – avec dans le regard, parfois, une somme de haine qui trouble, qui interroge, depuis Caïn, depuis que les temps ont changé.

Il te demande pardon, Dieu, de ce qu'il est ou de ce qu'il n'est pas, mais, en ce lieu où il séjourne, n'y a-t-il pas, à la fois, le péché et le pardon; il te demande pardon, Dieu, n'as-tu pas un peu de grâce à lui donner, une seule fois donner pour toutes les fois reprises, une seule fois donner pour qu'il comprenne enfin, pour qu'il ait sa certitude, ne le vois-tu pas qui est là, exilé et peureux – un peu de grâce pour qu'il se redresse, pour qu'il relève ses yeux. Il te demande pardon, Dieu, de ses travers et oublis, de ce qu'il est fait d'ombres et de désobéissances; entends-tu, Dieu, dans son silence intérieur revenu, ne l'entends-tu pas, Seigneur, te demander pardon, de ses outrages et de ses offenses – et il est là, il prie, il invoque ton nom, laissé au hasard et à la solitude, dans sa culpabilité et son innocence – comme s'il venait, de justesse, d'échapper au diable encore une fois – lui, fait de chair et de sang, sur son chemin. Que veux-tu de lui ? Entends-tu sa prière, Dieu, l'entends-tu t'interroger en silence – il n'a pas de cathédrale, il n'a pas d'édifice glorieux – l'as-tu créé pour l'abandonner ou l'abandonnes-tu pour le recréer – as-tu des images à lui remettre, lui remplir le regard d'un peu moins d'âpreté, lui donner des promesses nouvelles; puis, l'accompagner dans le printemps qui viendra, sous les cerisiers en fleurs, dans l'aimable compagnie des parterres de tulipes qu'il y avait à voir, dans la ville du bout du lac, et dont il ne se souvient plus maintenant. Ne l'entends-tu pas t'invoquer, dans l'extraordinaire solitude de ce lieu ? Doit-il se morfondre et se rouler dans la poussière pour éveiller ton regard, Dieu, sensible au regard de tous, pour qu'un ange se dévoile à sa face – Dieu, donne-lui donc du courage, ne vois-tu pas qu'il est contraint de misère et de désœuvrement – il te demande pardon, Dieu, quand donc l'entendras-tu ? Lui qui n'a d'amis que l'oiseau dans l'arbre, lui qui n'a de femmes que celles, adultères et pécheresses, des lieux publics où on rencontre tant de détresse et d'égarement. S'il n'a pas à se guider en un droit chemin sur cette terre, s'il ne lui est pas réservé une consolation, alors, retire-lui son souffle, c'est toi qui l'a donné, pour qu'il y ait une fin convenable à cette mascarade.

Il est là, assis dans ce local enfumé, brave et presque content, revenu de guerre, revenu d'une guerre à la fois perdue et gagnée, prenant plaisir dans ces sortes de sentiments qui l'éclairent soudain, qui le rendent à toi; ne l'entends-tu pas, Dieu, dans sa prière qui est une longue invocation maladroite ?

Donne-lui donc un printemps, donne-lui donc un été de légèreté et d'abondance, l'entends-tu ou ne veux-tu pas l'entendre ? Dieu, fais-lui donc part de ton salut, comme tu as dit que tu le faisais, selon l'ampleur de ta promesse. Le vois-tu, Dieu, lui et son regard qui appelle la dérision, lui et son âme soudain vive, forte, austère dans un désordre ou un ordre dont tu ne retiens pas l'essence ? Ne le vois-tu pas qui t'appelle, Dieu, ou veux-tu le châtier encore, comme tu sais si bien châtier les humbles ? A ta parole, peut-être trouvera-t-il une source pour se réjouir, étancher sa soif d'absolu, pareil en cela à beaucoup, son infidèle soif d'absolu, n'as-tu donc pas un sort abordable pour lui aussi ?

Voilà, l'heure à l'horloge s'est avancée au-delà de huit heures. Le jour se lève sur la ville, on en voit l'une ou l'autre rumeur pénétrer jusqu'à son siège, par le travers des vitres. C'est une fin et un commencement, un recommencement; il va falloir bientôt aller, les décisions sont lourdes à prendre, il n'y a pas de rémission au-delà des intrigues de ce que le jour fera. Il regarde encore autour de lui et il remarque qu'il est en présence d'une société sans femmes, pratiquement, et cela l'étonne, ou peut-être est-ce une réalité qui le veut ainsi, un sens de la détermination du monde, dans une raison qu'il ne comprend pas. Suite de tables ordinaires alignées les unes après les autres, en un ordre épais qui ne laisse plus de place; suite de regards attristés, sévères, faits de plomb – on dirait qu'ils sortent d'une imprimerie ancienne, du temps de l'encre et de la poussière – suite de langages étrangers, de dénominations païennes et barbares, et tout cela fait un bruit qui ressemble à une confidence à laquelle il ne prend pas part. Tout cela crée une rumeur sourde et forte, grave, de l'étincellement de l'ange qu'on ne voit pas et qui ne séjourne pas en ces lieux.

Un goût sur les lèvres, après le café, au fond de la gorge, un goût amer sur la langue, le même goût que celui d'un exil indéterminé et persistant, de la fadeur de la vie qui passe. Quel langage faudra-t-il parler pour être compris, quelle part faudra-t-il prendre de l'imbécillité humaine, mais il ira, c'est sa détermination irrévocable, il aura le courage de son âge, la force et le courage que donne le diable, il y aura une solution à l'inacceptable de la vie.

Pour l'instant, il accorde son instrument, il agrée sa présence en ces lieux, il se détermine, il attend, attablé dans cette salle du bout du monde, de l'extrême milieu du monde où sont venus s'échouer là, par des sorts contraires, des présences humaines qui partagent, en ce lieu secret de l'existence, le pain noir de la vie. Et pourtant, rien n'est laid, rien n'est à l'abandon, il semble même qu'il est donné à la vie d'élaborer en ces lieux, il semble que la vie prend le dessus, qu'elle est forte et bonne, qu'elle mérite d'être venue à ce rendez-vous, et si elle ne porte pas le nom des roses, elle ne porte pas le chagrin non plus, elle se farde de la séduction d'une femme.

Il ne pouvait plus écrire, là-bas, dans la ville du bout du lac, rien ne lui semblait bon de ce qu'il faisait, il avait attrapé une sainte horreur de lui – il est des êtres ainsi qui se haïssent de leurs impuissances, de leur inconformité, et qui pensent que la fuite est préférable à une hospitalisation, à maintenir un état de siège – il a préféré le départ à cette sorte de rire par un effet qui serait devenu un rictus qu'inspirent les larmes. Il regarde sa montre, il est une heure à ne pas finir l'étonnement, il est venu l'heure d'un nouveau sacerdoce, il a oublié sa blessure maintenant.

Alors, il range sa table, se lève, prend son plateau, marche entre les tables, dépose son plateau, se tourne vers la porte, ouvre, passe, referme derrière lui et se trouve confronté à l'orientation. La foule est moins dense qu'avant, on dirait qu'il y a un répit, à cette heure du matin survenu, en cet endroit de désinvolture et de désordre qu'est la gare, le chantier de la gare. Et les bruits s'accumulent aux bruits, on dirait une sorte de rythme qui prend la mesure – est-ce Boston ou Chicago que cette interprétation d'un blues – qui improvise un air de jazz, on dirait une stupeur de grande ville désordonnée, un peu de Pékin et un peu de Tokyo, sans la commisération des foules, et pourtant, c'est une plainte qui monte, il y a du désordre et de la débauche mentale; une musique s'élève des lieux, du labyrinthe de la ville où il espère rencontrer des hommes et des femmes dignes de leur attribution d'humains évolués. On est l'héritier de son courage, il faut aller, la vie est faite d'aller, du mouvement qui l'ordonne.

Il va, il cherche, il se situe soudain devant un escalier qui monte, c'est une sortie, il y a de quoi entreprendre, se resituer, il prend par l'escalier. Maintenant la foule se recompose, il y a des gens qui vont et viennent, c'est la multitude et la solitude, il se redresse, il sait son chemin, il ira vers les neuf heures à son lieu d'ardeur et d'ardente foi. Et puis, il tourne, il hésite; de quel hasard malvenu et pétrifié ne se laisse-t-il pas être l'enjeu, la bête de somme ? Un escalier, il monte, il escalade, encore quelques marches et il se retrouve en ville, il connaît cet endroit qu'il aborde; maintenant, il s'oriente vers les terrasses fédérales, il veut aller revoir ce qui l'avait enchanté, jeune homme; un petit parc, une allée, juste de quoi se refaire une mémoire. En ces lieux, il avait conduit son raisonnement de presque enfance, dans sa mesure d'alors, et à laquelle il tentait d'échapper, et c'était la jeunesse encore, un temps où les choses ne lui pesaient pas véritablement. Berne est une province comme une autre, comme Paris, comme les grandes capitales du monde, là où l'effroi se mesure au vol, puisqu'il y a toujours des voleurs et des volés. Il avance, quelque part entre des rails de trams que les véhicules accablent en de sournoises terreurs; puis un quai où des gens attendent, et encore des voies ferrées, celles d'une importante station, mais il quitte ces lieux austères, choisit son parcours, prend par une rue où la circulation est dense – l'enchevêtrement de la ville ne lui laisse aucun repos. Il traverse, au mépris des voitures. Où vont-ils donc tous, de quel mouvement infernal ne sont-ils pas les prisonniers ?

Il y a encore une importante artère à traverser avant qu'il n'atteigne son premier bonheur du jour, et ce sera peut-être le seul, mais il lui fera l'âme légère – que diront, à la mémoire, ces endroits sous le harcèlement de février, sous la morne végétation du dernier mois de l'hiver, sous le gel et les brumes – et il y a un peu de neige, par endroits, juste de quoi se faire une opinion sur l'équilibre. Il va sur un passage jaune, narguant un peu la civilisation de l'automobile, son arrogance, mais qui sont ces gens qui vont perdre leur temps sur les routes; et comment des civilisations bien plus glorieuses se sont-elles édifiées, de quel devoir sont-ils donc responsables, de quels tracas démoniaques ne sont-ils pas inspirés – leur nombre est sans cesse renouvelé, migrants, imposteurs, le regard collé vers l'avant, qui cherchent, qui ne voient que leur importance, qui ne veulent rien d'autre de la vie et qui diront à leurs petits-enfants, dans une fierté aveugle : nous en étions !

Il a traversé, malgré les dangers, il s'est mis hors de portée des morsures de ces reptiles d'acier, et maintenant, il héberge en son esprit tortueux un peu de quiétude, cela l'encourage, le solidifie, le petit parc est devant lui. Il voit la fontaine tarie, l'édifice commémorateur, il entre, il respire un bon coup, il se laisse pénétrer d'agrément, il reçoit un plaisir vif à revoir cet endroit de ses premières aptitudes et tentatives de raisonnement. Et peut-être voudra-t-il reprendre sa réflexion là où il l'avait laissée – en ces temps passés, il pensait de manière plus légère, il n'avait pas encore tout le discrédit du monde à son front, il était intact et nouveau, neuf de sentiments, il voyait les choses sans en voir encore les blessures, il portait une espérance folle comme l'illusion, comme la pitié faite aux innocents, il ne connaissait pas encore la véritable moralité des ayants droit, des missionnaires et de leurs maîtresses – il était jeune et la jeunesse est une saison heureuse, et quand bien même, alors, il ne se sentait par encore averti, il aimait l'ardeur, la plaisante ferveur d'aller de cette époque de ses premiers envols.

En un endroit connu du jardin où il parvient, la vue porte sur la campagne et parfois même jusque sur l'Alpe au loin, quand on a de grands sentiments à faire valoir et que personne n'écoute la divagation de l'enfant à l'épine de la rose. Alors, il voit soudain, au plus profond de l'horizon, le jour se lever, en une faible clarté d'abord, mais une clarté qui l'émeut, qui le soulève, qui l'édifie. Il reste muet de contemplation devant ces choses insignifiantes, mais qui lui parlent, qui s'adressent à lui, qui le concernent au point le plus élevé de son âme. Le jour est là, maintenant, lentement, il emplit tout le ciel de sa pâleur. Par une situation de fœhn, le ciel est jaune là-bas, luxuriant, un état qu'il voit d'une beauté insoumise, première, éternelle, indévisageable presque, rude et pourtant sereine – là-bas, vers les lieux du cœur et de l'origine, les ténèbres se dissipent – et c'est un jour qui vient, inscrit au fronton des interrogations et des importances. Il n'a plus ce poids fatal au cœur, il n'a plus cette venimeuse contrainte à l'esprit. Et il regarde, il recrée en lui de vastes étendues de réflexion, de ressentirs, d'idées qui se font neuves, il est ainsi saisi de réconfort comme s'il voyait le jour se lever pour la première fois. Il se fait de la joie des humbles, des purs, des insoumis, une joie nouvelle qui est peut-être aussi une joie ancienne, il enfonce sa joie dans un grand sac, il confond temps, âge, clarté et amertume, il est épris d'une foi qui est une appartenance à quelque chose de profond, d'infiniment pur et profond, et qui le libère maintenant, dans son cheminement. Subitement, il croit avoir de l'avenir, c'est pour cela qu'il est venu jusqu'ici.

Le sait-il ou ne le sait-il pas, mais il est recréé, il a retrouvé sa source, il n'est pas venu en vain, il est de la formulation ancestrale des hommes. Il est de retour, il est sauvé maintenant.

Miséricorde et sainte grâce de Dieu, il a plu tout l'après-midi. C'est un temps de printemps anglais, c'est par un temps de printemps que se sont émues les heures du jour, un temps de mai, le mois qui échoue, contrairement à sa légende; cependant que le personnage a trouvé de la gloire au temps échu, en se promenant sous son parapluie, le long de routes et chemins perturbés d'automobiles, dans l'alentour de la feuille nouvelle, des floraisons d'aubépines pâles comme le premier murmure de l'aube. Il doit peut-être sa grâce au balancement de la marche qui a pour faculté de libérer l'esprit, paraît-il; et du plus profond de la mémoire des hommes, il y a un sentiment de bouger, d'investir, de s'activer, d'aller, de conquérir, et la même chose pour les sentiments intérieurs, que ce soit espace ou temps qui s'accumulent en de vertueuses formules de raisonnement.

Il rentre par la cour et là, il surprend une voiture qu'il connaît, alignée à la suite des autres, sagement, sur le bitume mouillé, resplendissant d'éclat, noir sous la pluie, et déjà il se réjouit, c'est une savante compagnie dédiée aux sens, on l'attend, c'est l'heureuse personne de son désir qui est là, de sa joie, qu'il rencontrera devant sa porte; et il presse le pas, il se fait cueilleur de prunes aux jardins des interdits qu'on a bafoué. Il active son allure, il ouvre la porte principale, il crie son nom, elle l'aura entendu, le voilà dans l'escalier, et ainsi, il se trouve être en face de la femme qui ébauche la faveur, qui la donne, qui en fait cadeau pour de la grâce, la femme qui est son égérie – eh! bonsoir! j'ai deviné que tu étais là, devine, je t'attendais sans le savoir, rien n'était prévu et l'inconnu est plus heureux que le convenu, comment le temps passait-il sans moi, pour une surprise, c'est une surprise, et je la trouve plus belle que celle de la pluie du jour.

Mais elle rétorque déjà, bavarde – on ne peut changer le monde simplement parce que l'être se situe dans un émoi de grande fête – on m'a dit que tu rentrais de promenade vers les cinq heures, toujours cette précision en tout, maniaco-dépressif, hein! Est-ce que tu sais, quand on fait attendre une femme, c'est Dieu aussi qu'on fait attendre.

Elle porte une combinaison-pantalon blanche, et il a déjà fait le parcours visuel de ses jambes et de ses seins qu'elle cache soudain, par une fâcheuse pudeur, sous une large veste qui est d'un noir sabbatique; elle, parée de beautés et de désirs, pour une fête qui le redressera et lui apportera de la gloire à l'esprit. Rien qu'à ses yeux de ciel breton, il la reconnaîtrait d'entre mille ou deux mille, et la voilà qu'elle lui fait la grâce d'une visite, sitôt vue et sitôt admise, comme l'ange dans son vol, sa visite, son étreinte. Il se réjouit déjà, pareil à l'enfant devant le gâteau. Il lui semblait bien – peut-être en avait-il rêvé, qu'elle lui reviendrait un de ces jours, elle, toute en contradictions et en légèretés, pareille à la neige d'avril, semblable à la grêle de juin, pareillement créé qu'elle est faite de telle sorte qu'on la désire dans son jour autant que dans sa nuit. Il l'attendait, après ses vacances de Pâques qu'elle aura passé au soleil, dans un pays où le climat fait les gens paresseux, mais il ne faut pas s'interroger sur son sort, elle se défend; il aurait prié pour qu'elle revienne le voir ou lui lancer un appel, et, dans son émotion, il imagine déjà tout ce que le sort du jour lui réservera de candeurs, de soumission, de fièvres et de faveurs qu'il rendra au hasard du cœur, si elle le veut bien. Il est renouvelé, impatient, fébrile, malgré la fatigue de l'après-midi. Quand donc, pour elle, se fera-t-il apôtre d'une religion qui serait celle de l'adorer, elle, dans le cheminement secret de l'âme? Il y a des religions pour tout, on a inventé des églises et des sectes dont l'originalité étroite est la seule vertu, mais la religion envers les femmes, qui donc l'inventera, à ceci près que des hommes l'inventent tous les jours et qu'il y a recréation du monde à chaque instant de la grâce et de la vertu. C'est peut-être la religion la plus méconnue, mais c'est celle qui possède le plus d'adeptes, au loin des rivages éblouis, dans le recommencement du monde.

Elle est de la beauté des héroïnes les plus adulées, elle a le maintien seigneurial d'une bête fauve, elle a le cristal de la voix pour dire l'obligeance et la désobligeance, elle a la peau faite du velours le plus précieux, elle a le corps tout entier offert à celui qui le recherche dans des baisers explosifs, elle est de la redevance du diable, et pourtant faite d'une sainteté inconnue des prières les plus fortes.

Il la laisse entrer devant lui, elle connaît le chemin, elle est hôtesse et invitée à la fois en ces lieux, et son parfum lui est une séduction de plus, si elle en avait besoin – elle n'est pas inconnue en ces endroits de son culte, elle a de quoi faire valoir des droits – et personne ne viendra pour la chasser, ni l'ivrogne ni le jaloux, elle restera là jusqu'à ce qu'elle se lasse, et tout sera bleu du temps de sa présence, et tout sera gris et monotone à l'instant de son départ. Elle demande, parvenue à cette pièce de l'appartement qui est son séjour, ayant franchi la porte et regardant un peu par la fenêtre ouverte : – qu'es-tu devenu loin de moi, ma présence ne t'a-t-elle pas manqué? Mais elle a deviné la réponse, elle dit les choses avec mépris presque, on la dirait femme à avoir perdu toutes les pudeurs des femmes, et c'est ce qui la rend rare d'entre toutes.

Il ne répond pas tout de suite, en fait, il fait le tour, péniblement, de sa grandiose émotion, il est de la sorte avec elle, il est pris au piège de son désir, il est prisonnier de son émoi, de la grâce de la désirer à la grâce de l'étreindre, elle qui est pareille aux choses les plus mûres du monde, les plus délicates, les plus enviables, les plus formatrices, et il succombe déjà à son magistère, enfant que sa mère délaissa, et qu'il recherche en toutes les images de la féminité qu'il rencontre. Elle, elle ne saura pas sa vérité, son attente; trop de vérité lui pèserait peut-être, il ne lui fera jamais l'aveu de sa soumission, de la cause de sa soumission, et elle, habituée à la confidence, à l'aveu implorant, à la folie des hommes qu'elle éclaire, peut-être sait-elle de lui plus qu'il n'en croit, peut-être est-il un mystère dont elle a soulevé le voile, femme de la grandeur de la femme, séductrice et maîtresse, à l'affût de la faute et de l'aveu indus.

Peut-être verra-t-il le soleil se coucher sur ses hanches ce soir, verra-t-il le crépuscule s'éloigner en toutes ses grâces et lumières, à l'angélus, quand la cloche sonnera, et qu'il aura fait moissons et saisons de son éternelle vertu de femme indomptable. Pour qui aura-t-il une prière ce soir, pour Dieu ou pour elle? Pour Dieu qui donne et pour la femme qui reprend, qui fait le salut âcre tel l'eau-de-vie de la gentiane; d'une essence divine à une essence charnelle; et peut-être se trompera-t-il, et peut-être aura-t-il des aveux pour elle au lieu de les avoir pour Dieu, remettant au lendemain l'invocation de l'origine.

Il se calme, il se reprend – son souffle là à sa poitrine, et puis la perspective du drame, de l'enlacement – il lui demande encore une fois : – café, thé ou eau minérale? Elle répond : – je prendrai ce qu'il y a, c'est conventionnel chez toi, il n'y a pas de quoi dire et se contredire, on dirait une auberge grecque, c'est le salut avant le péché, qu'est-ce que vous avez tous, le monde est grand, il faut faire preuve d'imagination. Il dit : – il y a aussi du jus de fruit de la Migros, emballage en carton, orange ou pamplemousse, à choix, dans un grand verre lavé et essuyé selon les meilleures traditions suisses, selon les normes en vigueur, rien d'autre que de la pure intention de servir. Puis, elle remarque son cahier ouvert sur la crédence – récit ou roman, demande-t-elle et ajoute, il n'y a pas de quoi se réjouir, c'est beaucoup de peine pour si peu de récompense, encore une histoire d'enfant malheureux, il y en a plein les journaux, c'est intraduisible en langage normal. Ce noir constat, de sa part, le laisse un peu perdu, rendu à mieux raisonner son art encore, ne plus être mis à part, ne plus invoquer une consolation en la racontant, par le simple fait de dire, et ne plus croire que le monde attend une bonne et seule révélation de ses confessions. Ce qu'il savait déjà, mais d'elle, de sa part intime de conviction, cela le blesse, l'éloigne, désenchanté, répudié à une morale qui n'admet que l'ordinaire, quand on lui dit cela, il prend un ton grave pour répondre qu'il sait qu'il n'y a pas de justification à cette cause. Mais il ajoute aussi – pourquoi l'instrumentiste joue-t-il du piano ou du violon, sinon pour son orgueil,; pourquoi la ballerine danse-t-elle; que fait le musicien avec son saxophone; pourquoi le peintre travaille-t-il donc les couleurs que lui inspirent les paysages de Provence ou de Toscane? C'est un droit que je me donne, il n'est pas plus vulnérable qu'un autre droit. C'est du domaine de la liberté d'entreprendre, de la dignité humaine. Je veux être aussi haut de verbe et de sentiment que la montagne qui m'a vu naître.

Elle a un geste de contrariété, un geste aussi significatif qu'une longue phrase, qu'un long argument. A-t-elle du respect ou du mépris pour lui, dans ce qu'il fait, dans son art qui est aussi précaire que la vie du papillon, que le chant de l'alouette, que le chaume des toits africains, sous la tempête.

Et lui, il y a longtemps qu'il s'est fait une opinion sur les gens et les choses, il est averti, il n'est pas celui qui cueille la fleur des champs pour l'offrir à la dame de la ville, quand bien même celle-ci est son amante. Enfin, elle ajoute sur un ton conciliant : – moi, je voudrais connaître un producteur de films, ça n'a rien d'original pour une femme; un producteur ou un réalisateur qui montrerait mes fesses dans ses films, une sorte de self-service à rebours, veux-tu voir mes fesses, tu dois les connaître, elles sont de la providence du diable. Il dit, dans une déception qu'il laisse transparaître : – oui, c'est un art abouti, c'est même l'art le plus abouti que je connaisse. Puis, il ajoute sur un ton de grande fermeté : – il ne les montrerait pas, tes fesses, il les garderait pour lui. Elle lui dit : – je te reconnais bien, égoïste!

Puis, elle boit un peu de l'eau qu'il lui a apporté, avec cette sûreté, dans les gestes que donne la vie à ceux qui sont ses élus, que donne la vie à ceux qui prennent sans rendre, de la fermeté du hasard et de la richesse des sens. Gémira-t-il de sa constance ou de son inconstance? Il n'aime pas voir le hasard venir le surprendre, comme une avalanche qui descend de la haute montagne sur laquelle il est né, il n'est pas dans la constance des forts, et des faibles non plus; c'est sa faiblesse et peut-être sa force, il est d'un bois qui ne craint pas l'hiver chez les pauvres, il n'aime pas la grandeur toujours inquiète de son sort, il n'aime pas la grandeur des édifices dont se parent les bords de mer.

Que fait-elle de sa vie; elle enseigne l'anglais et la géométrie aux pauvres gens, à de pauvres gens d'ailleurs qui ont des richesses remarquables, des richesses du cœur et de l'âme qui sont inconnues des lieux où dansent les sorcières des nantis; à condition de dire qu'il y a les saisons mortes et les saisons vives, et que le sens le plus averti se cache toujours sous des apparences de hasard. C'est peut-être une sainte, elle, une sainte, on n'a pas le droit de lui déplaire, sinon elle s'en va, et c'est la pire des choses, la pire des blessures qu'elle peut provoquer; elle laisse derrière elle la pire des solitudes et on ne l'oublie pas facilement. Ensuite de quoi, pour bien faire, elle enlève sa veste qu'elle range sur une chaise qui est à sa portée, et cela lui laisse les épaules presque nues, tant l'échancrure de son gilet est grande. Et il a deviné ses seins, et sa séduction sonne l'alarme en lui, comme s'il était pris en une sorte d'incendie; puis, de la sentir et de la voir si proche et si enfantée de désirs, il défaille d'un sort heureux.

Il sait ces choses d'elle, il sait ces choses de lui, et elle, elle le sait aussi. Mais elles ont leur perversité et leur défaillance, ces choses qui lui viennent à la bouche, elles sont reines et valets, leur énigme de séduction est sans cesse renouvelée, elles gardent leurs chimères bien au-delà des temps. Cela peut convaincre de vivre, mais cela peut enrichir le désir aussi, le désir d'elle qui est plus profond que les grandes mers. Il est déjà pauvre et seul, admis d'écartement; cependant, il est épris paradoxalement de sa présence en cet endroit, et il ne donnerait pas son sort pour un autre, puisqu'il détient les promesses les plus folles. Et pourtant, par une pensée imprévue, il se soucie alors de la température qui règne dans la pièce, et implore un immense pardon, comme s'il faisait une froidure due aux pôles, là où l'aventure des hommes se conduit d'orgueil; mais elle, elle qui devine tout, elle, l'universalité des doutes et des certitudes, elle dit simplement que le printemps est là, qu'elle l'a vu courir dans la forêt où chante le coucou, et que c'est la saison des amours bestiales.

Il improvise des contenances maladroites – c'est elle qui sait l'heure et qui désigne le moment – elle est femme prude et rare, comme si elle attendait le désir de l'autre mûrir et venir lui submerger les sens, et elle le regarde et elle écoute, dirait-on, l'émerveillement de l'archet sur les cordes, en ses sentiments les plus purs et en son attente la plus violente dont il lui fait déjà cadeau. On la dirait surgie des pages d'une revue en papier glacé, pour ce qui concerne son maintien et son éclat de séductrice; et cependant son intelligence est ferme, conduite, élaborée, elle ne lit pas un texte, elle improvise, elle aussi; et son sens aigu de la parole et de la répartie la font craindre par les imbéciles et ajoute à sa séduction auprès des poètes et des marmitons, eux qui n'ont d'envie que de la rencontrer, elle qui fait un égard à chacun, de la haute vertu est-elle des amazones.

Alors, décidant quelque chose enfin, il s'approche d'elle, il s'incline et embrasse longuement son épaule, dans un peu de fièvre déjà, et il aborde la douceur de sa peau, l'émerveillement de son corps monter à son front, et une grâce immense l'emporte au loin, là où n'abordent que les anges de la divinité.

C'est lorsqu'il la rencontre qu'il regrette son temps perdu et sa médication d'anciennes épreuves, d'hospitalisations infamantes, uniquement; en cet instant suppliant muettement de pouvoir la retenir sous ses lèvres, au plus proche de lui, en une vie entière; mais elle ne veut pas, et pourtant, il insiste – tu es mon quatrième aujourd'hui, en mentant, juste pour faire croire un peu – puisque les femmes sont toujours jeunes, d'un âge de promesses qu'elles conservent dans leurs yeux, leur regard, sur leur front de jeunesse ou de rides, puisqu'elles sont le sel de la terre, puisque la vie commence en leurs seins, et qu'elle n'a pas de faim plus grande que celle de l'appétit, et encore, il quittera tout pour l'enveloppe de ses bras.

Pour la faveur du temps de la rose de mai, lui murmure-t-il à son oreille, dans le trouble qui est en lui, après lui avoir embrassé son épaule nue et senti sa chair frémir, en un aveu, pour lui troubler l'âme encore plus. Cependant, il ne faudrait pas lui ôter son orgueil, elle est femme belle, jeune et arrogante, parfois, elle envoie, si on la blesse, sa main sur la joue des autres en un éclair, il ne faut pas la décevoir. Elle éclaire les jours du personnage, elle jeune et lui dans son temps – une complicité plus qu'une passion – elle est son heureux et malheureux souci. Les hommes et les femmes ont-ils, sous les cieux, d'autres manières, la jeunesse ne se reconnaît-elle pas d'autres figures, d'autres agissements; faut-il tout faire à l'avenant, entreprendre à peine et déjà rejeter, faire du feu et ne pas nourrir l'âtre, faut-il commencer par de l'empressement et finir par de la négligence? La jouissance la plus forte – celle de l'homme et non celle de l'animal, celle de l'âme et non celle de l'instinct – n'est pas au prix de l'engagement, de la vitesse, on n'est pas ici dans une étable en feu; et l'équilibriste, avec sa perche, ne donne-t-il pas le frisson qu'en traversant toute la corde tendue au-dessus du précipice?

Écrivain agréé par un éditeur, il s'était senti pousser des ailes; mais elle, elle n'a pas voulu être sa femme – ça la fait toujours rire lorsqu'on lui demande d'être la femme de quelqu'un – en des temps maintenant révolus, dépassés, oubliés presque, elle lui a dit non en sa tentative de lui demander sa main, et elle éclate d'un rire ardu quand il se remet à espérer. Et, de la sorte, si elle lui avait dit oui, elle aurait été pour lui sa perte; et en lui disant non, elle l'a en quelque sorte sauvé, lui faisant l'aumône d'une rencontre hebdomadaire, d'un rendez-vous furtif, l'accueillant ou le visitant pour lui offrir sa chair dont elle sait qu'il est épris, en une sorte de salut qui lui relève le front, quand elle en a envie et quand elle le décide.

Et lui, il se console en sachant qu'elle n'a pas encore renié sa saison innocente, qu'elle n'a pas encore rencontré celui qui la lierait, celui qui en ferait l'hôtesse de ses jours, prince d'opérette financière ou alors sportif émérite – ce sont eux qui sont les beaux partis de ce monde, avec les chanteurs du rock ou de la chanson – mais malgré une menace persistante, elle n'est pas à l'orée de la trahir, elle ne cédera pas de sitôt à l'enjôleur; à ce qu'il considérerait être, de la part du nouveau venu, comme une tentative d'annexion de son territoire, en somme, un vol, un brigandage mental – en a-t-il peur ou est-ce une sorte de jalousie qui l'inspire – c'est une sainte femme innocente, il lui pardonnerait tout et sa trahison même, il lui pardonnerait d'entreprendre au dehors de lui, finalement; même s'il fallait la perdre pour cela, mais alors, elle entrerait en domaine adultère, ce serait une grande trahison, si vaste est son emblème; mais s'il fallait vraiment la perdre, il lui resterait son souvenir, l'heureux souvenir d'une présence qui lui fut déité.

Et elle encore, elle relève et fouette la condition du poète, par un égard ou l'autre – sait-elle qu'il en est si sensible et sait-il qu'elle ne lui en tient pas rigueur – elle sait ce rôle et elle s'en amuse, plus orgueilleuse qu'un ombrage de juillet, et la foudre qu'on entend parfois en ce mois, la foudre elle-même ne la soumettrait pas, la foudre des mois d'été qui a la puissance des dieux. Tel le chien que l'on nourrit et qui ne se plaint pas de son attachement à la niche. Avec son âge averti – mais averti de quoi donc, de quelles sentences particulières, de quelle sagesse à enfoncer des clous – et de lui appartenir par quelque fil dont elle est l'inspiratrice, et dont il est le prisonnier, puisqu'il ne lui est jamais infidèle, sauf en ces instants de suffocation et jouissance bâtarde dont elle est l'image redoutée encore; et il ne se déchargera d'elle que lorsque viendront les saisons d'impuissance et d'amertume, dans les ombres de décembre virginal et fatal, en un décembre de la haute saison des séparations définitives.

Envisage-t-il ou dévisage-t-il, elle lui dit soudain, depuis sa pose sur le divan : – comment, tu n'as pas encore enlevé tes chaussures, fais-le, active-toi donc un peu! Il entre en scène, il est de l'emportement des pauvres qui prennent salut de ce que l'on s'intéresse à eux, il est de suite abaissé et élevé, elle lui fera faire son numéro, son tour de piste; et enfin lui, il se fera montreur d'ours pour une seule de ses faveurs, content déjà du temps qu'elle lui accorde. Elle est si occupée toujours du sens qu'elle donne à sa vie – des choses extraordinaires dont il ne comprend même pas le seul alibi – partant ici et là, revenant comme un courant d'air et fuyant à nouveau comme la bise, pratiquant le froid de l'oubli et le chaud de sa présence, allant ici et revenant de là; et ainsi, elle occupe tous ses sens à labourer la terre de cette petite ville, elle est une énigme indéchiffrable, ce qui donne au personnage principal de la crainte, du tourment ou de l'apaisement, selon qu'elle retire ou donne ses faveurs. Elle affirme qu'elle est une femme de la souffrance des femmes, de leur long esclavage, et que les hommes sont des égoïstes qui veulent posséder la terre toute entière et le ciel encore. Comme elle a raison!

On ne peut la suivre mentalement, c'est trop de choses, elle est infidèle à quelques fidèles qui lui pardonnent tout – des gens de l'importance des jours, de grands poètes ou journalistes empressés à son égard, de petits caractères aussi qu'elle fait meilleurs, des errants de génie aussi rare que l'eau dans le désert, peu nombreux et pourtant exclusifs, et jusqu'à la prière intéressée de son masseur qu'elle nargue d'une froide contenance – elle est femme et souveraine d'un petit peuple d'élus contents de leur esclavage.

Mais de quoi se nourrit-elle affectivement, où puise-t-elle un sort à ses sentiments, elle qui donne sans avarice et qui reprend sans générosité. Tout cela ne la lassera-t-elle pas un jour – il est seul à être prudent pour elle – il le lui dit, il le lui demande, quelques fois on peut préférer l'exil à un esclavage bête, imprudent; mais écoute-t-elle, l'écoute-t-elle, lui qui seul sait mesurer ce qu'il possède et ce qui lui échappe.

De quelle force n'est-elle donc pas faite, est-ce jeunesse ou est-ce déjà sagesse, quel est ce mystère qui lui féconde un aussi grand caractère; et le temps qui passe n'oublie-t-il pas de l'avertir; cependant que pourrait-il, lui pour elle, lui, avec sa pauvre nature, sa pauvre mesure d'élaboration, son petit compte de satisfait, le peu de choses qui est sien, avant qu'elle n'ait l'augure de le demander à d'autres, à celui-là seul qui lui plaira, qui ne sera ni poète, ni pasteur, ni ministre et qui aura de quoi lui rendre l'aventure moins éphémère et le confort plus journalier.

Quand l'encouragera-t-elle à dire les mots qui exhaussent, à faire les gestes qui sanctifient, à la nouvelle demeure dont il sera le maître et le serviteur, à lui mettre dans la bouche le pain d'amertume et de jouissance dont il se dit le receleur unique, avouant et avoué. Pour l'instant, l'émotion le retient, mais aura-t-elle un seul geste, une seule parole qui suffira à l'enflammer. Et puis, comme de bien entendu, c'est quand elle partira qu'il aura des idées. Elle lui dira les mots, les mots tels des ordres, et déjà il succombe à son envoûtement, il est en état de siège, il défend sans véritable vaillance une citadelle bien peu altière, et un instant encore de prudence, et il lui enlève la chaussure qui reste à son pied, et il lui embrasse les pieds, d'une faveur soumise et douloureuse à la fois.

Elle a posé son sac à côté d'elle sur le divan, qu'elle ouvre soudain, sans peut-être savoir pourquoi, regardant pour regarder, puis d'une voix ferme, à la suite : – combien veux-tu, de quelle somme as-tu besoin pour doublement manger ce soir – tu seras humilié, bien sûr, parce que tous les hommes sont bêtes – puisque tu es poète et que personne ne vit de cet apostolat, de cette misère, tiens, j'ai trois cents francs, c'est tout mon budget pour ce mois, je vivrai de pain et d'eau, c'est ma ligne qui le souhaite. Il dit timidement : – merci! merci beaucoup, il ne fallait pas, ou presque pas, et il ajoute – c'est ton accueil qui est grand, ta générosité, je me ferai viveur pour toi, merci, merci – comme s'il venait de toucher le solde d'une quête publique. Et maintenant, avec l'avarice qui le caractérise, il se met à croire enfin que le monde est bon.

Il n'a pas tant besoin d'argent, mais ce qu'il a n'est pas tant avoir, et puis, il y a cette grande misère en lui de l'enfance meurtrie; alors qu'elle, elle a de qui tenir, elle a des actions dans les pharmacies coopératives, les produits agronomiques, les installations de réchauffement industriel, les grandes boulangeries de la zone citadine et des campagnes avoisinantes. Elle ne l'avouera jamais – pourtant, à quoi bon cette vertu qui n'arrange personne – mais il lui a semblé, à maintes reprises, qu'elle dédaigne l'argent et tout ce qui fait l'entourage de l'argent, par une sainte pudeur qui l'honore, l'argent et ses bénéfices comme ses déficits, ses avantages et ses inconvénients; mais pour mépriser l'argent, il faut en avoir trop ou pas assez, c'est un constat qui soutient n'importe quelle évidence – elle ne l'avouera jamais, on n'a pas le sens d'une moralité juste ou fictive dans sa famille, en ces lieux où elle se fixe; et elle dira qu'elle ne se prononce ni sur l'argent ni sur la merde, et que toutes les choses sont des divinités passagères, et le monde et les choses, ceux qui attendent, ceux qui ont tout et ceux qui n'ont rien, pareils tous à des dénominations passagères, mais comment faire, comment faire pour se désintéresser.

Puis, elle se tait, elle délaisse les grandes interrogations; elle est, elle même, une immense interrogation, et son mystère et ses faveurs sont un trésor que l'homme garde, c'est peut-être là que réside toute l'importance de la vie. Faut-il advenir pour comprendre – lui, il n'a plus d'interrogations véritables, il est lassé, il n'a pas trouvé le sésame, il se hausse d'une petite sagesse qu'il croit sereine et innocente, alors qu'il n'est que redevances à Dieu, qu'il se croit coupable, et sa prière est encore une persécution.

Puis, elle a un geste de séduction, ramenant le bras pour regarder l'heure à sa montre, soulevant un peu son épaule droite, et d'un geste de la tête, secouant un peu sa chevelure, elle le regarde sans rien lui dire – le considère-t-elle avec bienveillance ou mépris, il n'a jamais pu le dire – mais il sait qu'elle restera une heure encore, qu'elle a de l'envie, elle qui en donne tant autour d'elle, femme innocente et forte, du geste des semeurs, du geste des meuniers, du geste des boulangers, leur savoir et leur grande humilité. Alors envahi de sa grâce, il ne demande rien d'autre à la vie, il mendie sa damnation comme l'aveugle mendie la lumière, il reçoit la pomme du pommier sur la tête; et, elle prend le pouvoir, ce n'est pas une démocratie, c'est une dictature de la chair, un soulèvement populaire de sentiments précieux qui ne regardent que lui et qui pourtant ne lui appartiennent pas; il est entré en sainteté, elle fera de lui un juste, un prophète, un adepte, un croyant d'une religion à nulle autre pareille, puisqu'elle a de quoi assouvir et élever.

Qui gardera l'autre en son ciel d'ombres et de clartés – c'est lui qui invoquera son nom, qui donc est maintenant prisonnier de l'autre – c'est lui, et il la fera pourtant prisonnière aussi, par une chute qui est une élévation, par un sort de la chair réveillée qui les condamne tous les deux. Et dans son grand dommage avantageux, sa fièvre naissante, son désir aiguisé comme aiguisent les couteaux les bouchers dans les laboratoires, il se déshabille vite, il sait qu'il doit le faire – pull, pantalon, caleçon et liquette – c'est l'instant qui le veut, l'instant parvenu de la grande pitié de Dieu; et maintenant qu'il est dévêtu, il se met à genoux devant elle, pareil au mendiant devant l'aumône, pareil au confessé devant le confesseur, pareil à l'apôtre devant le maître.

Elle lui dit – mais que fais-tu là, où en es-tu de ta pudeur, c'est de l'exhibitionnisme, on a condamné des gens pour bien moins que cela – mais ça ne fait rien, il ne l'entend plus, lui, audacieux, convaincu, imposteur, enfant, juste et injuste – puis, elle se penche vers lui, et d'une main qui est froide encore, elle le caresse un peu, lui pince la peau, lui ôte sa dernière vertu, et faisant la maîtresse, la divine, la sainte, elle lui dit : – mais que veux-tu que je fasse avec ça?

Elle a repris sa place assise, il s'approche d'elle encore, il lui découvre un sein qu'elle refuse d'abord, puis le cède puisqu'il insiste, sa passion est grande, il lui a voté la majorité absolue, l'état d'urgence, le couvre-feu, les pleins-pouvoirs, la dictature, et cela l'emporte loin, au plus lointain de la réjouissance qu'il renferme tel un bonheur inouï. Dans l'infini de la condition terrestre où il se situe, il est semblable au naufragé qui espère du radeau et de l'île, qui convoite le plus pour avoir un peu au moins – quelle est cette voix qu'elle a, une voix telle celle d'une inquisitrice, une voix qui accueille et qui renvoie, qui hausse et qui condamne – l'île, le sable, la dignité inconnue, celle qui serait la dernière des dignités, sereine, fatale; il n'a de choix qu'à implorer, lui demander un pardon, lui dire qu'il est innocent, et qu'il faut un coupable à toutes les causes. Que c'est la vie qui veut ça, que l'homme n'a pas dépassé l'animal, ou si peu, que l'homme est élu alors que l'animal est condamné, que les notes de la gamme sont bleues, noires ou blanches, et que la faveur de vivre est la plus belle des faveurs, que le Maître a dit : passons sur l'autre rive et qu'il a fait taire la tempête.

Au dehors, l'heure de mai s'allonge et allonge les silhouettes des grands peupliers que favorise l'eau, les grands peupliers ténébreux qui hébergent le vent et toute la cohorte des corbeaux. Il le devine, il l'a vu, il le sait, mais il ne regrette pas de ne pas en être témoin ce soir; tout son sort est voué à elle, et il patiente et elle patiente, en quelle servitude et grandeur est-il donc tombé pour qu'il se réjouisse tant de ce qu'il voudrait garder l'instant éternellement. Bientôt ivre de sa ration d'alcool onirique, il embrasse alors son pied, le pied qui était nu, et ôte sa deuxième chaussure, épris d'un tel fétichisme qu'il semble se donner du talent et de la dignité en son esclavage qui l'élève et l'abaisse, qui lui éclaire son âme toute entière.

Il n'aura pas assez de tout le temps du monde pour la supplier de lui donner sa vertu, pas assez de toutes les neiges septentrionales pour apaiser sa lourdeur et sa fièvre, pas assez de tous les gels antarctiques pour lui enlever sa ferveur. Et il n'ose plus regarder ses yeux, il n'ose plus croiser son regard, tant elle l'a fait nègre et impur, tant il l'a fait maîtresse de son sort advenu avec l'heure du soir, et il n'aura de repos à l'âme que lorsqu'elle voudra bien de lui, en son encrage résolu et fatidique. A-t-elle un agrément ou a-t-elle du mépris à le voir ainsi – on ne sait pas véritablement ce que demandent les femmes aux hommes qui les servent – elle a une voix de gorge qui rend son timbre sauvage, elle rit, elle s'exclame, elle dit des choses qui sont des retenues et des choses aussi qui sont des encouragements, il est défait et reconstitué, et ainsi, remontant un peu sa tête, il embrasse ses jambes jusqu'à défaillir, elle qui ne veut pas encore se démettre de ses habits par des coquetteries que seules les femmes fatales comprennent et envisagent.

Il se fait plaintif et murmure son nom pour qu'elle l'agrée, pour qu'elle l'encourage; elle, elle se fait chatte sous ses longs baisers qu'il dépose sur sa peau, sous ses affolements, dans la grandeur de sa patience et de son impatience, elle est lionne d'Afrique, tigresse de Sibérie, c'est le même dommage, la même attente, la même supplication, – il y a des femmes qui sont de la vertu des anges et des femmes qui sont de la vertu des chiennes, elles sont pareilles, mêmes, semblables de mérite et de consistance, il faut leur dire qu'on les aime, qu'on les approuve, qu'on les comprend – cet amour de l'humanité ou cet amour de l'être disparate; rien n'est semblable et pourtant tout est pareil, du commencement à la fin, de l'approbation à la charité. Puis, soudain, s'avisant, elle lui pose une question : – avec qui m'as-tu trompé pendant mon absence? Il ricane un peu, d'un rire étouffé, convaincant et désabusé, illusoire : – avec ton ombre, dans la solitude de mon lit, en des ivresses renouvelées, en d'érotiques attitudes de jeûne, de lamentations, comme l'Arabe dans sa prière; en des efforts studieux et en de longues jouissances qui recèlent des infidélités noires, comme ces messes que disaient les princes, à Florence, au temps où il était interdit au peuple d'avoir du plaisir; et ça n'a pas changé aujourd'hui.

Et cette question stupide, elle : – est-ce que tu m'aimes, mais attention, pas d'un amour simple et assouvi comme si j'étais une ménagère qui te sert la soupe, non, réfléchi, mais d'un amour pour lequel il n'y a pas de salut, ou un salut que dans l'exil, ou dans la mort; je voudrais savoir, irais-tu pour moi jusqu'au bout du monde et en reviendrais-tu, est-ce que tu as des sentiments pareils à mon égard? Lui, dans un souffle à peine retenu : – vous voulez toutes la même chose; cette question idiote et à laquelle j'ai tant de fois répondu déjà! Elle : – puisqu'il y a des questions idiotes, il y a aussi des réponses idiotes! Mais il n'écoute pas, le débat lui est vain, il va de ses pieds jusqu'à ses épaules, ayant découvert ses seins, pourchassant son désir comme si c'était du gibier de novembre, heureux de ce qu'elle le laisse faire, aiguisant son désir encore, il est toute patience et empressement, il attend la déchirure du voile dans le temple, et rien ne l'ôtera de là, si épris est-il de ce corps qu'il devine sous le vêtement, et il a des audaces à faire pâlir un simple croyant.

Parfois, elle le repousse un peu, pour la forme, pour l'attitude de la tentation, pour ajouter un effet interdit à son courage; et presque, il invoque sa nudité; presque, il lui demande de poursuivre, de hâter son harcèlement par de la passion. Comme il en dormira bien ce soir, que ses rêves seront doux, son parfum aux narines et le goût de sa chair sur la bouche, sur ses lèvres rassasiées. Les amants les plus fous ne haïssent-ils pas le monde qui les entoure? Il aura sa consolation ce soir. Ce soir, il se redressera en regardant le ciel, par delà les étendues, en défiant ou en remerciant, à la fois pécheur et saint.

Saura-t-il la convaincre de sa foi de pèlerin, saura-t-elle l'apprivoiser plus sûrement encore? Ils en sont là de leurs jeux, les amants les plus fous ne sont-ils pas les amants les plus cruels? Ou plutôt, quand sera-t-elle décidée de répondre à son abandon? Lui, il est tout amour et toute déférence, il monte à elle comme la mer à la falaise, et il aime plus que tout la présence de ses mains sur sa peau nue, il fera sa prière à une sainte tant qu'elle le voudra, il restera là, dans sa position, il attendra en ce lieu la fin du monde, puisque tout d'elle ne lui est que consolation, folie, persévérance. Il lui murmurera l'aube au creux de son oreille, il fera le bruit que fait la mer dans les coquillages tropicaux, il lui sera toute reconnaissance pour le plaisir fabuleux qu'il lui prend, pour l'aveu muet qu'elle lui fait; il est dans une piété inimaginable, il n'y a que l'enfer pour le satisfaire, reclus tout au fond de lui-même et surgissant, tel le fauve, de sa folie, il se fait alors plus cajoleur encore, plus entreprenant, plus misérable, plus conquérant.

Maintenant, toutes les défaveurs du monde vont à son esprit dans une grande indifférence de relatation, il oublie tout, il se fait grimpeur, alpiniste, c'est une grande exaltation qui le gagne, qui le conduit; il n'est ni honteux ni poursuivi de remords, il est fou, simplement; il ose sa folie, il ose une folie qu'elle lui pardonne toujours. Il sera, ce soir, rassasié et silencieux, dans une solitude à elle seule dédiée. La vague et le rivage, comme disent les amoureux. Il est tout épris d'elle et son souffle se fait plus pressant, plus oppressé; il arrivera peut-être qu'elle finira par le mépriser, mais ce sera par une arrogance, ce sera par une séduction plus ample encore, et il le sait et elle le sait, on rencontre en des raretés de fables des femmes qui savent l'exigence des hommes et qui leur répondent par une exigence plus sourde encore, comme si elles voulaient être le marteau frappant l'enclume et inspirant au métal sa courbure, inspirant son détail au fer rouge.

On est le printemps, le temps des essences et des sèves nouvelles; dehors l'oiseau chante dans l'arbre, à croire que c'est pour elle; c'est l'époque où la vie conduit à terme les floraisons et les éclosions, mais il ne sait plus rien de cela, il est indifférent au monde extérieur, il est de la race des adorateurs, des soumis et des insoumis, et quand elle bouge un peu, qu'elle croise ou décroise ses jambes, il pressent ses gestes, il est à l'envie de deviner, sous le vêtement dont elle ne veut pas encore se départir, son corps rêvé; et de voir ses muscles se tendre ou se détendre l'émeut, et c'est cela la bestialité héroïque, élémentaire; aussi vit-il dans un affolement qu'elle entretient par des poses voulues ou innocentes, ignorées, tant sa séduction se donne en des états de grâce informelle, outrancière, dont elle sait tout peut-être, ou du moins, n'en ignore pas grand-chose.

Ce soir, il dira au merle de l'arbre son aventure sereine, il dira au coq de la basse-cour qui chante à l'aube, la légèreté de l'âme quand elle se retrouve seule après la visite de la sainte; il dira à l'écureuil visitant sa terrasse tout son grand émoi, et à la fauvette, il dira que la faim qu'elle lui donne est un pain de joie. Et soudain, elle le repousse un peu, il voit des éclairs dans ses yeux, elle se décide, se levant, et par des gestes brefs et précis, elle retire sa combinaison-pantalon, et sûre de son effet, le laisse enfin remonter de ses pieds à ses seins nus, et l'oblige à une ferveur plus dense encore. C'est fait, toute la beauté profane du monde lui échoit, s'offre à ses baisers, sa passion. Il lui reste son slip, en cet endroit où il a immédiatement posé son regard, et elle a deviné son indignité et son martyr, et elle lui dit d'un ton ferme : – mais quand donc me l'enlèveras-tu enfin!

Elle est toute autorité et toute divinité bien qu'elle conserve, à son égard, une tendresse qui la fait femme, infiniment. Il ne s'imagine pas avoir récompense plus belle et plus forte sur cette terre, ou alors parfois, lorsqu'il prie, mais c'est du domaine d'une autre adoration. Elle est encore plus belle sévère que douce; on sait qu'il existe des femmes rares dont l'autorité est une immense tendresse, un don d'une divinité haute et inconnue, de la rareté de la perle authentique, de la caresse du démon dans son étreinte. Alors, en ce lieu secret de l'édification du monde, de la conscience de l'ordre universel, il se fait courageux de ses mains qui tremblent un peu – il accumule des forces pour gravir cette ultime arête – et là, parvenu au lieu saint, dans un grand désordre intérieur, il saisit la soie noire de son slip et fait ainsi sa volonté, elle qui attend, qui lui mesure, d'une main posée sur son sexe, tout l'envol de ses perspectives; et voilà, il s'incline et lui tend l'objet, le minuscule gardien de ses phantasmes, puis, qu'importe, il embrasse sa main qu'elle garde là, posée en un jeu peut-être sur sa blessure et attend et attend encore qu'elle décide quelque chose de la bénédiction des archanges, et ce sera pour lui une damnation des plus redoutables. Non, dit-elle, pas encore!

Il y a de par les hasards monstrueux de la terre, toutes sortes de conditions qu'on devine plus qu'on ne les connaît, conditions attelées à vivre, à prendre ce qui se donne, ce que Dieu donne, ce que le diable inspire, ce que la traîtrise du sort inflige – il n'y a pas de temps heureux, il n'y a que des moments, des instants volés à un feu qui se consume là où on ne le sait pas – et poussières et cendres, voilà ce qui guette et l'on ne fait que deviner sa mesure, on ne mesure que la mesure de l'être, si condamné est-on à ignorer, à ne comprendre que ce qui fuit, comme si la vie était une suite d'énigmes désobligeantes.

Elle est là, debout, dans un maintien qui lui en impose, de l'ardeur et du trouble; puis elle cherche le fauteuil, mais il est là aussi, pressentant son désir, et il s'accomplit et elle s'accomplit, c'est une sorte de duel, une séance de lutte japonaise ou chinoise, et voilà les sens qui s'évadent, voilà le jour et la nuit, voilà l'heure qu'il ignore; ignorer vaut bien une autre peine, il s'éprend d'elle encore plus, la braise et la cendre, la jouissance et le tourment, et il est en des attitudes qui lui feront le souvenir léger, quand elle sera partie, emportant le jour avec elle. Puis, d'un geste grave, elle retire sa main, et l'aubépine des lisières lui apparaît. Il ne connaît rien de plus heureux que la moralité de cette fable, il est déplacé en une cérémonie païenne, une fête que rien au monde ne peut égaler, que rien d'autre ne peut égaler en luxe et sérénité. Ceux qui lui reprocheraient ses abandons seraient ceux qui n'en ont jamais eu de pareils.

Des femmes en deuil marchaient le long de la majestueuse allée du cimetière, les yeux endoloris de chagrin, vers le rouge, le gris, l'indicible de l'absence. Chagrins et réminiscences. Déjà il avait, vers son jeune âge, comme le souci, comme l'intrigue, comme la recherche, comme l'entendement incréé d'un sens oublié. Puis, elles tourneront à droite, après le portail principal, en faisant claquer leurs talons sur les dalles de granit et disparaissant, ôtées à son regard de curieux et finissant par disparaître enfin. C'était l'enfance, son enfance de riens, son chemin comme un chemin de croix, la voie douloureuse pareillement à un deuil continuel, un deuil et une longue meurtrissure, une peine semblable à un adieu que l'on imaginait et qui n'arrivait jamais. Sa mère l'envoyait toujours dehors, elle ne lui faisait jamais cadeau d'une tendresse ou d'une attention. Elle avait lamentablement perdu son instinct maternel. Il se retrouvait toujours là, dans la rue ou dans l'écurie, attardé à mal réfléchir, réfléchissant par des tenues animales, bestiales; et ainsi épiant la vie, il lui venait des rancœurs et des haines qui lui feraient longuement un sort malpropre, incertain. Il n'était ni bien nourri ni bien agréé.

Les femmes passaient sur l'allée centrale, en faisant claquer leurs talons sur le bitume, noires d'idées et d'égards, de ce noir comme leur vêture, noir comme leurs chaussures et noir comme leurs bas, séduisantes et fortes, et il se faisait ami et ennemi, poli ou adversaire, acquiesçant ou niant, de la fausse candeur de la race des hommes.

Mais c'était l'éveil aussi à ces choses interdites, c'était un sujet de honte, un sort d'indigne; et il ne savait pas encore et elles ne savaient pas non plus peut-être; fières et droites, enfermées dans leur importance. Les temps étaient sombres et difficiles, il fallait presque voler les choses, voler son droit, voler sa dignité; et garder sa raison pour le droit d'exister. Il ne fut jamais heureux, corps, esprit et sens foudroyés.

Elle le retient prisonnier maintenant, à ses genoux, forte et tendre, de la plénitude des grandes séductrices, des grandes inspiratrices; et les mains croisées derrière sa nuque, elle lui donne des mots qui sont pareils à des coups de fouet, l'entretenant de prétendus aveux qu'elle laisse choir à ses oreilles, et il vit sa passion en profane, descendant et remontant de ses pieds à ses seins, affolé, comme pris de déraison, espérant qu'elle le garde encore, espérant qu'elle lui fasse l'aumône de son corps tout entier, cependant qu'elle maintient son emprise, qu'elle le fourvoie à son pouvoir de consolatrice; et lui, il ne voudra se défaire de son étreinte que lorsqu'il sera rassasié. Elle le garde.

Tout en elle est luxure et appel vers la rive, vers les rivages du repos et de la jouissance, toute sa chair est soie de Chine et d'empires orientaux aux nuits indicibles, de la mémoire de divinités absolues; elle est instituée de jeux et de renouvellements, farouche telle l'animal fabuleux, comme ces oiseaux qui renaissent de leurs cendres; cependant qu'il mendie son pain de joie par des sortes de supplications muettes auxquelles elle donne droit par une bonté qu'il lui connaît et qu'il espère d'elle. Elle dessine des horizons nouveaux sous ses yeux, elle élabore des paysages fantastiques pour ses sens, elle a conservé une combinaison d'un bel effet noir sur le haut de son corps; et ses seins libres de retenue sont établis en des cimes altières – ses seins sont des fruits mûrs après lesquels il soupire, mais elle le retient, de même que retenir peut parfois donner de nouvelles audaces.

Une femme, c'est une femme et quand elle allie beauté du corps et beauté de l'esprit, on doit tout faire pour la garder, pour retenir cette condition offerte en laquelle il s'affole comme en des dons de grâces infinies, des grâces d'ange divin et d'ange maudit; et à son caractère retenu par lequel elle lui fait sa pluie et son beau temps, son hiver et son été, c'est prier qu'il faut pour qu'elle reste.

Tant il se fait digne et indigne, tant il se fait, sans réfléchir, bête fauve et bête domestique, et mendie d'elle un regard, pour se rassurer; et retourne à sa folie, à son sexe qui est doux et âpre de saveur, un peu comme celle d'un alcool de prune, son sexe qui est une faveur presque divine, qui donne et retient la vie, et peut-être succombera-t-il d'éblouissement et de vertige, un jour lointain ou dans un instant, attablé qu'il est à ce festin de roi, de poète, de consultant, un festin qui lui fait l'émoi si vif et si profond. Puis il continue, vorace comme un mendiant, il se fait prieur d'invocations non écrites et que pourtant tous les hommes connaissent, qui sont saintes et sacrées, et il tente Dieu comme il tente le diable, et tout ce qui est nu sera revêtu de gloire, et tout ce qui est passion héritera de la grâce, du don de la piété comme de l'adoration.

Ses seins qu'il embrasse sont pareils à deux pommes de la plus belle descendance; et soudain, il y pense, dans un éclair de lucidité, il a oublié la musique, elle aime l'accompagnement de la musique en ses campagnes guerrières – Bach ou Davis, selon l'heure, selon la lumière du jour et de la nuit – il aurait dû y penser, mais elle n'a rien dit encore et il ne dit rien, mais quand elle est là, il en est toujours à son affaissement. Il le regrette maintenant, parce que la musique dorlote les sens, parce qu'elle est jouissance elle aussi, qu'elle met du sel et de l'éclat à toutes les circonstances de la vie.

Ou encore le son d'une guitare qui joue le blues, un chant triste et revendicateur de la race noire, de toutes les races, là-bas, en Alabama – il se dit nègre lui aussi, de la tonalité d'une négritude ramassée en ses mauvaises fréquentations, sur les trottoirs des villes, en cherchant de lourdes compagnies éphémères; un blues qui avouerait la saveur d'un mégot ramassé sur le bitume; mais il a oublié la musique et il s'en veut, sans toutefois le lui faire remarquer. Aura-t-elle plutôt l'instinct de le lui faire remarquer, de le lui reprocher, aura-t-elle l'idée de lui dire sa négligence impardonnable?

Puis, au tournant d'un instant, elle se déplace, elle va se mettre ailleurs, plus loin de lui, dans une tentative peut-être de l'enflammer plus encore, et poursuivant, indécise un moment, elle va s'appuyer au piano, lui dit de la suivre, de continuer ses entreprises de zélateur. Un vieux piano droit, un vieil instrument qu'il a hérité de partages décevants, de mise en public de droits familiaux endémiques, d'une sorte de dispersion inévitable de biens auxquels il n'avait peut-être pas même droit. Mais cela fait toujours de l'effet, un piano dans une pièce.

Alors, prise d'une décision qui l'honore, et qui ne donne que plus de charme à ses attraits, elle se tourne, elle ouvre le piano et pousse quelques notes au hasard. Elle est instrumentaliste aussi, elle a des gammes faciles et éprouvées, elle sait jouer d'une manière classique – dans sa famille, on a cette malheureuse ou bienheureuse manie d'apprendre le piano aux jeunes filles. Mais elle n'aime pas jouer, trop d'exercices de gammes descendues et remontées, trop d'heures studieuses qui l'ont dégoûtée de cet art, lui qui est toujours fait de recommencements. Il lui semble qu'elle frissonne – est-ce ses lèvres chaudes sur sa peau ou bien est-ce la température du soir – elle dira peut-être qu'il fait frais, en mai, à l'heure du crépuscule – puisque la fraîcheur désolante de ces climats s'est déjà faite sur le monde, à l'approche du soir, mais elle ne se plaint de rien, nul aveu ne lui est impossible, c'est peut-être qu'elle ne craint pas le doute, et que de plus, elle se moque bien de la pleine lune. Elle est du temps de la bienveillance et du temps de la civilité, du temps de la grâce qu'elle transporte partout où elle va, aimée de

Dieu comme des hommes, en toute sérénité, et déjà il maudit l'âge qui la blessera.

Elle viendra à bout de son souffle, de sa passion expiatoire. Puis, en un subtil instant, elle le repousse un peu, sachant qu'il reviendra, pèlerin de sa case passionnelle, avec sa faim des quarante jours de jeûne de la tentation du Christ dans le désert. Presque animal, ainsi livré à une folie persécutrice et outrancière, de la faim et de la soif du crocodile en ses climats tropicaux, du loin de son ornière, du chien surveillant les écuries où il croira pouvoir manger, d'une faim inspirée et sans honte, intraitable, pareil à l'éclaboussement de la pluie sur les dunes du Sahara, pareil en son cœur à l'aube qui tarde. A un tournant de l'instant qui suit, elle lui dit : – ton piano te ressemble, on le dirait plaintif, soupirant, désaccordé, les touches sont sans éclats et se redressent difficilement, il faudrait que tu t'en occupes, je te donnerai l'adresse d'un accordeur pas trop cher. Il répond, d'une voir évasive et pourtant ferme : – ce sont les fausses notes qui inspirent les grands musiciens, il n'y a pas de doute, il faut une alternance à tous les génies, le bas inspire autant que le haut, on ne peut pas dire du tigre qu'il soit plus paresseux que la tigresse, et pourtant, sa peau est plus belle, mes notes ne sont pas frelatées – il use de persuasion, on peut le croire sincère à ses accents, puis il ajoute, pour trouver un argument incorruptible – Garner les joue commue ça dans ses introductions, Monk les utilise telles dans son entreprise de démolition et de reconstruction, Bill lui-même les jouait ainsi et leur faisait un sort immense de son chant poétique, je suis en bonne compagnie, je ne suis pas orphelin de dignité ni de culture, ce sont toutes des notes bleues.

Elle le toise alors d'une impression presque indifférente, elle lui fait l'aumône d'un regard désabusé, elle n'est pas convaincue, mais à quoi bon insister pense-t-elle peut-être, il y a des renards dans leur terrier qui sont plus agiles que les sportifs dans le stade, et pourtant ils ne demandent rien, sinon qu'on les laisse vivre. Elle lui dispute alors sa ferveur, elle n'aime pas être contrariée, c'est probablement une enfant gâtée, mais comment le lui dire sans encourir une gifle, elle a la colère plus vive et plus perçante que la sincérité.

Puis, elle rebondit et elle s'expatrie du piano, elle a vu son cahier sur la crédence, elle admire des auteurs français et grecs, de l'Antiquité jusqu'à nos jours, édifieurs et truculents, et elle mêle le savoir avec le génie, ce qui est une erreur, elle n'a de goût que pour des aventuriers et des persifleurs, des anonymes et des canailles aristocratiques qui font du beurre avec des sentiments qu'ils n'ont pas, et puis les femmes aussi, celles qui soignent leurs complexes en écrivant, qui crient leur condition par des élans extrémistes, des élans qui les laissent seules à comprendre ce qu'elles font. Elle s'est emparée du cahier, elle lit un peu, elle parcourt brièvement l'ouvrage, alors la sentence tombe : – tu m'embêtes avec ton enfance malheureuse; et les Amériques, l'Afrique, l'Asie, la Chine, l'Orient proche ou lointain, et toutes les Péninsules, les Péninsules, nom d'une pipe, il y a les autres; et puis, ce n'est pas de l'art, les lecteurs ne sont pas tous psychiatres. Il veut répondre, faire une phrase, dire son autorité, son argument, invoquer des dieux de sentences et de sagesses; mais à quoi bon, il est fait de folie et de doute, il n'est pas fait pour une morale, en sa position, quand bien même il pense avoir de la moralité. Et cette citation d'un inconnu qui lui revient – il y a l'oiseau et le chant de l'oiseau, le ramage et le plumage, la puissance et la vertu, le vol et le salut du voleur.

Alors, elle se lasse de lui, elle se lasse de lui autant que de sa servitude – viens maintenant – et elle l'entraîne vers son lit, dans la pièce attenante, là où gisent confusément quelques-uns de ses rêves inféconds, dans les plis de son drap ou derrière les rideaux qui lui font la nuit plus longue – alentour, en ces endroits où il y a de quoi surprendre des sens et des évolutions, du chagrin et de l'élaboration, dans un grand désordre.

Puisque l'effort créatif, le talent, le génie peut être atteint à sa base même, et là où il aura trouvé sa croissance, son extraction, ses racines, il trouvera sa chute aussi, mais jamais sa défaite. On dirait que l'ombre est plus propice au raisonnement que la clarté. Elle lui dit des choses qui l'appellent – flatteries et moqueries, murmures et confidences, ténèbres et lumières, de la convocation à un sabbat – pareillement établie dans son aisance que l'on parviendrait presque à la croire indifférente, étrangère, absente du rituel, promise à on ne sait quoi, divinité d'on ne sait quelle croyance, elle ne fait qu'une volonté, une interprétation de grande actrice dont on ne devine pas les émois. Le grand fleuve où l'on chante les oraisons funèbres, le fleuve va et se fait large, paresseux, accueillant – après un court instant de lutte, elle voudra désigner l'ordre des choses, elle ne veut que l'affrontement, et sa cause est celle des souveraines, en Abyssinie ou à Madagascar, dans des nuits étouffantes de moiteurs et de zèle, en ces pays où l'ordonnance physique est plus forte que la vie même, sous ces climats où les corps sont nus - il murmure son nom à l'instant décisif, dans sa pénétration, il aura à sa bouche plein de supplications, de sentiments altérés, dans son abandon, hauteur et chute, de jouissance humaine autant que de jouissance bestiale.

Après, il connaîtra une sorte de salut, une sorte de Pentecôte, comme s'il avait reçu la visite de l'archange; puis, parvenu, abouti, arrivé à terme, il lui fera l'honneur d'un long baiser dans le cou, et il se taira d'un ultime aveu muet, d'une reconnaissance sans paroles qu'elle comprendra sans lui répondre non plus, habités seront-ils tous les deux de silence et de vertu retrouvée. La voilà, le voilà, tous deux affaissés et repus, en des images profanes après l'étreinte, reprenant leur souffle, soupirant encore; et il cherchera sa bouche qu'elle lui refusera. Enfin, et à afin d'éteindre l'ultime flamme qui les consumait tous les deux, elle aura soudain un rire, une débauche d'intonations toutes plus vives les une que les autres, une grande joie qu'elle donnera et qu'elle cachera à la fois, dans une manière de chasser les esprits, de remettre les choses en l'état du vivant éternel – que ça peut être bête parfois un homme, quand on y pense. Il voudra reprendre le dialogue, livrer encore une fois sa bouche à son corps, encore une fois avoir l'odeur de son parfum sur les lèvres; mais elle ne voudra pas, quand elle se lèvera et ira vers le lieu de la douche. Dommage qu'il ait oublié la musique!

Il y a reconduction de la dignité – seules les femmes, ou parfois l'amitié des hommes, en de rares cas, savent ces choses, il n'y a qu'elles pour qu'on soit au bénéfice d'une telle rédemption – aussi la retrouvera-t-il habillée maintenant, après l'attente, d'une séduction toujours aussi profonde, jaloux est-il encore du désir qu'elle ira susciter chez les autres, dans des compagnies éphémères et brutales, dédiées à la chair autant qu'à l'esprit; et femme jusqu'au bout de son tempérament et caractère, elle regardera sa montre et s'exclamera : – déjà. Quand on ne sait pas la peine du départ, on ne sait pas non plus la joie du retour.

Béni soit le jour de sa visite, et encore, il lui quête un rendez-vous, il y a des choses que l'on n'oublie pas, il est des importances dans la vie qui sont irréfutables, on y pense, ou alors, on vit dans un ennui monstrueux, insalubre, une damnation irrécusable, de la même sorte de celles qui inspirent les solitudes les plus tristes. Et la voilà qui part déjà, satisfaite de corps et radieuse d'esprit, totalement dans son âge où le désir cède la place encore à l'insouciance. C'est un deuil pour lui, un déchirement; il n'y a pas d'amour qui ne s'éprouve pas un peu dans chaque séparation, il n'y a pas de plaisir aussi beau que celui de se souvenir et que celui d'espérer. La voilà partie, il entend le bruit de ses pas dans l'escalier, c'est la vie qui étreint son souffle, c'est le sort qui fait de l'existence une haute solitude qu'on ne parvient jamais à partager.

Il est redressé, vivant, il a répudié ses doutes, ainsi fait de fierté que lui inspire un orgueil jaloux, une sorte d'orgueil farouche qu'il préférerait ne pas avoir, mais de quoi se ferait-on, homme, humain, si ce n'est pas de cet orgueil dévastateur qui fait son sort à l'humanité, ces sentiments qui sont le sel de l'être, une aune et une abondance d'orgueil dont on ne vient jamais à bout, sauf dans les destins cruels, dramatiques. Il n'y a que la femme pour faire croire qu'on peut tenir à la vie plus qu'elle ne mérite.

Ah oui! la musique, il pense soudain à la musique, c'est important, cela prolonge les sentiments d'une langueur jouissive, cela fait le temps long et court, d'une autre dimension; la musique qui seule peut invoquer l'ivresse d'être et grandir les sentiments d'exister – il choisit presque au hasard, un hasard qu'il détermine, fait fonctionner l'appareil – John Coltrane, Naima, et tout ce qui est nu se fait plus beau que les plus belles parures.

Il écoute, cette ballade du jazz le transperce toujours bien mieux que ne le ferait la foudre, il faut simplement croire à la vertu d'exister, à la grande faveur salvatrice des jours, à sa faveur comme à celle d'une aube, à son sort de terminaison comme à son sort de recommencement. Une ballade de la musique vivace telle celle du jazz, qu'on ne peut définir, qui s'inscrit dans les sentiments aussi bien que dans les égarements, les idées plus ou moins farouches de la nature des hommes, une musique qui parle de la dignité d'être, qui est aussi bien soumission qu'insoumission. Une musique pour le deuil et pour la joie. Un jour peut-être, elle ne voudra plus de lui; un jour, il la perdra, lorsqu'elle sera lassée de lui comme d'un chiffon de toile rude; mais lui, il n'en envisage pas l'instant, attaché à son mythe comme l'adepte à son idole de chair vive, par lâcheté ou par oubli, parce que son cœur défaillira, et qu'il devra retourner à la profondeur de ses doutes, dans une mesure qu'il craint d'envisager.

Qu'y a-t-il donc maintenant, d'un esprit décisif, à raconter des souffrances et des peines sur cette terre appelée de grâces et de soucis, qu'est-ce qui se passe, qu'y a-t-il d'authentiquement racontable, de la part d'un destin qui est altitude et gouffre. Voilà, il se remémore, c'était en un jour lointain – alors, il était presque un jeune homme, osera-t-il le dire – c'était en ce jour du voyage en train, après l'arrivée dans la ville fédérale; puis, le matin se levant, en un souvenir glorieux, sur l'Alpe interdite d'azur, et tout confesser, tout raconter comme en une immense et lourde tentative de justification, de faire-part de la dignité, puisque c'est ce qu'il faut défendre en premier, partout où le monde existe et vit.

De la même sorte que le boulanger façonne son pain, il demande autour de lui, chaque fois qu'il pense trouver quelqu'un qui raisonne sainement, qu'est-ce qui fait un homme; est-ce lui, de la misère et grandeur de vivre, ou bien, est-ce les autres, de la même manière que Judas précipita les événements, ou peut-être encore, de la même manière que le baiser du démon.

Il allait sur le trottoir de bitume, d'une rue à l'autre, demandant parfois sa route à des gens que cela semblait contrarier, en une heure donc l'émoi était morne et gris, sous les habituelles brumes de l'hiver, cherchant le lieu, l'endroit d'accostage, mais il perdait son chemin, par une sorte d'indécision qui lui était contenue et qu'il ne s'avouait pas, dans un effort de remembrement. Encore la tristesse des rues, encore le peu de piétons qu'il y avait, ou alors des vieux sans langage, sans amabilité, comme le sont les vieux en ce pays, emmitouflés de foin et de paille; encore une civilisation qu'il ne comprenait pas, comme si son âge avait changé, et il s'étonna soudain d'avoir en lui l'idée de ne rien demander à ces gens, fabriqué de la même sorte, de la même sorte que l'on fait revenir vers une parenté un enfant qui ne se sent jamais aimé. Mais enfin quoi! il en était là de sa méditation, du jour de la dépendance et de l'ordinaire imprévisible.

Et s'il n'allait pas, il y pense soudain, s'il refusait l'obstacle – il connaît la mentalité suffisante de ceux-ci, lorsqu'on leur demande quelque chose qui tient à l'important, eux qui ne donnent que pour prendre; ils sont de la mentalité des gens dont on croirait qu'ils ont fait leurs classes dans les abattoirs municipaux – mais, ne pas désigner le but, n'est-ce pas, de même sorte, devoir en chercher un autre.

Il faut prendre par un chemin peu fréquenté, aller encore, chercher, croire enfin parvenir – il ne presse pas le pas, il va sans certitudes, lui aussi est plus tenace que l'insecte, il faut avoir une maison ou s'en bâtir une – il a une sorte de conséquence éprouvée qui lui fait mal, il est de l'instinct de la bête et de la volonté de l'homme ultracivilisé, de celui qui fait des comptes et qui ne parvient à mesurer que des déficits. Mais est-ce une cause suffisante pour le blâmer? Il a tout raisonné, il raisonnera bien le sort du jour dans sa déchéance. Il va, il cherche. Même, il fut soldat pour les menteurs et les nantis, ceux de la providence de la classe historique, ceux qui disent qu'on est appelé par le devoir; lui, attaché à la défense nationale – il n'a jamais compris pourquoi on le lui demandait, si insignifiant était-il, si peu de choses avait-il à défendre; mais un jour il se fera guerrier, partisan d'une cause indicible, résistant dans la plus sainte des guerres, et il ne craindra pas de donner sa vie. Encore un illuminé!

Pour l'instant, il traîne les pieds sur l'asphalte de la rue, de la même manière élaborée qu'un indécis, il avance lentement, il présage mal du jour, il sait où réside le diable et toute sa cour, et aussi, tout ce qui lutte et se fatigue pour lui, pour ses causes.

Il se souvient soudain d'un livre qu'il avait lu, un livre qui parlait des chanteurs de blues de la race noire, lorsqu'ils allaient vers le Nord, sous les cieux américains, et l'un d'eux disait : maudite soit mon âme noire, car je suis sur le chemin de Chicago. Il est noir, lui aussi, de la race des rejetés, il est noir d'égarement et de servitude, assis à la gauche des petits maîtres qui n'ont de foi que la hauteur de leurs intérêts. C'est ce sentiment qu'il avait de lui-même en cet instant, c'était le même blues qui le hantait, qui lui mesurait son espace et sa dignité, qui lui faisait une démarche lourde, en ce temps de parjure, qui lui donnait un cœur oppressé, nocturne. On peut parler de pain d'amertume lorsqu'il n'y a plus de pain dans la huche, ce n'est jamais le pain qui est amer, c'est plutôt le manque de pain. Il va le long des rues, il ne sait rien faire d'autre qu'aller; quelle moralité lui demandera-t-on en cet endroit où il va, de quelle moralité, qu'il a ou qu'il n'a pas, le fera-t-on tributaire?

Puis, il rencontre un immeuble, une grande maison ancienne qui avait dû abriter l'existence d'une immense famille et sa suite, de ce temps-là de la légende du siècle passé. Il y avait probablement eu déchéance, là aussi. C'est à cet endroit, l'annonce de la fonction, puis cette plaque sur la porte principale : essuyez-vous les pieds, en trois langues plus une déception déjà. Faire en sorte que parce que cela lui arrive une fois, qu'il soit préservé d'une seconde fois. Mais il faut entrer, il faut pousser la lourde porte de bois dont on pourrait croire qu'elle est gardienne d'une longue tradition humanitaire, d'une vertu inouïe, ce que contredira la suite de l'aventure et du raisonnement. Un corridor, des escaliers, personne pour accueillir, personne à être là pour aviser. Mon Dieu et le social qui coûte si cher!

Un pied lui fait mal, un engourdissement, une fatigue; il boite, il ne sait comment s'édifier d'une autre vertu que celles qu'il a connu jusqu'ici, il ne sait comment s'édifier, se mettre en marche, ni comment prévoir les instants qui suivront; ce n'est pas une peur qui le gouverne, c'est le sentiment mille fois vérifié de l'incompétence des hommes et des femmes, de ce que l'on rencontre invariablement partout, de ce qui est pris et de ce qui est à prendre. Il n'aura pas assez de ce jour pour faire le tour de ses sentiments et ressentiments. Avec ce sort qui tient de Dieu et de Diable. Enfin, en avançant, au parterre, une porte vitrée, une sonnette, réception! Il sonne.

Il y a le lieu du salut extrême, le lieu de la visite de l'ange, le lieu où l'on apprend, le lieu d'une concordance, lieu et force soumis au pardon de Dieu, lieu de la délivrance. Attendant, il regarde autour de lui, cette atmosphère de presque pénombre et de pauvreté mentale – une césure, une impuissance, toute la misère et toute la négligence des hommes – un cadre épuisé, vieux, minable, presque désolé, frappé de damnation. C'est cela peut-être la véritable damnation de la terre. On dirait voir un lieu où vivent les chiens abandonnés, mais que lui accordera-t-on à lui, lui qui a gravement failli au devoir de sa dignité. On s'en rappellera de cette démocratie! Quelqu'un ouvre la porte, quelqu'un d'âgé et de méprisant, c'est une femme assez grosse et laide, comme elles savent si bien l'être par ici – le visage fermé, laid de remuements intérieurs et de sexualité probablement mal conduite, on la dirait elle-même atteinte de dépression ou de maladresse de vivre – il dit : voilà, voilà, voilà! Tout est vain de qui est alors fait, elle ne parle pas un mot de français, la langue française lui est aussi éloignée que les steppes de Sibérie. Que faire! il ne lui cache pas sa déception. Alors, par des mots qu'il connaît, par quelques usages de sa petite culture, il tente de lui expliquer sa situation. C'est une femme sans charité, il n'y a rien en elle qui décide d'une complicité, d'une compréhension; on la dirait déjà morte et survenue d'un tombeau mal agencé. En plus, elle le regarde du haut en bas, elle le toise d'une façon mauvaise, elle porte au cou la morsure du monstre de la nuit passée, elle est faite de désobligeance; mais lui, il lui rend la monnaie de sa pièce, c'est ce qu'il attendait sans le souhaiter, il n'est pas surpris par l'avalanche meurtrière des jours d'hiver. Mais fallait-il que ces choses soient laides, absolument? C'est la vie qui veut cela, c'est l'inattention de l'âme, l'enfance, le chagrin impétueux et magistral de l'enfance, et le monde qui ne sait jamais donner, qui veut du respect pour ce qu'il donne et qui veut de la moralité des autres, lui qui en a si peu. Ses grands pèlerins, ses grands déclamateurs, ses grands guetteurs, ses grands invocateurs. Il lui semble toujours qu'il est d'un héritage culturel frelaté, empoisonné, détourné.

Comprendre une fois, une seule fois, ce qu'il y a véritablement d'horreur dans la pauvreté, dans le dénuement; comprendre ce qu'il y a d'injustice dans la faim des hommes, dans leur soif. Comprendre enfin ce qu'il y a de vil à mépriser un enfant, comprendre une seule fois ce que la guerre est cruelle, comprendre une fois encore, comprendre ce qu'il y a d'horreur dans la déportation et l'avilissement de l'autre.

Il est dans la salle d'attente maintenant. C'est là qu'on l'a envoyé. Il a un goût dans la bouche qu'il ne parvient pas à restreindre, à avaler, à laisser derrière lui. La première impression, qui dira la blessure de la première impression? Seul, solitude et oubli, il est seul dans la salle d'attente, il n'y a personne d'autre que lui, c'est lui le premier visiteur du jour, de la presque nature des hommes et des femmes, personne; il est livré à des instants qu'il maudit – cependant, il est soulagé, il reprend un peu confiance en la nature humaine – il est livré à une attente qui dégénérera si elle se prolonge trop, à des impressions qui le rendent fou, amer, éprouvé. Une peur irraisonnée s'empare alors de lui, lui chevauche l'esprit, on est à un temps de la réflexion humaine échouant, culbutant ses idées, à la manière brutale du torrent de la montagne.

Il regarde par la fenêtre – il y a un petit sapin blanc qui pousse dans le jardinet, sinon rien à signaler, pas de révélations universelles – il écoute, il guette la porte; il y a du bruit dans l'allée, la maison grince et s'évade, grince comme un moulin à vent. C'est le jour maintenant, pâle, pénitent, il y a une petite désignation des choses. En des temps meilleurs, il trouverait la situation absurde; mais puisqu'il vit tout l'absurde du monde et de sa condition étrangère, il se voit, il se contemple sévèrement, il regarde comme si tous les doutes du monde étaient survenus à cause de lui, il est pétrifié de lassitude, d'ennui, pétrifié d'une haute misère mentale qui le réduit à rien, ni dignité ni bonheur; mais que demande-t-il donc, c'est dans la nature humaine que de prendre plus que de donner.

Le lieu est triste, usé de fréquentations, les murs sont jaunes ou sont faits de dessins d'élévation, et on retombe; sur les murs où il y a des dessins grotesques créés par la main peut-être d'une association de prévoyance sociale, de ses membres, de ses bénéficiaires. Tables, meubles et chaises de la même sorte de désolation, comme le passage d'une guerre, pourrait-on croire, puis une formule de rideaux qui ont servi déjà en Afrique ou en Asie, à la fenêtre d'une laverie d'ambassade.

Il attend, bientôt neuf heures du matin, neuf heures du jour qui est là, au dehors, le jour de la catastrophe, mais pourquoi en veut-il tant à ces gens, ceux qui s'occupent des autres savent ce que c'est que la déchéance des comportements humains.

En cet endroit de presque banlieue, il fait un silence qui étonne, un silence léger tel l'oiseau, un silence qui surprend les oreilles, un silence d'enfer ou de cimetière, lorsqu'il n'y a plus rien à dire et que la cloche a sonné l'heure de fermeture. Quelle humanité ne vient-elle pas choir ici, en cet aboutissement de l'échec dans lequel il se surprend désagréablement, comme s'il avait mérité les limbes. Il perdra sa raison s'il continue à se plaindre ou si on le fait trop attendre, mais c'est peut-être la seule solution que l'on envisage pour lui. La solitude, celle qu'il condamne et entretient à la fois, celle que l'on trouve aussi bien au cœur des villes que dans les campagnes les plus reculées, c'est cela, ce point de rencontre qui n'en est pas un, la solitude extrême, celle de l'abandon total des autres, c'est donc cela, et il lui vient l'idée presque de pousser un grand cri, le cri du condamné qui voit approcher l'échafaud.

Il attend, il attend sans désespérance, et le temps lentement venu repart et se fait oubli, le temps se fait long, en ce sens qu'attendre allonge les instants, attendre est défection du temps; attendre étire le temps, et l'attente est déraisonnable et déraisonnée; mais il est fait d'une longue patience – attendre rend confus et fâché, c'est presque de la nature d'une révolte, mais puisqu'attendre sur les autres est le lot du monde, il décide d'attendre encore, et il ne quittera la maison que si elle est en flammes. Attendre sur les autres, c'est déjà un peu les haïr. Mais on entend du bruit dans les couloirs, dans ce grincement du bois dans la maison qui est peut-être hantée, en laquelle il doit flotter des esprits de tout l'égarement humain, de toutes les maladies mentales de la terre, et ce n'est probablement pas la médecine que l'on pratique ici qui les chassera.

Il y a ce grand désordre mental peint sur les murs de la salle, et qui doit inspirer maladroitement les esprits qui viennent patienter ici, il y a un grand désordre et une grande suffisance; et il remarque qu'il y a tant à faire qui ne sera pas fait, mais jamais un des grands témoins du monde ne viendra par ici pour désigner les choses. Ici, c'est un lieu de désespoir, le lieu de l'échec de l'humanité; et il y a tant de péchés dans le monde que cette humble roulotte ne les raisonnera pas. Advienne donc ce que le sort voudra, mais la pomme est mûre au pommier, il faudra secouer l'arbre. C'est un devoir divin.

A l'instant de continuer sa réflexion en une cause qui lui semble être perdue, il voit un homme de race noire entrer dans la pièce. Il a un geste à peine ébauché, puis il referme la porte, en un élan emprunté. Il va se choisir un siège, dans le désordre et le pitoyable de l'ameublement, il cherche, il hésite, il fouille dans ses poches, probablement un habitué de l'institution; et on remarque qu'il a des attitudes et des gestes de petit prince déchu, il est d'un maintien cassé, il est probablement poursuivi de chimères outrancières de jungle africaine; puis installé enfin, il regarde fixement devant lui, comme s'il avait une idée à poursuivre, la seule, l'unique idée qui le détermine. Cette attente, croit-on que cela fasse les hommes meilleurs? D'où vient-il donc, le Noir, quelle sorte de misère ne colporte-t-il pas, quel vent ne l'a-t-il pas poussé jusqu'en ces climats, en cet endroit où il n'y a rien pour se démettre de ses peines. On pourrait croire à une légende, à une fable, à une parabole, à une histoire drôle; mais ce n'est pas une légende véritable, ce n'est pas un conte enfantin de la pérégrination des hommes. On dirait que l'humanité est petite, naine, d'un ordre fait de la même sorte qu'un peuplement animal. Il y a sort et sort, destin et destin – l'individu sur la terre est toujours guetté par quelque chose d'ennemi – il y a fable et fable, de la circonstance de la fatalité et d'orgueil. Une sorte de grande misère passée et à venir, de la quelle on ne viendra même jamais à bout. De la fatalité du pommier, dans l'Éden.

Que regarde-t-il donc droit devant lui, le Noir, venu s'échouer sous ces climats; les regards douloureux ne sont pas des regards avisés. Cherche-t-il sa savane chaude et fumante, cherche-t-il, dans ces paysages de frileux toute la beauté de ses cocotiers absents? A quel sort de partage sommes-nous habitués, il y a le don et le don, peut-être, la faveur et la même faveur. Du bruit dans le couloir, derrière la porte, et la porte s'ouvre, un autre Noir apparaît et entre dans la pièce, regardant au loin, absent, va se mettre dans un coin, sur une chaise bancale dont il mesure un peu la solidité. La solitude du personnage principal augmente, on est peut-être solitaire à se croire beaucoup, desservi à se croire nombreux, de la légende de ce que l'on reçoit et de ce que l'on imagine recevoir.

Il a toujours sa saveur écœurante à la bouche, une saveur noire qui lui monte aux lèvres, quelque chose d'étrange à la gorge, à l'avalement. C'est le monde qui va, qui tourne avec sa moralité et la moralité des êtres, ses sorts, ses réincarnations douloureuses, sa grande innocence qui le couvre de haillons.

Neuf heures et demie. Le jour entre par la fenêtre, le jour timide et réservé comme un croyant, discret, de l'ampleur de février, d'une hésitation à continuer, d'un sens donné dans un sens repris.

Son temps l'abandonne, il ne mesure plus son temps, le temps a fui, et lui, il n'a rien vu, rien compris, semblable en cela à tout le sort des gens, de toute l'humanité. Il est hors de tout doute et de toute certitude, dans un grand désenchantement des choses, dans cette ville, et ce qui l'entoure ne lui fait pas une grande dignité. C'est Dieu, la dignité, la dignité commence avec Dieu. Il lui faudra tout recréer, tout reprendre et tout achever, conduire à terme. Cette salle d'attente, c'est un lieu où la folie se referme sur elle-même, c'est le non-lieu de la prescription où l'on attend des bateaux et des trains qui ne viennent pas.

Les deux Noirs ne se sont pas salués, ils ne se voient pas l'un l'autre, ils ne se regardent pas, plus fiers et plus arrogants que des sorciers jaloux de leur savoir, d'une ethnie à l'autre, séparés irrémédiablement et venus vivre ici, dans ce petit pays sans espace, sans grandeur autre que celle d'un petit partage, et où les guérisseurs ont de fausses attitudes et les riches de fausses manières, ou des manières entendues, comme s'ils étaient contents d'être là. On défend mal son pays quand on est raciste, mais on le défend plus mal encore lorsqu'on y fait croître le racisme. Il n'avouera pas – suite rapide de sentiments confus et misérables, suite de regards vers l'un et vers l'autre, il n'y a que la sensibilité pour souffrir tant, et cela, c'est son lot – suite d'idées et de paroles muettes, d'arguments oublieux, une interrogation douloureuse sur lui et sur les autres, suite de tonalités barbares et de dissonances, parabole du semeur et du bon Samaritain, épuisement, épuisement du cœur et de l'esprit, de la même sorte d'angoisse que donne la mélopée arabe. Hâtif déferlement d'idées, d'impressions, de réflexions fugitives, instants évalués à des aunes qui sont peut-être fausses, qui n'ont plus cours, qui sont frelatées, parce que ce que l'on reçoit est frelaté aussi, tant il y a à faire, tant il y a de choses à se faire en l'humanité des fous.

Quelqu'un entre soudain, de manière inattendue, c'est une femme un peu grosse, grosse et pourtant jeune encore ; elle aurait de quoi plaire encore, de quoi plaire en servant de grosses bières dans les brasseries à des alcooliques qui lui pinceraient les fesses ; et elle est habillée à la manière indienne, avec tout ce que cela comporte de fantaisie, de foutrerie vestimentaire, dans un pantalon gris qui lui cache un peu ses déficits, à l'orée est-elle de l'indifférence et de la curiosité. Elle salue tout le monde en entrant, elle parle allemand, enfin, l'allemand de ce coin de terre, de cette province ; et referme la porte derrière elle en ayant un rire onirique qui doit lui venir d'une hérédité mal comprise. Hello, hello ! peuples de la terre, dit-elle dans sa langue, elle est enjouée et gracieuse, diserte ; et elle ajoute, dans des expressions qui sont les fruits du raisonnement des bas-quartiers et que l'on saisit difficilement : – il y a du travail en ville et personne n'est là pour le faire, en tous cas moi, je n'y vais pas. Elle semble être contente de l'effet qu'elle produit. C'est la sagesse de toute la Suisse populaire qui s'exprime en elle, il y a des choses, et on ne peut pas les inventer, que ce pays donne, de la racine même des couches sociales les plus défavorisées, des choses qui sont produites par une très longue hérédité, qui sont presque bêtes et qui proviennent d'un long égarement de la réflexion. Que de choses ne restent-elles pas donc à faire pour édifier une raison populaire ?

Elle dit à la cantonade : je vous aime bien tous, les Noirs comme les Bleus, les Bleus foncés comme les Bleus clairs, je viens ici pour ma fille, ce n'est pas pour moi, moi, je ne suis pas malade, c'est ma fille qui souffre d'un mal qu'ils ne soignent pas, c'est dommage, c'est fou ce qu'il y a de misère dans le monde. Mais pourquoi a-t-elle tant besoin de se justifier, elle n'a pas fait de mal ; mais, se justifier, c'est ce que l'on demande au peuple, pour lui faire croire qu'il est coupable, alors qu'il est innocent et naïf. Elle est joyeuse; et parfois, au détour d'un geste, on la devine bourrée de médicaments, afin de soigner des maladies que l'on ne comprend pas, que l'on nomme de noms barbares et pseudo-scientifiques, pseudo-médicaux, d'ordres et de désignations savantes, alors qu'on ne les accompagne pas, qu'on ne sait pas ce que c'est. Elle vient ici uniquement peut-être pour se rassurer, pour entrer en communication, pour être en des compagnies qui comprennent sa langue et son origine – ou n'y a-t-elle pas droit – et ce n'est pas le cas, elle s'est trompée d'heure et de jour, il n'y a personne ici pour lui savoir gré de ses innocentes fantaisies.

Elle échange quelques mots avec les tenants de la négritude sournoise, mais ils ne comprennent pas, ils ne veulent pas désigner les choses; alors elle se tourne vers le personnage principal, l'écoute et lui parle, puis très vite ajoute : – Welsch, Welsch! – ja, Romand – ah, Romand, schön, schön! Un sourire, deux sourires. Les Noirs font la gueule, acculés à l'incompréhension; eux qui attendent autre chose de l'Europe, elle qu'ils ont idéalisée. Elle parle toujours à chacun, qu'on lui réponde ou qu'on ne lui réponde pas, elle n'a ni pudeur ni honte, elle est à un doigt d'être émancipée; elle est d'essence paysanne, on le devine, elle vient d'une race dure et intraitable, faite à l'ouvrage comme à la retenue. Qu'attendent-ils donc, les Noirs? Mais c'est dans les campagnes les plus reculées que naissent les égarements les plus irrévocables. Elle fait le spectacle, elle tient la rampe, elle ne se décourage pas, il semble que ce n'est pas un caractère à se réfuter, à se maintenir dans le silence. Elle est attachante, malgré tout; épique, d'un sens aigu de sa condition.

C'est un personnage de la nudité des jours, c'est une petite sainte qui fait sa vie comme elle le peut; elle est légèrement handicapée de la main droite, deux doigts qui sont figés, mais on ne remarque qu'après un peu d'attention, parce qu'elle a des gestes larges, presque latins, pour accompagner ses mots, ses dires, ses résolutions comme ses irrésolutions. Elle a toujours une ou deux paroles attendrissantes pour sa fille – en a-t-elle une ou est-ce un alibi pour qu'on la considère un peu mieux – on est en compagnie avec elle, elle ne lâche pas si facilement la corde, on croit qu'elle va bientôt se taire; mais non, elle continue, elle suppose et présuppose d'une foule de gens, elle n'a pas une bonne conscience, que cela intéresse ou n'intéresse pas. Elle dit, entre autres choses, qu'elle suit des cours de langues, mais elle a choisi l'anglais et l'espagnol qui sont des langues douteuses; et encore, elle dit qu'elle est d'un caractère universel, comme si l'on pouvait faire autrement dans le pays où l'on est. Elle affirme qu'elle aime tout le monde, mais c'est peut-être ce qui fait son léger déséquilibre. C'est un bon sentiment que de tolérer, mais quand elle tournera le dos, de quoi parlera-t-elle pour édifier son ami, elle qui avoue en avoir un, mais ce doit être un étranger pour lui rendre la vie si agréable et si désagréable. Il paraît qu'il est un peu buveur, elle a choisi la plus mauvaise part, le plus mauvais sort de la fable familiale. A-t-elle une fille, réellement; quel bonheur ou quel malheur pour elle, mais à quoi bon tout mesurer aux autres, tout juger – comme les juges de grande instance qui ne condamnent que les voleurs de pommes – on doit laisser à l'humanité le temps de se faire ou de se défaire; et, ce qui est important, écouter le chant du coq dans l'aube, lui qui avertit, qui dit une sorte d'espérance, malgré tous les désordres de la terre.

Et sa solution qu'il ne voit pas apparaître, qu'il ne voit pas venir, dont il pressent la grande fragilité, dont il ne parvient pas à se faire une raison. Elle se tait par instants, la femme ivre de mots, comme prise de doute soudain, en ses perspectives, par des moments qui apportent le silence, une lourd silence d'abnégation, et la vie poursuit son cours habituel, comme on peut le présumer. Et c'est curieux ce silence, c'est presque irréel, on la prierait de raconter encore la vie, mais ça ne dure pas, elle reprend son bavardage, son monologue, et elle prend le monde à témoin de ce qu'elle prétend jusqu'à soûler son monde, jusqu'aux temps derniers, à ce temps parvenu où, pour se sauver, il pense au temps de la Passion selon Bach dont il se remémore les lignes, les temps et l'élaboration, pour ne pas céder à une panique qui le livrera à la camisole de force. Et si c'était la solution, pour qu'on prenne garde à lui, pour qu'on lui reconnaisse enfin son mal, à lui aussi. Mais non, il n'y tient pas, il est de haute civilisation lui, il n'est pas fait de haine, de violence et de force, il est un personnage raisonnable et sensé qui attend de lui et des autres de la raison, du sentiment et du respect. Mais peut-être est-ce cela qui le perdra ? Et cependant, demander de la raison et du respect aux autres, n'est-ce pas le pire de la prétention ?

Elle dit, la femme qui attend, qu'elle a passé cinq jours au Tessin, pour les fêtes de Noël, et il pleuvait, il pleuvait tout le temps. Elle dit que personne n'était content, ni elle ni les habitants, eux qui disaient qu'ils n'avaient pas eu de telles fêtes depuis cent ans, et que c'était dû peut-être à la dégradation du temps et des caractères. Katastrophal ! Et encore induite en confidences, elle dit que c'était beau quand même, qu'il y avait de la chaleur humaine chez les indigènes et de la polenta dans les grotti. C'est ainsi que va la vie, là-bas; c'est une autre civilisation, d'autres gens. Comme il devait faire bon sous la pluie du Tessin. Alors elle dit aussi que sa fille s'appelle Valérie – c'est beau Valérie, n'est-ce pas ? – et elle ajoute qu'il ne faut pas juger les mères aux prénoms qu'elles donnent à leurs enfants, que tout est orgueil, de la signification de l'orgueil, de toutes les façons.

Maintenant, une pensée brutale le traverse encore, il a tout laissé derrière lui – ses disques, ses livres, ses lectures, ses musiques; il en porte de la honte maintenant, de la honte qui étreint le déserteur, mais de quoi vivra-t-il? – pour rendre son bagage plus léger, plus mince, et sa peine plus légère aussi, mais il se renie alors, il est actionné d'un lourd regret, c'était faux, c'était se tromper, il ne lui reste plus rien maintenant, même plus son image dans un miroir. Ainsi dénudé, il reste là, brisé encore plus par les reproches qu'il se fait – ni rester ni partir ne le concerne plus, il ne sait plus – il est des héros qui sont morts de ne pas avoir connu Coltrane; voilà, il est nu et il souffre, il abandonne un peu de fierté contre un peu de pitié de lui, de sa part convenue et avouée. L'insensé! l'indigne! Quelle est la raison qui lui manque, est-ce une idée conductrice, une volonté un peu mieux faite; il ne retrouvera plus son cheminement maintenant.

Puisqu'il a tout laissé derrière lui, sa raison, son chant intérieur, son paysage mental, il lui faudra tout recommencer – son équilibre à édifier, sa raison à reprendre – il lui faudra tout reprendre, tout refaire, tout désigner à nouveau. Écouter le chant des cloches aux matins du printemps, aux dimanches absolvés; écouter les oiseaux, les oiseaux revenus dans les chaumières, s'enquérir d'une heure qui sera peut-être vaine, consulter les clochers et les consciences, épier les aubes d'été, se refaire un équilibre, lire au fond des choses, à l'émoi des soleils couchants, faire de nouveaux sentiments avec de nouvelles émotions, se bâtir intérieurement, bref! en tout et en toutes choses – osera-t-il encore regarder les femmes, celles qui ont de l'audace et du remords de ne pas avoir aimé, celles dont il évitera le regard blessant – il devra tout mendier, tout voler à des images qui feront un mal et un bien.

Aura-t-il encore le chant du merle, aux matins d'avril, et dans son oreille, aura-t-il la poésie studieuse des créateurs, dans leurs livres; et les joueurs de piano, ceux de la ballade ou des concerti, pour asseoir son âme dans sa quiétude et son mystère – lentement croire que l'on peut encore, et tourner le dos aux imbéciles à qui il aura demandé l'heure.

Et son interrogation du sens et de la vie, où la puisera-t-elle, en quel lieu de recherche, en quel endroit de sainteté; lui, héritier de rien, héritier de doutes et de consternations, et c'est presque une grande gloire honteuse qui lui vient, mais où retrouvera-t-il son devoir? Mais pourquoi cette idée de l'étonnement au jour et à la terre, au sort comme au devenir, elle qui n'a pas agréé le Fils même, l'élu de Dieu.

Qu'elle est grande la défaveur du monde, la misère coutumière du monde – insondable, terrible, sans pitié – à l'égal de sa richesse, au plus de ses richesses; qu'elle est grande la misère du monde, et elle vient se donner rendez-vous, là où il est, comme pour s'en faire un témoin de plus; en ce lieu précis où il est, exactement, dans un mystère accablant, une énigme, une drôlerie qui le dépite. Quel sort aura-t-il encore, aux jours qui viendront; de quelle essence sera donc fait l'avenir, que réservera encore la malice du destin conventionnel, à ces gens qui n'ont su ni prendre ni donner, et qui s'offusquent d'une injure faite à leur tristesse, à leur insignifiance. De quel travers devra-t-il être l'héritier, le négateur – il court au doute, il ne laisse rien à la certitude, il y a des gens qui sont comme ça – par quels hasards devra-t-il entendre le diable ricaner, vers quels rivages le guidera donc sa voile, et quelles sont les formes de servitude par lesquelles il devra encore servir les imbéciles ? A quelles offenses ne devra-t-il pas répondre, où puisera-t-il la force qui le guidera ?

Il voulait la fracture, la blessure, le drame, pour se racheter : il les a. Comme s'il voulait s'infliger une punition pour des fautes qu'il n'a peut-être jamais commises ; mais enfin ! il le voulait, il est celui qui est pudique et pur, de l'enfantement douloureux à la peine d'être là ; il est de la pureté de l'ignorance et c'est ce qui lui convient, c'est tout ce qu'il demande. Il est celui qui se raconte des histoires, celui qui se fait des scènes chimériques dans son masochisme mental, et il n'arrive à convaincre que lui, fils d'une bonne foi qui lui va mal, d'une bonne foi qu'il a ramassée dans des promenades exténuantes, à la marge du bon sens, à seule fin de s'éclaircir, comme une tentative qui lui fait prendre les nuées pour des plumages d'ange. La dérision, toujours la dérision pour compagne. Peut-être a-t-il perçu, au fil de ses raisonnements, quelque chose d'inavouable, quelque chose du mystère originaire, et en aurait-il reçu la blessure ? Il a pour consolation un regard sur la fleur des champs, le cri du hibou dans la nuit, une part de poésie prise à l'aube ; il a une part farouche de l'émoi des couchants. De quelles chimères psychiatriques n'a-t-il pas reçu le don de craindre la vie, et de croire, de s'en émerveiller encore.

Et puis, qu'en est-il de l'heure de l'attente ? On entend grincer les planchers et les escaliers, dans la maison. Bientôt dix heures et demie. Faire attendre, c'est insulter, il le leur fera savoir. Peut-être leur temps n'est-il pas le sien ? On a déjà vu des contrées où toutes les horloges retardent, c'est une question de conscience, de législations et décisions politiques. Il est ainsi des contrées en retard, qui ne prennent pas l'homme au sérieux, qui dévisagent les problèmes par une autre mentalité ; des hommes et des femmes qui ne savent pas que la vie peut être un liquide amer aux lèvres, qui désaltèrent leurs soifs à des fontaines privées, loin du regard des pauvres, qui répondent au mépris par le mépris, tant sont-ils ou sont-elles avertis de la légalité des choses, de la démarche réelle du monde, et il faut compter tous ceux encore qui n'ont que l'impérieux souci d'avoir.

Un désenchantement profond et tenace. Tentative d'insulter le diable, tentation de la violence pour seule argumentation, tentation de l'orgueil de détruire, de l'orgueil de briser les chaises sur le dos des gens, tentation de l'éclat, de perpétuer la violence de ce siècle, tentation de gifler les femmes laides, tentation du mépris contre le mépris, tentation de la fureur salvatrice, tentation d'incendier la maison et de la laisser flamber comme un tas d'allumettes, comme en un feu d'enfer, tentation d'être le diable et de condamner toutes les vivances de la terre, tentation d'agonie tumultueuse comme celle d'un grand sage des Indes anciennes, tentation de la brutalité qui ouvre, qui défait, tentation ultime de la destruction, tentation de la rage, de la morsure – mais il n'est qu'un enfant pacifique, une sorte d'ange qui ne veut de mal à personne.

La salle d'attente, le calme, les gémissements de la maison de bois, de la maison vieille comme une femme vieille, du même raisonnement, de la détresse des choses. Toujours rien, et pourtant toutefois, ah ! oui, une femme âgée qui rentre. Elle boite, elle s'appuie sur des béquilles, ses jambes ne la portent plus, elle est trop grosse, elle souffle comme un bovin sur l'herbe nouvelle, elle est trop grasse pour continuer seule ; et elle vient s'échouer sur une chaise, près de la chaise où attend le personnage principal. La jeune femme qui devine tout l'interpelle : – ah oui vraiment ! vous êtes grosse, vous devriez maigrir. Elle, la femme âgée, le visage fermé, de l'ombre de la maladie mentale et physique, son visage pesant et plombé : – que me resterait-il ? Et, de la sorte, le dialogue est entamé, elles discutent entre elles, c'est-à-dire que la jeune femme parle et que la vieille écoute – peut-être ont-elles des choses à se dire, des choses mille et une fois dites, des choses redites pour le désespoir de la cause – peut-être se trouvent-elles des affinités mentales, de la complicité, de l'abord de la vie, dans cette salle d'attente ouverte sur le dégoût – la personne âgée répondant par des murmures, des marmonnements, des acquiescements presque douloureux.

Elle ne parle pas, trop fatiguée peut-être pour la peine, elle pousse les mots hors de sa bouche par un grand effort, elle semble épuisée, elle respire fortement, on dirait une femelle d'ours, de bête sauvage ayant pris de l'âge sans s'avertir. On la dirait venue d'outre-conscience, d'outre-dignité ; mais elle a de l'orgueil, bien sûr, comme tous les êtres, comme la fleur des champs ; on la devine farouche et fière dans les mouvements qu'elle opère ; et parfois, quand elle parle, quand elle pousse un mot ou une exclamation hors de sa bouche, aux commissures des lèvres lui vient un rictus, et une volonté farouche de plaire et de déplaire l'envahit, une indifférence à la marche du monde, du mépris même pour ceux qui peuplent la salle, personne ne lui impose de dire ou de se taire, orgueilleusement, comme si elle était souveraine d'un état de grand délabrement.

D'ailleurs, à voir son lourd visage détruit, on peut penser aisément qu'elle n'aime personne et qu'elle ne se supporte pas ou peu elle-même, et elle donne toujours les mêmes gestes et les mêmes attitudes qui la condamnent ainsi à l'éloignement, Elles parlent entre elles, la jeune femme et la vieille, dans une complicité qui va comme le ruisseau sous l'orage, dans leur dialecte; et elles se font plus complices encore par l'utilisation d'expressions qu'on utilise que dans cette ville, si persuadées sont-elles qu'on ne les comprend pas, comme si elles gardaient des trésors et d'importantes confidences que pour elles seules, et elles sont émouvantes et lassantes de nuances et d'intonations, dans leur parler qui est brut et presque paysan, de la solitude des enfermements régionaux et des ethnies, de l'acharnement ethnique, elles comme le reste du monde, à ce râtelier d'imbéciles.

Soudain, on l'appelle, une femme est entrée qu'il n'avait pas vu venir, il s'étonne, c'est bien pour lui qu'on vient. Il tend la main, et il reçoit la main de la femme dans la sienne; et c'est une poignée de main rapide et légère, à peine ébauchée, un affleurement; il se méfie et elle se méfie, ce n'est pas une grande tragédienne, elle le dévisage du haut en bas, considérant probablement que l'habit fait le moine, considérant ses vêtements et son maintien, conne s'il venait de la lune, et peut-être en vient-il réellement, mais elle ne le comprendrait pas. C'est une femme ordinaire, de la race des Suisses-allemands, faite sans histoire et sans ornements particuliers. Oui, lui dit-il, je suis un rescapé, un survivant, pour mettre fin à son intérêt, à sa curiosité, à son insistance sur la modestie de son vêtement, de sa tenue et de sa retenue. Qui donc attendiez-vous? Mais elle, en retour, elle fait savoir qu'elle ne parle pas le français. Il ne s'attendait pas à autre chose, mais la surprise eût quand même été belle. C'est une personne d'un âge indéfinissable, sans grâce, ni belle ni laide, se portant en un maintien respectable, elle, anonyme, convenue, comme tout ce que l'on rencontre ici, et il a déjà repris son regard. Ce n'est jamais ni beau ni laid, il n'y a pas de bonnes surprises en psychiatrie, c'est fait d'une convention informelle, de petits héritages modestes ou somptueux, mais cela va à l'indifférence. Elle a pour lui une attitude un peu misérable et un peu fanée, de la même sorte des lieux et des gens quand on a à faire avec la maladie. La cinquantaine bien entamée, la femme qui ne sait pas le français. Ils entrent tous les deux dans une pièce où ils seront seuls pour discuter, du moins il le présage, il est là pour ça, et elle referme la porte derrière eux en faisant tout pour ne pas faire de bruit, comme si la maison était un reposoir. Il l'a déjà évaluée, il n'obtiendra rien d'elle; alors, de suite, il demande à voir un médecin. Elle s'attendait à cette question, probablement; elle lui répond que c'est impossible, qu'ils ne sont là que durant l'après-midi, et que tous les rendez-vous sont retenus pour la semaine. Et lui qui présumait d'un savoir, d'une amabilité, d'un humanisme, d'une science à rencontrer pour son bien.

Elle se fait étrangère à lui, elle ne veut rien lui concéder, comme s'il venait d'un territoire ennemi. Il y a, en ces parages, des êtres qui sont si mal faits intérieurement qu'on ne peut rien en attendre, qui ont des idées de fermeture au lieu d'une seule idée d'ouverture, des gens qui sont ennemis avant toutes choses et avec lesquels on remarque très vite qu'il est vain de discuter et d'entreprendre. Mais que faire ? Et lui dira-t-il les sentiments qu'elle lui inspire, le doute en lequel elle le met par sa fausseté mentale, lui et elle butant l'un contre l'autre, et tout est déjà dit, tout est déjà mesuré, tout est déjà convenu.

La pièce où ils sont est d'un abord plus engageant que la salle d'attente ; il y a du mobilier, des fauteuils et surtout une baie vitrée qui entraîne le regard sur le jardin, quelques arbres et le mur au fond, parcouru d'un lierre accroupi dans sa beauté hivernale. Quand on dévisage ainsi les gens et que l'on veut se faire une opinion sur eux en les maltraitant, on ne travaille pas dans le social, il le lui dit sans rougir. Assise et lui ayant désigné un fauteuil en tissu propre et maintenu, elle se présente dans sa langue au fort accent bernois : – je suis mademoiselle Dürrenmatt, et je suis ici pour aider les gens, si tant est qu'on peut les aider véritablement avec des bonnes paroles. Il lui demande : – vous êtes sa sœur peut-être, il me semble qu'il traîne sur vous un air de famille. Elle répond : – oui, je suis sa sœur ! Il ajoute : – tiens ! je rentre dans l'art plus tôt que prévu, est-ce que cela donne des droits ? Et pour les urgences, comment faites-vous ? Elle dit, sur un ton convenu de grande impuissance : – nous appelons la clinique, l'ambulance, pour les cas désespérés, mais qui payera tout ça ? Lui, fâché : – et les Abattoirs, c'est quand dans votre régime ? Elle prend des états d'âme circonstanciés : – il n'y a plus de place nulle part, tout est occupé jusqu'à la ficelle, c'est l'échec total de la démocratie telle qu'on la connaît, avez-vous une proposition à me faire ? Lui, avec un fatalisme qui est un aveu de déconvenue : – c'est votre société qui veut ça, l'imprévoyance des gouvernants, le bien public mal géré – on donne à ceux qui ont et on retire à ceux qui n'ont pas – l'indifférence des gens, la malhonnêteté des élites, je suis pour la suppression des inégalités, comme tous les gens avisés, convenables. Lui, encore : – il n'y a aucune espérance dans l'art de votre frère, pas trace d'un moindre salut, rien qui vaille une prière, pas le moindre souci de se sauver par la foi, rien et rien, et dire que vous êtes enfants de pasteur, il y a de quoi rire s'il n'y a pas l'envie de se démettre encore d'un univers si désespéré ; quelle est donc cette éducation que vous avez reçue ?

Et soudain, inspirée en quelque chose de grave, comme les bourgeois savent le vivre, elle dit : – nous avons téléphoné à Bellelay, il y a une place pour vous là-bas, prenez le train, vous êtes encore debout, allez donc à Bellelay ! Elle est fière de son effet, en quelque sorte, on ne peut pas ne pas lui reconnaître de bonnes intentions, mais il avait deviné avant qu'elle ne parle. Que pensait-il, que ces gens sont aimables et avenants, qu'ils sont au sommet de la dignité, qu'ils ont des espérances aussi fortes que celles que donnent les pluies du mois d'août, qu'avait-il donc cru, de la prière au salut, de la convenance à l'épanouissement, quelle est donc cette fable qu'on lui avait récité, sur le monde et la vérité du monde, sur la grande gloire immaculée du monde? Et écrire, comment va-t-il écrire, que lui sera-t-il donné d'égards, il veut écrire, c'est son droit, quand bien même cette situation d'écrivain à laquelle il aspire est en somme le dernier espoir d'un vieux qui délire quand il va mourir. Alors, il se lève, il esquisse un geste, il veut frapper sur la table, un instant il a cru qu'il le ferait, mais il en revient, il s'assied, il y a de la civilisation en lui, il ne fait pas partager le repas de ses amis dans l'auge du cochon.

Peut-être a-t-elle deviné, elle ne le retient d'aucune certitude, elle a fait des choix peut-être, on ne va pas dans la vie sans craindre la violence des choses, des justifications comme des oublis, elle a pesé sa colère; il n'y a de temps véritablement bon sur cette terre que celui-ci qu'on consacre à Dieu et aux justes, les justes qui sont si peu nombreux, les justes qu'il n'a pas rencontré, pas un seul, pas une seule âme qui vaille; mais pourquoi demande-t-il ces choses, pourquoi est-ce lui qui invoque, il n'y a de salut sur ce sol que dans un grand combat contre la bête.

Il n'est pas fait de haute exigence, ni à son égard ni à l'égard des autres, il ne veut pas appartenir à la bête, mais il veut la combattre et il rencontrera ses frères encore, la masse infinie de ses frères et ils rigoleront ensemble des bonnes farces dont ils seront inspirés. Ceux qui frappent, ceux qui exigent avec brutalité, ceux qui aiguisent leurs couteaux sont ceux qui gagnent, et on leur accorde un respect en tous sens bienvenu.

Suite de sentiments divers, d'interrogations, de regards portés sur le jardin, à travers la baie, suites de désillusions incompréhensibles, de soucis survenus à l'esprit, de questionnements intérieurs, de lassitude de vivre et d'être là. Lui, c'est un gentil, un timoré, un non-violent, un indécis de nature – et elle, elle l'a tout-de-suite deviné, elle en a fait son pain frais, mais de quelle nature humaine faudrait-il être pour convaincre cette femme qui n'a peut-être jamais respiré l'odeur du foin coupé ni celle de la pomme de terre sous la cendre.

Il s'explique encore une fois, avec une immense patience et un immense courage : Waldau, verstanden! Encore une fois, il reviendra à charge, ce n'est pas un dialogue, c'est un duel ou une cérémonie religieuse, c'est une messe noire qui est dite pour toute l'incompréhension et la suffisance du monde. Et le hasard et sa volonté caduque qui l'ont poussé là, sous ce ciel sans étoile et cette religion sans foi. Il la guette, il lui dit des choses en français, et elle ne comprend pas et elle croit pourtant que ce sont des injures; elle le guette aussi, il y a dans ce pays une somme incommensurable d'idées fausses entre Romands et Alémaniques qui fait parfois croire que tout s'écroulera, qu'il y aura une guerre, un affrontement final, et ce ne sont que les profiteurs qui seront déçus. Ils se considèrent, elle et lui, sans se considérer, il ne se surprennent en rien, ils n'ont d'arguments véritables ni elle ni lui pour se défaire l'un de l'autre; c'est du déjà vu, c'est du domaine de l'incompréhension entre les races ou les langages, il n'y a pas d'issues, ils sont faits pour se haïr et ils se haïssent sereinement.

Quels égarements n'a-t-il pas connu dans sa vie et de quel prix doit-il les payer? Ils ont fait des comptes à son égard, il y aura tout un dossier sur lui rien que pour ce jour de leur impuissance, ils ont fait des comptes et lui, il leur en tiendra rigueur, c'est maintenant promis. Il avait entendu jouer Charlie Parker, un blues, de la musique qui sortait d'urne fenêtre laissée ouverte, et il avait reconnu d'emblée la puissante inspiration du musicien. Il aspire à un art semblable, à ce génie incontestable qu'il faudrait relever; mais que de travail, de grâce et de raisonnement, d'exercice, pour aboutir en ce lieu orné de la chevelure des démons. Si l'on savait ce qui se cache de sueur et de douleur derrière les grandes interprétations du jazz, on ne l'écouterait que dans les églises ou devant une cour de justice, là où les musiciens pourraient témoigner au lieu de faire les singes devant quelques Blancs qui ne comprendront jamais l'ordre du monde.

Où aboutissent-ils, ceux de la misère du monde, dans quelle mesure ou dans quelle démesure, dans quel effroi se mettent-ils, eux qui laissent le hasard faire les choses, et le hasard, c'est l'ordre du diable; et qui se méprennent encore sur la clairvoyance des élus, des allants et des venants, de ceux qui sont chargés d'édifier le monde. De quel pain seront-ils les héritiers? Quelle est la nourriture qu'ils consomment? On dirait qu'ils ont toujours faim et soif, soumis ou non à la purification. Suite d'idées désabusées sur le sort du monde, de ce qui guette, de ce qui élabore, de ce qui se fait témoin; suite d'épouvantes sur le lendemain, sur ses jours et l'espérance qui se tait, qui ne veut pas grandir, qui n'avoue pas un seul encouragement. Pourquoi les souffrances sont-elles amies des négligences que l'on concède au diable, à l'imperfection des sentiments et des idées? De quelle part et de quelle amertume sera-t-il en partage, dans les lendemains qui viennent?

Il est toujours devant cette femme qui le déçoit par sa culture, par ce qu'elle sait de raisonné et d'abouti; et elle, elle est déçue par sa langue et par ce qu'il dit, qu'il doit tout recréer dans une autre langue, et ensemble, ils sont engagés dans une sorte de dialogue qui serait celui qu'utilise les malentendants. Il la regarde et elle le regarde, elle et lui ne savent ni donner ni prendre, et tous les deux s'entretiennent par une sorte de bêtise étrangère, arrogante, impuissante.

Ceux qui avancent, ceux qui n'ont pas peur, ceux qui ne craignent pas le fantôme de la culpabilité, ceux qui sont debout malgré les vents contraires, ceux qui ne laissent pas au lendemain, ceux qui ont de la foi en leurs jours, ceux qui savent sans avoir appris, ceux qui ont bu avant d'avoir soif.

C'est l'art qui devra sauver le monde, c'est par l'art qu'on se sauvera. Il faudra tenir des réflexions intraitables, impitoyables. Ce n'est pas l'argent ni le savoir, c'est l'art qui rachètera. Il n'y a de faveur divine qu'en une longue prière, une longue invocation. La sincérité fera le sort, tous les autres seront maudits.

Mais cependant, voici qu'elle dit soudain : – je vous écoute. Voilà qu'elle dit quelque chose, voici qu'elle interroge; sera-ce de l'importance des jours et de l'importance du monde; voici qu'elle ouvre la bouche, on dirait que ses dents sont saines et soignées; mais alors, que sortira-t-il de cette bouche, que peut-il en sortir de chaleureux et de cordial? Alors, elle parle : – aber, aber, d'où tombez-vous? Il ne faut pas rêver, il y a la vie et les gens, les autres; et comme vous le savez, la vie aliène les hommes et les femmes qui ne prennent pas garde à eux. Tout est plein à craquer, chaque petit coin est pris, et existerait-il une seule chambre de libre, une chambre miraculée, qu'il y aurait dix personnes pour la prendre, la vouloir. Tout est plein, monsieur, tout est plein, il ne reste pas même de la place pour une ombre.

Il l'interroge : – pourquoi me demandez-vous de la moralité, et pourquoi qu'à moi seul? Pourquoi n'y a-t-il pas ma part au gâteau? En est-il qui viennent d'ailleurs, du bout du monde, vous vous en occupez, vous leur faites une place. Pourquoi pas à moi donc? Suis-je venu de trop loin ou de trop près? Où faudra-t-il donc que j'aille, vers quelle race, quel pays, quelle civilisation pour être agréé et reçu, puisque je ne suis l'héritier de rien sous ces cieux? Et si je ne suis pas assez important pour faire un ami, vous étonnerez-vous encore de ce que je veuille être assez fort pour faire un ennemi?

Mais elle, elle insiste dans ses vues régressives : – vous pourriez travailler, gagner votre vie, vous n'êtes pas un imbécile! On en a vu passer de plus fous. Il répond : – le monde est le monde et je suis un guerrier, je suis en guerre, je ne servirai pas l'ennemi, je suis au front, je suis un combattant; moi aussi, j'ai ma sueur à mon front. Que jugez-vous de ma cause, c'est peut-être que vous ne voulez pas la comprendre. Il est exclu que je revienne sur mes principes, sur ma foi, je ne suis pas un adorateur de la Bête, je me moque des chiens et des chiennes de garde de votre temple. J'ai ma foi et je n'aime pas qu'on la juge, je suis un soldat, un soldat, définitivement. J'ai pris la part des armes, contre l'éternel mensonge, contre le mensonge historique!

Elle rit un peu, mais c'est un rictus. Il y a, chez les gens de la facilité de vivre, des bonheurs qui sont comme des peines et des peines qui sont comme des bonheurs. Ils ne veulent rien concéder pour leurs intérêts – ni orgueil ni mépris – mais alors, quelles sont les aspirations qui les hantent, il ne le sait pas, ou alors, il ne le sait que trop. Il voudrait lui dire encore quelque chose, il voudrait l'insulter peut-être, pour qu'elle sorte de son confort, mais à quoi bon, il y a dans ce monde une forte odeur de mort, de l'odeur de la mort, une puanteur qui l'érige dans sa colère. Elle cherche maintenant, l'une part ou l'autre, par une interrogation qui est vaine; mais elle montre de l'intérêt pour le gros bouquin téléphonique de la ville et des alentours où il ne doit rien y avoir de définitif, d'important, de significatif à découvrir. Ses yeux à lunettes qui lui font un regard presque éteint, pareillement à ce quelque chose d'un serpent, d'un rat, d'une louve. Il ne sait pas s'il l'estime ou la mésestime, il ne se fera pas un sort de lui dire merci quand il partira; elle est femme de la misère et de la faiblesse des femmes, en ces lieux où il y a encore tant d'inconscience et de fatalité à les juger, elles qui sont plus que la moitié des choses. Comme s'il y avait encore un orgueil assez maladroit pour enlever l'orgueil des femmes, comme si c'était une dignité et un droit politique que de leur enlever leur dignité; elle n'a manqué de rien, chez ses parents pasteurs, on n'est pas là pour rigoler; elle ne manque de rien de visible et d'avouable, si c'est possible, pense-t-il soudain, pour qu'elle n'ait plus d'aspirations, contente du sort qui lui est fait serait-elle, et contente aussi du sort du monde, si cela est possible, toutefois.

Elle cherche dans l'annuaire, elle ne trouve pas, mais, que cherche-t-elle de si important? Lui, il voudrait lui dire une chose encore – que son échec de raisonnement est un échec provisoire, et qu'il voudrait se refaire une santé – mais il voudrait ajouter qu'il ne sait pas qui est dans le pire des échecs, lui ou elle, elle avec sa bonne foi qui le fait traiter de marchand d'ânes, dit-elle doucement; ou lui, qui reviendra de cette guerre comme il en est revenu d'autres. C'est une question d'égard, de respect de la condition. Elle cherche dans l'annuaire de la ville de Berne et elle ne trouve pas. Il se fait une raison, il ne veut plus parler, il est des moments du monde où il est préférable de se taire – elle ne l'écouterait pas, elle ne lui rend pas son respect – la parole est peut-être parfois une tentation diabolique, et lui, il a ses chemins à reprendre, son souffle à réanimer, l'heure à considérer aux clochers qu'il rencontrera, il ira, il ira, c'est aussi une façon de croire, un appel comme un ordre divin; il ira, et un jour, il aboutira bien quelque part, en son sort consumé, fort de son fardeau et fier de ses luttes. On ne se fait pas par ses paroles, on se fait par sa réflexion.

Il voudrait presque s'en aller, s'excusant dans sa honte de vivant de l'avoir dérangée, de lui avoir donné du souci, d'avoir empiété sur son temps, de l'avoir sortie pour un instant de ses conventions – il existe des régimes sur cette terre qu'il est préférable de ne pas défendre – mais elle devinerait ses intentions, elle le retiendrait pour lui faire une bonne humeur, mais il ne le veut pas, et pourtant, il reste là, malade d'inconséquence, de silence, de solitude, d'indécision.

Elle cherche dans l'annuaire téléphonique de la ville de Berne, mais elle ne trouve pas, qu'est-ce qu'il y a donc de si important à chercher? Alors, il estime lui aussi que la farce est jouée, qu'il n'y a plus rien à attendre de ce petit apostolat social, que le drame n'inspire plus ces gens, sauf s'ils peuvent en tirer du profit; il pense que ces gens, eux aussi, tout comme lui, ont crié Barrabas! Barrabas! et qu'ils ont tous ensemble crucifié le Christ, et qu'il y a des culpabilités et des innocences si lointaines qu'on ne peut plus leur accorder de souffle, et pourtant on se trompe.

Les angoisses les plus profondes sont les angoisses qu'on soigne le plus mal, parce qu'elles sont incomprises, parce que les hommes n'aiment pas la profondeur de leur propre désarroi, là où se révèlent le plus exactement leurs déchéances, leurs doutes et leurs désordres les plus rédhibitoires. Et sont ainsi les mêmes qui se détournent des cimetières, comme s'ils avaient peur, par une sorte de profanation, de lire leur nom sur la pierre ou le bois d'une tombe.

Il aimait cette ville lorsqu'il y était apprenti, alors que passait la jeunesse, qu'elle blessait, mais qu'elle cicatrisait aussi, et lui, il n'a de cœur entier que fait de cicatrices. Il la parcourait en vélo, coureur habile et émérite, le fardeau sur le dos. C'était un pain d'amertume, à cette époque déjà, toutefois, c'était un pain quand même, il n'avait pas de qui tenir. Il n'était pas insignifiant – il naviguait dans une terre lointaine, épris d'idées fortes comme des tempêtes et reclus d'inconséquences comme la cigale – il était seulement sans importance pour les autres, et ce rôle ingrat ne le blessait pas. Vive et forte était la vie en lui, il ne savait pas encore la véritable moralité du monde, n'enviant personne, ne voyant et ne prenant garde à toute richesse et à toute pauvreté, il était un adolescent pur, de la pureté de la petite fleur des champs, de la camomille ou du cumin, au bord du chemin, dans la grande chaleur de juillet.

Lorsque dans ses lectures, il rencontra des penseurs irrévocables, il se fit le reproche de ne pas les comprendre, simplement par ignorance. Il était d'un sens qui ignorait les sens, mais à quoi bon ces choses, pensait-il, à quoi bon tout savoir; déjà, il ne voulait pas partager le sort habituel du monde, il était étranger en ces lieux, et ce sort lui plaisait. A quoi bon bâtir un palais de marbre pour l'habiter soi seul.

Pourtant il lui manquait un aveu à sa vie, une bannière à sa forteresse, on ne lui avait pas appris l'immense consolation de Dieu ni celle du Christ – sinon par de médiocres paraboles de sentencieux parleurs dont la compagnie lui était déjà difficile – il était fort dans sa faiblesse et faible dans sa force; il n'y avait que les imbéciles pour le déranger un peu, mais peut-être sa part était ainsi faite qu'il devait en être entouré de toutes formulations, pour ainsi exister et se remettre de l'existence. La vie se taisait en lui, faute d'arguments passables; et lui, peureux, craintif, insoumis, il se taisait à la vie. Il lui fallait lutter contre l'illusion, l'ignorance, la maladie, la pauvreté; mais posséder, de ce désir si farouche qu'ont les hommes de posséder, n'est-ce pas une illusion plus terrible encore que toutes les autres.

Il est toujours présent dans la pièce qui sert de décor aux jours de la sœur du grand créateur, et puis, est-ce une manie ou des choses de sa civilisation, elle cherche toujours dans l'annuaire téléphonique de la ville de Berne, mais elle ne trouve pas. Elle cherche encore, mais quoi donc, un lieu de la résidence des saints, un lieu édénique qui aurait pu croître miraculeusement en cette ville – il ne lui pardonne pas son ignorance – elle devrait savoir que les dieux ne mangent pas avec les cochons, que la sainteté des anges n'est pas d'ici, que l'on rencontre de la hargne à espérer quelque chose, que tout est vain, que tout déjà a été dit, qu'il ne faut pas se bercer d'illusions dans une ville qui ne retient que l'intérêt de ses convenus.

Mais pour l'instant, elle cherche toujours dans l'annuaire, et visiblement elle ne trouve pas. Alors, il se lève en silence, il lui tourne le dos, il va vers la porte, ouvre, passe, et referme derrière lui. Elle ne l'a pas entendu partir. Il gagne le couloir qui gémit sous ses pas, cherche l'extérieur, le trouve et le garde, il est dans une grand abattement, le petit diable qui le harcèle lui redonne sa solitude pour seule rétribution, pour seul salaire, et voilà qu'il est déjà dans la rue, rendu aux fauves, alors qu'une voiture passe, qui lui mesure sa place, et il est de l'ignorance diabolique des sorts de la terre et des cieux. Il a un goût de pain noir dans la bouche, on dirait qu'il colporte toute l'impuissance du monde et c'est considérable, l'impuissance avec la bêtise, c'est plus haut que la plus haute montagne.

Pour l'instant, il va le long des rues dont la détermination lui est étrangère, il presse un peu le pas, il est lent d'angoisse et de rejet; la vie n'est ni bonne ni mauvaise, mais on peut penser parfois qu'elle est sotte, de la sottise des êtres inconsidérés qui se font un sort plus qu'ils ne le recherche. Il aura un temps pour se souvenir. Maintenant, il se rapproche du centre de la ville; il y a, autour de lui, la rudesse d'une atmosphère dont il n'est que le témoin, qu'il ne partage pas et dont il ne se fera pas un viatique. L'éternité commence, l'éternité de l'homme seul. Il porte toujours sur le monde un regard étonné et épris, constitué d'une curiosité jamais éteinte, jamais tarie, de la même manière que le ferait un témoin illustre.

L'embellissement du jour qu'il rencontre, en allant, le garde près de sa foi. Il en est à la moitié confuse de sa tentative d'aller, de se remettre de peines anciennes et nouvelles, il en est à la moitié de sa trentaine, il s'édifie de telle sorte, intérieurement, qu'il se garde de tout jugement, la haine seule qui anime les gens l'étreint, il n'aura pas assez de ce jour pour se remettre de son désappointement. La haine détruit autant celui qui la profère que celui qui la reçoit. Cependant, on est dans un univers désarticulé, une inclination de raisonner qui n'a pas de lucidité; on est dans une totale saison de fautes et de désignations frauduleuses.

Il lui arriva d'avoir tant marché ce jour-là que ses jambes se mirent en fatigue. Puis, il passa, repassa, il alla, il circula et enfin parvenu au Jardin des roses, lieu ainsi nommé parce que c'était un cimetière autrefois, et les roses c'est fait pour les vivants et les morts, enfin quoi! c'est fait pour les femmes, pour les seins et les fesses des femmes, pour les femmes dont le regard le charma, qui lui montrèrent le ciel bien avant l'arrivée de l'aube. Il était quatre heures de l'après-midi. Parvenu en ce lieu où la méditation s'organise, où le temps se passe en méditations favorables – il y a là, en effet, de grands arbres dont les cimes sont altières au vent, une ou deux allées, de quoi voir et s'éclairer intérieurement, de la pelouse, quelques bancs bien disposés, un peu de charme semblable à celui d'une fillette enrubannée de plumes et taffetas, au soir décolorant la lune – et surtout, ce regard, ce point de vue, cette échappée, cette fabuleuse imagerie de la vieille ville que l'on surprend dans son ensemble depuis ce promontoire; la vieille ville, là, en bas, sise dans un détour de la rivière, et qui amoncelle au regard attardé une immense et glorieuse idée de contemplation, probablement une des plus belles images du monde habité.

Désormais, cette ville lui sera étrangère, il aura repris ce qu'il avait donné et qui était des choses édifiées d'une ou l'autre petite émotion. De ce lieu qui semble être fait pour les poètes, la vue porte au loin; on voit tous les toits de la ville fédérale, et domine l'impression d'une sorte d'immense poésie qu'il avait retenue, adolescent, et qu'il ne retrouvera plus jamais, comme s'il y avait, pour tout, un temps pour s'émouvoir et un temps pour oublier ou se souvenir, entre jeunesse et vieillesse, dans la configuration des âges. Là, en ce lieu d'arbres et de fleurs qui semble curieusement être oublié des visiteurs, on est au bénéfice d'une vive admiration pour les bâtisseurs anciens et nouveaux, de la persévérance des volontés jusqu'à l'aboutissement d'un ordre qui est peut-être un désordre confus; ce lieu abouti où voir le supplante à la curiosité.

Là, il découvrait la richesse et la pauvreté, la vêture et la nudité des hommes. Ses véritables sentiments ne lui viendraient que plus tard, dans la blessure. La caresse et la morsure, l'étincellement du bien lorsqu'il le rencontrait, la glorieuse intelligence des hommes, dans leurs confidences ingrates, et le soleil qui se couchait en face, élaborant le couchant rouge et noir. Une ville avertit plus qu'une campagne sur le sort des gens, une ville a des gentils et des méchants. Il se faisait triste et heureux dans la connivence de l'adversité et de l'amitié rencontrées. Il regardait passer les femmes et apprenait qu'elle sont pleines à craquer de préjugés, de vieilles réflexions mal conduites, d'anciens raisonnements qui les gardent pudiques et prévoyantes telles des fourmis, et cela l'excédait. Il était de l'espérance qui creuse les tombes et remet les morts au sort de Dieu.

Pour ce soir, encore une fois, il est venu – par ce jour où l'on refusa de le soigner, pareillement en ce qu'il aurait été le plus lointain des exilés – il ne lui reste que des idées de maîtrise, il est là, il tenait à cet ultime rendez-vous; mais maintenant, il s'est lui-même fait étranger, il n'a plus le même regard enchanté de la jeunesse, de l'adolescence, lorsqu'il pardonnait tout aux autres. Il n'est plus témoin, il ne citera plus ses adversaires, il est refoulé, il est des Juifs refoulés aux frontières, il est un visiteur plus ou moins intéressé, il ne sacrifie plus ni à l'embellissement ni à la joie, il regarde, mais il ne voit plus, son sang lui a menti, alors, il ne l'écoute plus, il se détourne de lui. Il ne guettera plus la prose poétique en ces lieux. De combien de demeures ne devra-t-il pas se faire le rescapé ou le déserteur.

C'est dans ce qui est familier que l'on rencontre le plus de grâces amies, mais c'est dans ce que l'on rencontre de plus familier que l'on trouve le plus de médiocrité et de lassitude. Partout, on compte à l'homme pauvre sa mesure de restrictions. Il est là, assis – la planche de bois du banc lui fait mal – hésitant, frileux; février est constitué de bise et de gel et ôte au paysage sa poésie et son élévation, son luxe, sa luxure. Il lui faut marcher, sinon ses pieds et ses membres rencontreront le gel, le froid, la misère instituée. Il n'a pas droit à sa dignité, on lui mesure sa place, on le fait ombre parmi les ombres, il se fera témoin d'amertume. C'est le reniement de Pierre qu'il colporte, il est confus de la même cause, il en a les mêmes larmes. Et sous l'enveloppe du soir, sous la nausée du ciel, en ces lieux désertés, il pense que l'exil recommence, l'injurie une nouvelle fois, dans cette soirée où le temps se fait gris et hostile, à la manière des hommes et des femmes, de la même manière d'un nouveau rejet, mais il a sa solitude, son extraordinaire habitude de la solitude qui ne l'abandonne pas, et dont il se fera un relèvement, avant que l'aube ne vienne le tromper et l'avertir à la fois.

Voilà, il repart, il quitte les lieux sans que le regret ne l'empoigne, la ville s'est faite blême et rouge, deuil et amertume, il prend par le chemin où sont établis les conifères dans leur grande paisibilité, il regarde encore une fois, puis il se détourne; il pense qu'il ne reviendra plus.

Il quittera la ville demain. En demeure d'être et de douter, avant que de partir à la campagne, il entre à l'Hôtel de la Lune, il se reposera, peut-être même dormira-t-il, institué de firmament et d'enfer, à l'étude toujours, membre d'un institut de demeure incertaine, membre d'une secte qui ne juge pas les gens mais, au contraire, les absout, il était venu chercher ici, en cet endroit de désolation, une civilité qu'il n'a pas trouvée.

Il est ainsi occupé, assis sur une ridicule petite chaise d'osier, dans une atmosphère frileuse – on ne doit pas trop demander de sens à la vie, elle n'en a que très peu de véritables – dans le mince confort de la pièce, occupé à réfléchir encore, encore une seule fois réfléchir à soi, à sa petite importance comme à son mépris de soi; réfléchir, ce devoir chimérique, pour tenter de faire tenir debout son univers. Il regarde du côté de la fenêtre, du côté du modeste rideau qui recouvre les vitres, vers la clarté jaunâtre de la rue – c'est un pays de riches, mais à quelle fin est-ce un pays riche – la lueur qui pénètre avec le bruit, le sceau de la petite attente, il a l'âme défigurée.

Il est fatigué, à bout de ressources physiques et nerveuses, mais il veut aller encore, d'un pas de métronome, de l'allure soldate du métronome; il veut aller, de la même quiétude ou inquiétude, du même savoir et de la même ignorance, de la même certitude et du même doute, de la même innocence et du même sentiment aussi de la culpabilité, comme s'il avait deux vies, une pour croire et une autre pour démentir – il lui reste l'essentiel de sa petite foi, il ira dignement jusqu'à la chute, jusqu'à la colère ou à l'étreinte du démon. La lampe est sur la table et ordonne à la pièce ses ombres, c'est un déversement d'ombres multiples et inconfortables; là d'où l'on attend le jour il ne vient qu'une frêle pâleur anémique, insidieuse, comme si l'on vivait devant un poste de télévision, la même impression de débilité dans laquelle il se situe et où il situe aussi les autres, tous les autres de la grande défaveur du monde.

Il est au milieu de la pièce, assis, ne bouge pas, ne fait aucun geste, n'ordonne ni désirs ni besoins, écoute l'épouvante automobile de la rue, puis n'écoute plus, intéressé et désintéressé, ne formule rien, n'a presque plus d'idées tant le jour les a toutes reprises, les a épuisées, ramenées, usées, éconduites, reconnues et reniées, folles de toute la folie du monde, ardues et piétinées, comme le fait le carrousel tournant de la musique qu'il émet, du même grincement et du même souffle retenu, oppressé. N'a ni charge ni devoir, ni ami ni rendez-vous, n'a ni femme ni enfants, est libre comme l'oiseau, le merle qui chante dans l'arbre, de la même liberté et de la même détresse de l'animal, et considère son doute comme une entrave dont il ne sait pas très bien nommer la blessure, la morsure, l'étreinte, et se remet à croire, farouchement, habité d'images et de ressentirs dont il mesure l'épreuve à sa force mentale, loin des maîtres éducateurs de la petite vie. Se fait libre et emprisonné, de la décision de l'aigle et du chacal, ne se baisse pas ni ne se relève, occupe le temps à méditer, acrobate sur une corde, sur le haut trapèze, ne devine ni perte ni salut, reste là, immobile, de morte vie et tout son monde est à refaire, s'il a su le créer pour une seule fois, d'un hasard solide et vertueux.

Ne pense à plus rien de conséquent, est retenu comme le moine en sa cellule, est prisonnier sans l'accepter, gardé là par des sentiments qui l'interrogent plus qu'ils ne l'ordonnent, cloué à son inquisition intérieure, à sa propre torture, tel l'animal en sa cage et qui attend la nourriture, avec si peu de remords et si peu d'élévation, est fait de petites émotions qu'il ne connaît que trop, ne parvient pas à se surprendre, voudrait partir, aller en un endroit superbe de résolutions et d'infini, ne s'étonne de plus rien, ni du monde ni de lui, ne regarde plus ni dehors ni dedans, ne s'interroge plus, est lassé, reste là, attaché à sa chimère, absent de la condition des hommes.

Il est neuf heures du soir. Première nuit, lumière jaune qui vient de la rue, qui monte de l'asphalte et des lampadaires, lumière un peu criminelle et un peu outrancière, lumières des vitrines et de toutes sortes de réclames, qui vient jusque dans la pièce où elle recule, avec, pour tout égard, un long plan sur la paroi où se trouve une imitation d'une œuvre de Anker. Lumière qui vient s'apaiser sur sa face endolorie de désarroi. La lumière qui reprend la main des certitudes, qui s'éclôt comme une fleur, la lumière des irrésolutions, qui donne à croire, qui fait que tout n'est pas irrémédiable, qui est comme le ciel d'un jour de fœhn, et que le vent souffle par des rafales insistantes. Comme une grippe mal soignée, de l'incertitude de la représentation, comme une grippe soignée à la vodka, qui est du soupir du soir, de l'attestation des saints, de la formulation mentale des justes égarés sous un ciel de brumes, et qui cherchent, cherchent encore, ce qui fait le sens et ce qui l'éloigne, trouvent ou ne trouvent pas, qui témoignent du monde en des paroles accablantes, se font une raison puis retournent au silence, comme si le silence avait de la vertu, comme s'il manquait à une sainteté. A la vertu du silence miraculeux et miraculé, puis encore, ajouter le chant des enfants dans la clairière de juillet, dans l'air qui sentait bon le sapin et la belladone; puis les mêmes chants près de la retenue d'eau, dans la chaleur, avant le départ par le chemin de marne, sous le fantôme incisif des heures, au début de la matinée et enfin vers l'accomplissement du jour.

Il pense se mettre au lit, il penserait se faire à la nuit, lorsqu'elle est étrangère, lorsqu'elle serait du devoir et de la petite raison de dormir, dans sa latitude insoumise, dans sa crainte de rater la nuit comme il a raté le jour. L'aventure du jour passé lui est clouée dans la tête, comme par un clou, comme le clou dans la planche, et, à la réflexion, à l'instant tragique de se souvenir encore, il n'en retient rien, il n'en tire aucune moralité, ni faveur ni ferveur; il faut se faire d'abnégation toujours, c'est une manière de se réconcilier avec le vent.

Son âme, c'est de la dentelle froissée par les mains des violeurs. Il aura, demain peut-être, une envergure de raisonnement plus large, et puis, ce par quoi il se prête beaucoup de vertus, à savoir l'oubli, le pardon, si tant est qu'on peut lui accéder, et y faire accéder les autres. De la même quiétude et inquiétude de l'arbre sous l'orage, de l'oscillation des peupliers sous la hargne du vent, de la même certitude et incertitude du temps de la nuit, de l'ombre recluse, du sentiment abandonné et oublié, de la haute et fière désespérance du cœur. Sous l'amassement des brouillards, sous le gel; puis, renversé sous l'accumulation considérable du doute, il veille au coin de la table, là où il a laissé une feuille blanche se refaire une virginité; là où il a laissé la virginité du papier conduire l'élaboration. Alors, laisser la nuit se faire belle et insoumise, rêver à des orgueils vertigineux, invoquer le pardon de Dieu, dans une interprétation confuse et claire à la fois de la certitude et de la croyance – dire une parole comme dire une oraison funèbre au jour – , sous la véranda d'exil qu'il n'atteindra pas aujourd'hui, qui a été détruite par le temps, par l'absence, par l'incendie.

C'est du dessein de l'orgueil, cette page restée blanche, du petit et du grand orgueil qui reste, qui est là, qui persiste, attentif à sa démarche, qui dure plus qu'un long hiver, qui est de l'essence même d'exister, de croire en soi, malgré le déboire du jour, d'insister encore comme si c'était un orgueil irrévocable, de la même tentative d'espérer, de prendre rendez-vous. La vie est pareille aux truands les plus aboutis, elle n'avoue jamais, ou alors, est-ce les truands qui prennent exemple sur la vie, parce qu'ils ne peuvent pas faire autrement que de nier, parce que la condamnation des hommes est aussi la condamnation du sort. Toujours, et depuis l'enfance la plus ancienne, il porte un mal au milieu de la poitrine, un mal qu'il n'a jamais pu désigner ni expliquer à l'Académie, mais qui le harcèle pourtant et il lui a trouvé le nom profane de la déchirure du voile dans le temple, après la mort du Christ. Il est envahi de douleur et de partage.

Enfant mal vêtu dans l'hiver rigoureux d'une enfance sans quiétude, il avait attrapé une pneumonie que les siens avaient soigné avec désinvolture; il était au bénéfice ou au déficit d'une part ingrate de négligence dont il ne s'est jamais remis.

Que fallait-il faire, comment s'édifier dans la boue; par des tentatives osées et qui lui valaient des coups, il reprochait leur inconscience à ses parents – et la part de Dieu, la sainte part de Dieu, personne ne lui l'apprenait, personne au monde ne l'éclairait véritablement – cette part de Dieu qui l'aurait sauvé de misère – nom donné aux choses, clartés qui relèvent le front, les promesses, la ferveur, la gloire de la prière – personne, non, personne pour simplement dire, et pourtant, il aurait compris tout de suite, c'était la consolation même de l'abaissement social, et ce désert dans lequel il était, c'était ce qu'il reprochait de plus vif aux auteurs de son existence. On peut aller sans argent, c'est rémissible; mais quand on doit aller sans âme, sans foi, on reste là, au bord du chemin, à chercher des sens qui sont muets.

Il s'allonge sur le lit, à moitié vêtu encore, et chute, tombe, s'installe tant bien que mal, lourd d'une éternité de raisonnements mal conduits, puis se tourne vers l'ombre, et soudain, après de brutales rêveries, il sursaute, il entend jouer de la musique, il est intéressé, c'est du jazz moderne, pas des fanfares, du jazz de l'évolution du jazz. Il entend la musique venir, du côté d'une chambre attenante ou proche; oui, c'est bien cela, il entend jouer Charlie Parker, un blues, le blues inouï, mais il ne reconnaît pas le thème, il ne saurait dire quel est le thème joué; et pourtant, il le devine presque, et le Bird joue en quartet, et il ne reconnaît que Parker, sans savoir, sans connaître vraiment, sans autre repère que ce chant du saxophone alto, et il écoute, il est curieux, il se lève, il veut entendre cela de plus près.

Il est maintenant dans le couloir de l'étage, il entend toujours la musique, mais d'où vient-elle, où est le lieu de ces délices, il cherche, il écoute aux portes, il se fait silencieux, retenant son souffle, là peut-être, il frappe à la porte, on doit être en bonne compagnie, la musique domine tous les autres bruits, c'est la paix du monde qui est présente en cet endroit qu'il ne parvient pas à deviner, à déceler.

Il frappe encore d'un doigt empressé, personne ne vient, il frappe encore à la porte, cette porte dont il lui semble quelle est celle du lieu saint; personne, seulement le saxophone éthéré de Parker, rien d'autre que cette musique; cependant, il ne reconnaît toujours pas le thème joué ni le nom de ceux qui accompagnent le soliste, le musicien, rien, toujours rien, pas un seul autre bruit, une seule autre manifestation humaine; mais d'où vient donc cette musique – alors, il entre, pousse la porte et se retrouve en face d'un homme qui est assis sur une chaise, à son bureau, et qui lit un livre, les jambes croisées, l'air calme et détaché. La musique a cessé. Il veut s'excuser, il bredouille quelques mots que personne ne comprendrait, mais il se ressaisit toutefois, et il demande à l'homme assis : – pardon mais n'est-ce pas ici que joue le Bird?

L'homme attaché un instant encore à lire son livre tourne enfin la tête vers le visiteur et lui dit : – non, ce n'est pas ici. Il écoute, éveille une oreille attentive, en effet, plus rien, plus de jazz, la musique s'est tue, il ne subsiste que le ronflement infernal de la ville. L'homme est vêtu d'un pantalon noir et d'une chemise blanche, comme s'il allait bientôt s'habiller en prêtre et dire la messe. L'homme dit au personnage principal : – entrez, entrez donc, ne restez pas là sur le pas de ma porte à m'épier, entrez, vous m'avez l'air sympathique. Il entre, il questionne l'alentour – votre vêtement noir est du plus bel effet – c'est une chambre petite avec un lit et une table, pas de quoi honorer une amitié même naissante; mais enfin une compagnie aussi aimable n'est pas facile à trouver sous ces cieux, il faut faire des choix, la vie c'est de décider, c'est de faire des choix. Le thème, il ne reconnaît pas le thème, accaparé encore de cette musique, avec l'étirement du temps et l'oubli des jours, des ans; le thème, comme c'est ennuyeux! Il veut s'en aller, mais l'homme le regarde et lui dit : – voyez, je suis en voyage, comme vous probablement, nous sommes arrêtés dans un confort meilleur marché que celui de la nuit, c'est l'époque marchande qui veut ça, on nous vole, on vole les gens! Le personnage principal dit à son tour : – comme vous avez raison, et il paraît que nous sommes en démocratie, la démocratie alibi, ils veulent nous le faire croire, mais il n'est d'eux aucune décision que je respecte, je suis un combattant, un résistant, dans mes faibles forces, quel est donc ce livre que vous lisez si attentivement? Oh! vous ne connaissez pas – La parole donnée et la parole reprise – c'est d'un auteur finlandais; là-bas, ils vivent sous d'autres cieux, sous des cieux moins hypocrites, dans une autre éthique que celle du développement acharné, ce n'est pas notre légendaire hypocrisie, c'est l'histoire d'un homme qui fait un voyage en train, l'auteur est un inconnu pour l'instant. Le personnage principal est très intéressé : – y a-t-il donc des pays épargnés par la meute, y a-t-il donc encore des peuples si intelligents qu'ils mettent le profit au rebus, oui, c'est très intéressant. Que c'est émouvant que de l'apprendre!

Puis, ils se regardent, s'étonnent de leur belle complicité, comme s'il y avait à partager le monde en dépit du monde. Oui, il y a à apprendre des autres, dit le personnage principal, et l'orgueil pousse les hommes vers l'avant, vers l'avenir, comme ils disent, espérons que cela ne soit pas l'occasion d'une chute, décidément et incroyablement. Il y a de l'orgueil et de l'ambition chez les êtres, un tel se pousse vers les sommets pour profiter encore plus des largesses de ce système, on dirait un grand déguisement carnavalesque, nous y passeront peut-être beaucoup de temps, mais il perdront la bataille et cela définitivement. Mais vous m'intriguez avec votre livre, peut-être y a-t-il confusion entre l'espace et la désignation des choses, j'espère retrouver ma chambre, au revoir et bonne lecture, avant que le sommeil ne nous prenne.

Il s'incline un peu, avec la politesse qui le caractérise, et il sort, il referme la porte derrière lui, et se situe à nouveau dans le couloir. Mais c'est Parker qu'il entend jouer à nouveau, soudain, c'est encore Parker, toujours le même thème, de l'autre côté d'une porte, mais laquelle, il y en a quatre ou cinq et cela le rebute de frapper au hasard. Il écoute, hésite, croit savoir, revient, passe à une autre porte, écoute, tente de se faire une opinion définitive, enfin quoi! c'est ici, il frappe à la porte. C'est pourtant le Bird qui joue, le Bird qu'il aimait tant écouter autrefois, avant que d'autres n'arrivent et fassent avancer les choses. Il frappe encore, d'une main tenace, personne ne répond; alors, il entre, la porte n'est pas fermée, il la pousse un peu et jette un regard sur la pièce. Là, sur son lit, il aperçoit une femme d'un certain âge, belle et coquette encore, assise dans une pose très chaste, elle qui lit un livre, et elle est vêtue d'une ample chemise de nuit.

A peine étonné, il s'avance dans la pièce, s'approche du lit et dit : excusez-moi, mais pour le Bird, c'est bien ici? La femme le regarde, s'étonne et lui répond : – vous, qui êtes vous, vous dérangez les gens et vous voudriez qu'ils vous jouent de la musique encore, le Bird est mort, et vous, que faites-vous dans ma chambre? Il écoute un instant, tend l'oreille, examine la pièce, plus rien, plus de saxophone, plus d'oiseau – excusez-moi, mais vous le connaissiez? Je suis un auteur finlandais en voyage par ici, je suis arrivé ce matin, avec tous mes regrets! La femme, malgré son âge et son reproche semble être avenante, aimable, parée en un corps désirable encore dont les formes émergent sous la chemise de nuit presque transparente.

C'est une femme pudique qui est là, sur son lit; une femme soignée et soigneuse, ayant décidé de ne rien laisser au hasard dans l'entretien de son corps; et peut-être est-elle pareille intérieurement, ce qui est rare chez les humains, et alors, il sent son désir monter, et il a toutefois sa pudeur maladive qui vient l'encercler, sa pudeur, sa retenue qui lui a déjà fait perdre les plus belles occasions. Il reste là, au milieu de la pièce, attendant qu'on l'invite à quelque chose qui est du rapport du monde et des sens, puisqu'il ne sait pas se formuler, puisqu'il lui faut l'encouragement du monde entier pour entreprendre encore au-delà du simple désir.

Et puis, pour en arriver aux choses dès leur début, il a remarqué le livre entre les mains de la lectrice, et alors, il la questionne : – quel livre lisez-vous donc et qui semble tant vous intéresser? Elle, nullement contrariée par sa question, elle dit : – oh! vous ne connaissez pas; c'est l'histoire d'un auteur mongol qui est chassé de partout où il va, personne ne veut le recevoir, ni hôpitaux ni cliniques psychiatriques – vous savez, il y a des êtres ainsi que personne ne prend au sérieux, ni leur santé ni leur humeur, on pense qu'ils sont occupés à autre chose de part leur esprit fantasque, et pourtant, ils souffrent plus que les autres, il sont plus profondément atteints – c'est du domaine du possible, avec la légendaire imbécillité des hommes. Il dit, pour dire quelque chose : – l'avarice des hommes, leur cupidité, je m'en moque, c'est plutôt l'avarice des femmes que je crains, de ce qu'elles disent et de ce qu'elles pensent, car c'est elles qui sont plus que la moitié du ciel, ce sont elles qui élèvent ou qui abaissent; faut-il vous dire que je suis déçu d'elles, elles qui demandent tant de libertés et qui ne veulent pas en prendre un petit peu avec moi; je les crains plus que je ne les aime, je n'ai pas de qui tenir, ainsi fait d'hésitation. Elle rit petitement, en sournoiseries, puis ébauche un geste, un geste de convalescente presque, et dont il ne sait pas si c'est un doute ou un augure, si c'est fait pour le chasser ou pour le retenir.

Elle est de belle prestance encore, cette femme, le physique jeune et le mental avisé. Toutefois, son visage trahit un peu l'âge, ce qui est peut-être une séduction supplémentaire, chevelure blonde et yeux qui doivent être bruns, comme cela se rencontre si souvent dans la nature humaine.

Il est sans gêne devant elle, presque confiant, comme si une dame âgée se refuserait moins que les autres; lui, à moitié nu, ce dont personne ne lui tient rigueur, et elle, elle est ni troublée ni vindicative, elle reste là, sur son lit, le livre entre les mains, et semble accueillir sa présence avec un peu de mépris et un peu d'amusement. Elle continue de lire, malgré lui, malgré l'homme qui la regarde avec sa faim séculaire, son émoi d'irresponsable et qui, insensiblement, convenu est-il de prendre du plaisir à être là, au vu de la situation. Puis, pareillement à ce qu'il voudrait s'imposer, il lui demande soudain : – mère, amante, fidèle, infidèle, que vos lignes sont inspiratrices, et que diriez-vous si je déposais un humble baiser sur vos lèvres peintes? Mais elle lui répond pour le décourager peut-être en son entreprise : – passez votre chemin, vous n'êtes pas acteur, vous êtes figurant, vous n'êtes pas dans mon territoire de chasse, je vous oublierai vite, allez-vous en maintenant! Lui, un peu déconvenu, par une dernière attitude : – encoreune question, la dernière puisque vous le voulez, qu'arrive-t-il donc à votre auteur mongol, finalement? Elle, d'une amabilité feinte : – laissez-moi le temps de lire, la fin est imprévisible, et puis il n'y a jamais de bonne fin, véritablement. Alors lui, avançant vers la porte : – je ne me découragerai pas si vite, je suis un auteur finlandais, de la race des miracles socio-culturels, je vous ferai part de mes nouvelles!

Il claque la porte en sortant, le voilà à nouveau dans le couloir. La musique, le Bird, la musique, comme si c'était un ensorcellement. Toujours le même thème, de la meilleure veine du blues, ni lent ni rapide, jusqu'au matin peut-être, juste de quoi entretenir le plaisir et le sentiment, la mesure, le temps; musique fabuleuse du jazz fabuleux, à la frontière de l'épanouissement. Il ne se désignera pas ce soir comme fou, à l'égal d'une démence outrancière, mais cette musique le ravit et l'emporte, le ravit et l'inquiète à la fois, le perce à la manière d'une jouissance profonde, de même qu'un accouplement continu, constamment renouvelé, un accomplissement qui finit par être douloureux, tel un refus, une insulte proférée ou reçue, de la même sorte du temps qui ne se renouvelle plus, conne si le temps fuyait en lui, à la manière de la morsure de l'ange. Il va d'une porte à l'autre, écoutant; il y a bien cinq ou six portes, le palier est constitué et aperçu par une faible lampe qui désole plus qu'elle n'éclaire, et il cherche, mais à laquelle attribuer de la confiance, il ne sait, il guette, il écoute, on le prendrait pour un malpoli ou un voyeur; le Bird qui est un peu comme la poésie de l'enfant Rimbaud, qui est du même enthousiasme de la création, du renouvellement, du talent foudroyant – poésie et musique semblables, du même génie de l'élaboration, forte, spontanée, immédiate – il ne sait pas où entrer, qui questionner, où prendre des nouvelles et rencontrer un ami peut-être, de la même identité du jazz, de la même ferveur. Il se garde de se laisser surprendre encore une fois, de se laisser aller, d'être celui qui dérange pour rien, du même état que celui qui a peur d'être de trop, d'être refoulé, banni, indiscret; il a sa petite pudeur et sa petite pudeur le retient. Il va, il frappe à une porte presqu'au hasard, personne ne répond, personne ne le sait aussi aimable qu'il est, les gens sont endormis ou veillent devant un livre, c'est une heure étrange que cette heure première de la nuit, dans ce fade petit hôtel où l'on ne peut pas s'endormir – et puis, il ne sait pas l'heure exactement, il ne sait plus, il a oublié sa montre dans sa chambre, sur la table, là où veille la flamme d'une lampe de chevet – il doit bien y avoir une fin à ce blues, une coda puis le terminal enfin.

Il a maintenant des idées fatalisantes, il ne semble vivre que par cette énigme qu'on lui pose – il veut savoir, il saura – tout d'abord l'aventure malheureuse du jour, elle qu'il a vécu tel un choc intérieur, et maintenant l'aventure de la nuit de février, qui est contrariante, impudique, échevelée, et il ne saura que par une envie erronée de savoir. Tant pis, il ouvre une porte, il regarde, il questionne, il appelle, une lampe de chevet est allumée sur une crédence, mais personne, personne n'est là, en aucun lieu de la pièce qui est faite d'un lit, d'une table, d'une crédence, chaise et modeste tapis, du confort d'une ancienne chambre de garde vaticane. Il doit pourtant bien y avoir l'habitat de quelqu'un dans cette pièce, puisqu'il y a de la lumière et que les choses semblent vivre encore, accompagnées, comme édifiées par une présence humaine qu'il n'aperçoit pas. Comme c'est curieux, pense-t-il, et une légère inquiétude le gagne; il s'est fait intrus et il n'ose s'en remettre, s'en démettre – il appelle, timide et réservé, d'une faible voix de confident – rien, personne, pas une seule âme charitable, pas le moindre augure d'une présence humaine, ni en hauteur ni en largueur, ni en profondeur, et puis, rien qui vaille un sentiment de regret.

La musique, il n'y a plus de musique, c'est à être maudit ou damné, mais il n'y a personne et rien ne semble être à même de le retenir, sauf peut-être un livre fermé sur la crédence, abandonné là et qui semble éveiller son intérêt. Alors, il veut entrer, se faire une opinion, mais pense-t-il soudain, à quoi bon, et il se retourne, il quitte la pièce, il ferme la porte.

Il entend à nouveau la musique, là dans le couloir, le Bird avec son blues, et il ne reconnaît toujours pas le thème, sinon parfois, par quelques mesures qui s'évanouissent, peut-être un autre thème réitéré – prêté, réimprovisé et puis, avec cette langue américaine, à quoi bon l'écrire, pourquoi se torturer d'un parler étranger, de la même langue du shoot. Mais il trouve de la joie à écouter cette musique qui est faite de trouvaille et d'habiletés, de sens; comme si l'âme prenait la forme d'une élaboration, d'une clarté intérieure, comme s'il pouvait exister un salut qui est donné puis repris, puis redonné dans une grâce immense.

Alors, il reste là, il est comme figé sur place, sous la frêle lumière du palier, et sa patience invoque sa raison pour lui dire durement qu'il n'est pas fou, qu'il tient la vie du côté où il faut la tenir pour vivre dignement, et qu'il n'est pas dupe de ses réalités comme de ses fables. Là, cette porte, ce doit être là, il ne se trompera pas toujours, il entend rire une femme, elle doit être en compagnie, il frappe timidement à la porte. Il attend, personne, aucune réponse, frappe à nouveau, plus vigoureusement cette fois, attend, écoute, personne.

Il est entré brutalement, s'arrête, et regarde maintenant, s'inquiète, s'avance, recule, hésite, constate. Il y a une femme nue sur le lit, ses seules jambes gainées de bas noirs qui lui remontent jusqu'aux hanches, et elle lit un livre, elle est parfaitement étrangère d'attitude et de recueillement, d'éloignement, instituée à la beauté comme au désir qu'elle répand tout autour d'elle. Peut-être ne l'a-t-elle pas entendu entrer, alors il dit : – bonsoir! avec de l'amitié et du respect dans la voix, avec insistance presque, comme s'il tenait à se faire agréer. Elle tourne la tête vers lui, le considère, l'enveloppe de son regard, et presque agacée de lui soudain, elle lui dit : – je ne parle pas la langue, que me voulez-vous, je ne parle pas la langue, vous le voyez bien. Il est pris de court, il ne s'attendait pas à cela, et puis, un trouble lui monte au front, lui donne une audace nouvelle, le conduit et l'éconduit, happé est-il par une sorte de désir qui l'éveille complètement. Il lui dit : – êtes-vous de chair ou de marbre; si vous êtes de chair, je me réjouis, si vous êtes de marbre, je serai le bourdon surpris dans sa naïveté. Elle reprend, entêtée : – de chair pour les uns, de marbre pour les autres, c'est d'un hasard bienveillant ou malveillant, mais qu'est-ce qui vous prend de m'interroger, je ne parle pas la langue, que voulez-vous, vous voyez bien que je ne parle pas la langue.

Il ne répond pas, il contemple l'image, la vision qui s'exprime et qui déjà refuse, cette sainte image qui est peut-être celle d'une rédemption plus forte que toutes celles que la terre n'inspire, ne donne; il est emporté, déjà conquérant et déjà soumis, en l'antre d'un diable vers lequel va sa reconnaissance, mais elle a repris sa lecture, et aussi son air de petite sainte, qui en fait plus qu'elle ne voudrait bien faire croire. Lui, il s'enhardit : – on ne demande pas à certaines femmes de parler la langue, il y a des langages plus précieux que ceux que l'on parle habituellement, il suffit de se taire, votre corps, madame, en dit plus long qu'un grand langage savant, je ne connais pas de plus beau langage que celui du corps d'une femme, tout en vous m'incite à la débauche, au désir incarné, il ne faudrait pas remettre à demain ce qu'on peut faire le jour même, je suis votre serviteur, je suis hautement civilisé, j'aurai des baisers à vous blesser jusqu'à votre cœur de grande séductrice. Je suis un auteur mongol qui passe par ici, en un fameux hasard que je loue, mes lettres m'ont déjà fait soumis à moins belle que vous, cependant que personne ne veut me recevoir, on ignore mon langage ici, êtes-vous, vous aussi, pareille aux autres, à tous les autres de ce monde, vous m'interpellez plus que tout, plus que ma conscience, plus que ma chair, vous êtes à la fois désir et assouvissement, rares sont les jours où je me trouve en si haute compagnie, vous avez les seins fermes de la jeunesse, votre corps tout entier témoigne d'une grande éloquence, la ligne de vos jambes est plus fine que la ligne de ma colline; véritablement, vous m'inspirez un désir fou, allez-vous, vous aussi, me décevoir, me répudier? Tout le sort du jour dépend de vous, réfléchissez, vous avez des devoirs sur votre formulation, vous avez des devoirs sur cette terre; on ne vous a pas faite si belle pour gâcher tous les hasards. Mais l'amour, voyez-vous, on le fait plutôt que d'en parler, cette journée sera-t-elle pour moi une journée bénie ou alors, une journée de désappointement, de désillusions et de chagrin? Afin de vous orienter, je vous dis que je suis patient et amant farouche, je ne suis pas de mon désir mais du vôtre plutôt, et je ne déçois que celles que je ne visite plus. Vous me donnez une bien étrange faim, il me semble soudain que je descends de plusieurs générations d'hommes mal dégrossis, qui n'ont jamais su aimer et que cela a rendu tristes, désabusés; et j'ai hérité d'eux toute une vie de maladresses pitoyables dont vous pourriez, vous, me démettre enfin, me guérir en répondant à mon invocation.

Mais par quelle clé l'ouvrir, quel est ce ressentiment qui l'éloigne de lui – chair ou marbre, de la contenance de la femme étrangère, et comment lui dire les émois qu'elle provoque; il a l'expérience, maintenant rebutante, de quelques filles de joies, mais ça ne sert à rien – il est plus nu qu'elle, plus désorienté; et elle reste là, couchée sur son lit; est-elle mère de famille ou aventurière, il ne croit ni l'un ni l'autre, et par-dessus tout, son parfum vient rôder jusqu'à ses narines, et lui, il ne sait pas très bien de quelle contenance se faire. Elle est à conquérir, probablement, sinon pourquoi cette nudité étudiée, cette attitude qui inspire les aveux, et le sens du sens qui se perd au sommet de ses cuisses. Peut-être y a-t-il des passants dans cette maison, des visiteurs de la pleine lune qu'on ne voit pas luire au ciel, des hommes avides et complaisants; peut-être des médecins et des infirmiers qui viennent à consultation, inversant les rôles pour cette fois. Il est désorienté, égaré de toute dignité, de toute retenue, presque fatalement, dans ce reposoir où n'arrive pas la foudre.

Des choses indicibles dont on sait pourtant qu'elles sont véritables, elle s'adresse soudain à lui, quittant un instant son livre des yeux : – puisque je vous dis que je ne parle pas la langue, allez-vous me foutre la paix, me laisser seule, je n'attends personne pour l'instant, vous n'êtes pas l'élu, vous seriez avisé de le comprendre. Avec, dans la voix, une hostilité et une insistance qui blessent, qui ferment l'horizon, qui ramènent à des constatations plus communes, plus animales et moins bestiales; et pourtant, la bête, c'est elle, c'est elle qui s'offre animalesquement au regard d'autrui, dans une candeur feinte, et dans son espèce de pudeur qui est une provocation.

Il se ravise soudain; c'est peut-être une folle évadée de clinique psychiatrique, ramenée là par un sort qui n'est pas à comprendre, qui est simplement à constater. On a vu des choses pires s'infliger au sort des hommes, on a vu des folles descendre dans l'arène et échapper à la morsure des fauves. Cependant, elle n'en a pas l'air – quelle est donc son énigme – elle est d'une séduction intacte, élaborée d'une raison qui condamne à l'insoumission, mais il ne comprend pas, il ne comprend ni l'instant ni l'heure, il est à un temps de défection impardonnable; et pourquoi est-elle là, et pourquoi est-il là, c'est une énigme profonde, dans cette situation qui n'inspire que des excès, et clair est pourtant son raisonnement.

Il n'entend pas jouer le Bird; pour cela il y a le couloir, il le sait maintenant, mais il ne le croira pas encore. Il hésite entre chair et ouïe, il ne sait pas encore se conformer à la raison du monde ou a sa déraison.

Est-il plus grande désillusion dans la vie que le refus d'une femme; alors qu'on est à portée de sa chair et qu'elle offre son parfum, le fruit de ses seins comme la douceur de ses cuisses – la passion éconduite, l'appel le plus pressant détourné, l'appel plus pressant que la prière du supplicié – et on est à sa croix quand la femme refuse et sa tendresse et sa chair; et tout succombe d'un grand mal, d'un grand poids, quand elle ne veut pas, car alors, toutes les vertus sont faussées, pesées à une fausse balance, la vertu de l'homme et de la femme aussi, pesées à la négation de tout. Il dit à la femme qui est allongée sur le lit : – on ne souffre que par les autres, soit! Mais on peut se guérir, savez-vous que vous êtes un bourreau ou une bourrelle, une femelle d'occasion, de désillusion aussi, une conspiratrice; il devrait y avoir des lois pour vous châtier, pour mettre à jamais l'opprobre sur votre personne, et si j'étais un violeur, je vous ferais un sort que d'autres probablement vous réserveront ou vous ont déjà réservé; vous êtes pire que la putain consentante, la rage du ciel et la punition de Dieu vous réserveront des jours meurtris, vous serez jetée à la fosse commune.

Elle se tait, la maudite, elle ne répond pas, elle reste là, allongée sur son lit, dans sa presque nudité, et ne se détourne pas de l'intérêt qu'elle porte à lire, bêtement admise à la lecture, forte d'une attention qu'il ne comprend pas. Pourtant, en quelque instant parvenu, elle se détourne et dit : – vous voyez bien, je ne sais pas la langue, vous devriez partir, on n'attend pas d'un sujet qu'il insulte la reine. Il faudrait la battre ou l'étrangler, mais on ne se fait pas assassin pour une sorte de catin allongée sur son lit, et qui donne la tentation pour la retenir par la suite. A ceux que la violence déchaîne, à ceux qui n'ont peur ni d'eux-mêmes ni des autres, à ceux qui osent faire la part du feu, à ceux que domine la vertu d'entreprendre jusqu'au bout, jusqu'à la fatalité; à ceux qui sont sans idées et sans paroles tels les bêtes, monstres à l'instinct destructeur, et qui font les gestes entretenant la foi, à ceux pour lesquels la durée est salvatrice; à eux, à ceux-là, la gloire du forcené qui frappe et qui dénoue les liens du cœur.

En désespoir de cause, déçu et consolé à la fois par la beauté d'un corps de femme, il lui demande encore : – quel est ce livre que vous lisez, de quoi parle-t-il, est-ce au moins intéressant? Étonnée par la question, par cet acte imprévu de lucidité de sa part, elle descend un peu de son perchoir et dit : – c'est d'un auteur australien – le baiser donné et le baiser repris – je viens de commencer, il ne faut pas m'en demander plus, il s'agit d'un essai sur les femmes, enfin de celles qui osent, de celles qui savent, celles qui entreprennent, et il paraît que c'est rare, c'est aussi rare que la perle dans l'huître, il faut chercher, c'est un don de Dieu, une grâce, il faut donner son pardon avant de sombrer dans la médisance, c'est un essai, un récit, mais ça se lit comme un roman, je vous assure, comme un roman. Et lui, pataugeant dans la mare : – tout ce que vous n'êtes pas.

Il cède le pas à une dernière image, il contemple encore une fois ce corps refusé, puis recule et s'en va, reprend la porte, l'ouvre, passe le pas, la referme, le voilà dans le couloir et là, par un miracle de miraculé, il entend jouer Parker, dans son blues toujours, qu'il ne reconnaît pas; et puis, il faudrait parler l'anglais, mais c'est un luxe d'économiste, un luxe auquel il ne donne pas, c'est un demi-dieu auquel il ne sacrifie pas. Il veut dormir, atteint est-il d'amertume et de désillusion; il veut aller à son lit, mais, à la faible clarté de l'étage, il ne reconnaît pas les lieux, il a peur de se tromper, d'avoir une nouvelle déception, cette maison est peut-être hantée, il ne tient pas à rencontrer Dracula, il y a des bruits louches, ou alors, c'est le diable qui la gouverne, on dirait; et hésitant toujours, il va d'une porte à l'autre, écoutant, cependant que joue le Bird, avec son immense maîtrise du rythme et de l'élaboration.

Il n'est pas vieux, il aura encore des nuits d'allégresse, dans la compagnie d'une femme, d'autres femmes qui lui offriront leur sexe et leurs fesses à couvrir de baisers, et il rencontrera encore des jouissances à se faire éclater le cœur d'audaces et de pardons. Au détour de quelque saison chaude, aux mois d'été, juillet ou août, leurs corps déifiés, dans des complicités de femmes généreuses et averties ; lui, pour leur caresser les seins et leur engloutir les fesses, en des jeux renouvelés, comme s'il en était de la première fois, reclus en des lieux où la passion l'emporte sur la chasteté, la pudeur ; faites de grâces et de moralités nouvelles, réfugié là où les loups n'abordent pas, comme en une longue saison chaude, pareillement retrouvé d'une petite sainteté qu'il n'abordera pas, si soumis est-il à des retenues incantatoires. Il aura encore des saisons fécondes sous les alizés de juin, dans la tendresse dénoncée du cœur et des sens, quand l'aube reviendra, jaune et bleue, fraîche et grise – et le regard s'étonnera de tant de beautés gratuites, faites aux hommes, les méchants comme les gentils – aux soirs violets, comme une gaîté et une amertume à la fois, la beauté du monde se révélera aux enfants étourdis, et lui, il regardera le jour partir, et ce sera une célébration, une élévation, une perspective ; et, s'appuyant d'un souvenir distrait, il boira de l'eau aux fontaines, bientôt repu de pensées et de dédicaces, comme s'il était de ce jour où le ciel étreignit la terre, il y eut une beauté suffocante, d'une soif et d'une faim qui avoua le divin. Il retiendra en mémoire, pour leur redonner de la force et de l'éclat, les saintes images d'un vécu sentencieux, alors qu'il allait dans le couchant, sous l'auvent des maisons anciennes datées de la révolution et de l'exil. Il aura l'orgueil et les contentements des admis, des rachetés, la sainteté des poètes, le clarté des sages et tous les sentiments créateurs de sa race ; il sera fier, à l'ouvrage encore, à la sainte dévotion des justes, accablé d'images qu'il gardera au plus profond de lui.

C'est un sentiment poétique, une allégorie, un élan symbolique, il se fera encore attentif à la belle chose de la rose matinale, pour cueillir la pomme au pommier, et engranger les moissons inouïes sous l'œil suspicieux de la haute tentation du ciel. Il se fera encore maraudeur dans des Edens exilés sous des constellations ingrates ; mais la sagesse le gagnera, il mettra un sens bleu à toutes ses interrogations. Il abordera au temple, à la cathédrale, pour mendier ses pardons, l'oubli de ses fautes et sa très haute opinion de lui. Il aura gagné son salut à se défaire des autres, leur rage contre lui, contre sa désignation de la vie et le grand désintérêt qu'il leur portait, à cause de sa foi, de ses croyances, à cause peut-être de son démembrement intérieur, soumis à des maladies que l'on ne soumet pas, de la femme parfumée qu'il laissa passer et à laquelle il ne dit pas un mot.

Il cherche, désemparé, la porte de sa chambre, mais il ne trouve pas, il hésite, il doute de lui et des autres; il va d'une porte à l'autre, craignant encore de déranger, et ça lui va bien cette position de mendicité et d'ennui, c'est bonne mesure, sa mesure que ce deuil où il s'est mis.

Et tout d'un coup, il constate qu'il est nu, que plus rien ne le recouvre et qu'il s'en trouve honteux, il ne sait pas d'où cela vient ni quand cela est survenu, mais il est nu, ce qui le tracasse, ce qui fait de lui, pense-t-il, un jouisseur de l'Apocalypse. Il est soudain dans une autre aventure, à ses dépens cette fois, en se moment précis de se découvrir nu et entêté, et bien qu'il n'attache pas trop d'importance à cela, il a l'air médusé du patient qui cherche son lit. Et Parker qui continue de jouer son blues, qui continue à faire le bœuf sur l'étage, loin du Birdland, à cent mille lieues de son origine.

Il prend une décision – combien d'hommes innocents n'en ont jamais prises – il descend à la réception, mais il est nu et cela le retient; cependant quoi! il ira à la réception, s'il ne trouve pas sa chambre dans cette maison, cet édifice de vertus louches. Il ira, il dira leur fait aux gens qui sont là; et peut-être l'auditeur de nuit l'écoutera, auquel il fera part de son mécontentement. Et il demandera une autre chambre, une chambre qui donne sur le sud, là où on laissera tranquille – et là, il n'y aura pas de fantômes à craindre, là, où l'on ne fait rien de mesquin dans les couloirs uniquement, ce qui agace, pour empêcher les gens de dormir. Il ira, il cherche l'escalier, il descend – combien d'hommes n'ont-ils jamais été à la recherche de leur image – il fait du bruit, l'escalier de bois gémit comme un mourant; on l'écoutera ou on ne l'écoutera pas, mais il a à se plaindre, on ne le torturera pas toute la nuit avec des airs de jazz et la rencontre de femmes qui ne donnent pas même la plus petite des hospitalités. Il sait que toutes choses sont perverses en ces lieux, à cause d'une longue méprise d'orgueil, à cause de tant de raisonnements mal tenus, et cependant, il n'est pas dupe, il aura une humeur de chien pour traiter avec ces hébergeurs de souris.

En un rien de temps, le voilà parvenu à la réception, étouffé presque de rage et d'une respiration forte comme celle qu'ont les veaux dans les nouveaux herbages; il y a quelqu'un qui est là, qui soupire et qui veille derrière une espèce de table, écrivant quelques lignes qui ne seront pas éternelles, mais enfin, ça passe au moins le temps. L'homme répond à son appel, se levant – et alors, il constate que c'est un grand gaillard avec de grosses mains et de gros bras qui le reçoit, la tête semblable à une pleine lune, les cheveux bouclés et coupés court – on dirait un gardien de but de football, de hockey sur glace, et il s'avance, il vient à lui – il est imposant dans un air gentil, prêt à toutes les patiences, doué de caractère et d'une instruction qu'on peut rencontrer chez les gymnasiens.

Il s'approche : – mais vous êtes tout nu, qu'avez-vous fait, on vous dirait sorti d'une tribu australienne, d'une tribu d'Amazonie, qu'avez-vous donc à dire? Le personnage principal reprend son souffle, se remet un peu de son humeur devant l'amabilité de l'auditeur de nuit, et puis, il veut parler et il veut qu'on l'écoute; alors, sur un ton à moitié épouvanté et à moitié menaçant : – je suis désolé, mais on me persécute dans cette maison, j'ai tant de choses à vous dire que je ne sais plus par où commencer; ah oui! où donc est ma chambre, je veux retrouver ma chambre et dormir, je suis fatigué, je suis un auteur australien en visite par ici, croyez-moi, je suis très déçu, rien ne fonctionne normalement dans cette ville, c'est une honte pour vous que d'avoir un pays qui n'en est pas un, qui héberge des profiteurs de toutes langues, de toutes races, et qui ne tient pas en compte le génie de ses visiteurs, j'en parlerai à mes lecteurs, je n'en ai pas beaucoup pour le moment, mais un jour on me reconnaîtra plus que du talent.

Le veilleur de nuit l'écoute, semble du moins l'écouter en regardant de gauche et de droite pour s'enquérir des choses, peut-on penser – peut-être a-t-il fait d'autres expériences dans sa vie professionnelle, peut-être a-t-il été confronté à d'autres situations, on ne fait pas bien ce métier sans avoir de l'expérience – et même, il semble porter de l'attention à ce que le personnage principal lui raconte. Et il ajoute, sortant de son interrogation muette : – ainsi, pensez-vous, on vous a manqué de respect, mais qui donc est-ce, avez-vous des détails encore à me dire? Le visiteur se fait plus calme, se retrouve et saisit la balle au bond : – si vous saviez ce que le monde est étroit, vous me considéreriez autrement! Le veilleur de nuit : – ho! vous savez, le monde est ce qu'il est, on ne le change pas sans changer un peu soi-même; mais vous allez prendre froid, nu comme vous êtes, on dirait un acrobate de cirque qui a manqué son numéro, tant vous êtes fait à la manière de quelques coups de hache jetés au hasard.

Mais le personnage principal ne se laisse pas démonter, il y a longtemps déjà qu'il a bu toute sa honte, toute honte et toute pudeur, du même avalement que le Noir d'Amérique, pareil en cela aux putains de Londres ou Paris; et pourtant, ça lui revient toujours sa haine, son inconstance, sa pudeur ébranlée, comme si rien n'était jamais acquis à la nature des êtres; et la putain et le gigolo sont plus pudiques de leur vertu qu'il n'en faut pour la leur ôter – ni honte ni pudeur, ni plaisir ni déplaisir – on dirait que les gens se réveillent toujours reconstitués par une sorte de grâce divine qui leur est donnée sans compter. Le personnage ajoute : – d'où vient cette musique, le Bird, vous connaissez, le Bird qui sonne à mes oreilles et qui me lasse, parce qu'il semble me narguer, l'entendez-vous? L'auditeur de nuit : – vous n'y êtes pas, c'est probablement le voisin qui aura laissé sa fenêtre ouverte. Le personnage, dans une sorte d'emportement : – et vous trouvez ça normal, habituel, légitime? Simplement pour vous dire, il faut être sourd pour trouver le silence; j'en conviens, c'est l'inconvénient de toutes les villes, le bruit, la damnation de toutes les villes, le bruit qui guette, l'inconvénient général, majeur, le bruit qui vole son silence à toutes les nations civilisées et même aux autres, le bruit, le sale bruit, et vous ne dites rien?

Il y a la pudeur et puis l'extase, les deux sont rémissions, les deux donnent à vivre mieux que les simples petites jouissances qu'on rencontre sur la terre, la pudeur et l'extase, tout emplis de la jouissance des jours. On ne rencontre que soi à tout écouter, il faut le génie de l'élaboration pour oublier, Mozart, Debussy, Bach et tous les autres, ceux de l'élévation divine, ceux qui ont tourné le cul au monde, ceux qui ont un orgueil légitime, tous les autres, ceux de la morsure de Dieu, tous ceux du pardon de l'ange, tout l'univers de la damnation du génie, de la jalousie du diable. Dans le petit froid de l'entrée de l'hôtel, le personnage principal revient à charge : – n'avez-vous pas une autre chambre à me donner, même un réduit, enfin un lit, quelque chose de plus calme; ma journée a été rude, et demain ne me semble guère favorable non plus, je suis un auteur australien, j'ai écrit des thèses et des essais, donnez-moi une autre chambre, ou alors, vous aurez de mes nouvelles.

L'auditeur de nuit a flairé son personnage, il constate qu'il a à faire à un brave homme, un personnage un peu nerveux, ulcéré, un écorché vif; alors, il s'en trouve soulagé, ce ne sont pas de ceux-là que viennent les tracas les plus rudes, les problèmes les plus difficiles à résoudre; enfin, il réfléchit, il consulte des papiers épars sur la table, il se plonge dans une réflexion qu'il pense être redoutable, et il en ressort bientôt avec des idées plein les mains. Alors, il s'exprime, il dit sur un ton presque paternel, amical : – j'ai bien la bibliothèque à vous offrir, là vous serez au calme, c'est la seule solution que je vois pour vous, les fenêtres donnent sur la cour et il n'y a pas de voisins, venez, je veux vous montrer l'endroit.

Ah tiens! une solution, dans cette ville où rien ne s'élabore sans peine ni tracasserie, le personnage en est surpris, on peut se lasser et tout quitter; est-ce donc possible que de trouver des solutions aux problèmes que la vie pose, sous ces cieux? Est-il possible que le simple possible soit simplement possible? Il sont dans l'escalier, l'auditeur de nuit et le personnage, à la suite l'un de l'autre, quand un violent coup de sonnette les surprend, les arrête, les détourne de leur escalade. Attente et résignation. L'imbécile insiste, un nouveau coup de sonnette rageur, à la manière d'un inconscient qui veut entrer. A plus tard, clame l'auditeur de nuit, à plus tard, et il redescend. Ils parlent maintenant dans l'entrée, le concierge et le visiteur tardif, nocturne, lui qui doit être le citoyen d'une péninsule – et il y en a tant – on le reconnaît à l'accent qu'il trimbale; ils parlent anglais, par des onomatopées, ne le sachant bien ni l'un ni l'autre, acteurs tous deux d'une mauvaise farce, d'une mauvaise pièce de théâtre, d'un grand drame lyrique où la médiocrité le supplante à l'imprévu, à la magie que l'on peut avoir lorsque l'on rencontre quelqu'un venu d'ailleurs et qui porte encore sa terre à ses chaussures. Le personnage baisse un peu la tête pour tenter de les voir, animé d'une espèce de curiosité qui est stupide et malsaine, un peu comme le sont toutes les curiosités, si ce n'est celle qu'il faut avoir parfois, pour se faire une opinion solide et irrévocable sur toute la bêtise du monde. Après cet échange de civilités, le visiteur non averti, le visiteur nocturne prend l'escalier, monte et l'escalier grince sous sa forte corpulence, et ça fait un bruit d'enfer, quel étrange lieu de perdition mentale ne lui a-t-on pas conseillé d'habiter pour cette nuit qui semble si mal entamée et dont il gardera un souvenir grincheux toute sa vie.

Il aura rencontré le diable peut-être en ces parages de fleurs fanées et de linge raccommodé, et surtout, il n'aura rencontré que lui, fidèle à sa démarche, son imagerie, ses doutes, toutes ses rancœurs et tous ses égarements; il le sait, l'impression lui vient lentement à l'esprit. Peut-être y aura-t-il demain matin une aube magistrale sur l'Alpe, aux gens étonnés et avares, et aucun d'eux n'aura de sentiments convulsifs, d'étonnement, de joie, de ferveur à remercier le sort, comme si tout devait être dû et accompli, donné sans gage aux gens. Le péninsulaire monte l'escalier, arrive à la hauteur du personnage nu et le regarde avec insistance, bêtement, comme s'il n'avait plus de vertus, puis s'éloigne de lui en ricanant une ou deux paroles dans une langue qui contient de la haine et du mépris.

L'auditeur de nuit arrive quelques instants plus tard en disant : – c'est un Grec, et disant cela, il semble avoir tout dit. Il tient une clé dans sa main gauche et affirme : – la bibliothèque, c'est la solution, la bibliothèque, vous y dormirez d'un sommeil paisible et réparateur, enfin, je l'espère.

L'escalier de bois grince de plus belle sous le poids des deux personnages, on monte, on arrive, il a perdu le sens de l'orientation, mais la clé tourne dans la serrure, on peut entrer – vivement l'effrayant courage de la découverte – c'est une grande pièce scellée de partout d'étagères vides et poussiéreuses – que n'y a-t-il pas de déchéance en tous les lieux qu'il aura croisé dans cette ville – il n'y a pas de quoi se targuer d'une culture quand les livres sont absents et qu'il n'y a d'orgies à faire que celles des images que l'on s'invente. Toutefois, il y a un lit dans un angle de la pièce et cela seul l'intéresse, un lit cossu et bien déterminé au repos; et regardant, épiant la propreté, il espère bientôt s'y laisser choir, dans sa longue patience, dans sa recherche d'un peu de soulagement et d'oubli. L'auditeur s'en va et lui laisse la clé, comme si c'était une faveur, comme s'il s'agissait d'un trophée offert au plus méritant d'il ne sait pas quelle compétition. Le personnage, rendu enfin à sa solitude, regarde alors autour de lui, et constate que les rayonnages sont vides. Étrange civilisation, pense-t-il, où on fabrique de l'intelligence présumée par l'absence des livres et où d'un petit savoir on croit avoir une culture, alors que ce n'est qu'un petit héritage de sagesse paysanne.

Et, regardant encore, déçu et médusé, il remarque qu'il y a bien un livre toutefois, un seul et dernier livre abandonné au milieu des étagères, et cela l'intrigue, cela éveille, malgré la fatigue, un peu de curiosité en lui, pareillement en ce qu'il croit que ça doit être un livre précieux. Quel livre est-ce donc, qui a bien pu l'écrire, par quel talent magistral est-il élaboré, de quelle fable surprenante s'agit-il, de quel style incomparable est-il redevable? Il s'approche, intrigué, il saisit le livre; alors, il voit soudain un reptile menaçant sortir de l'étagère, qui était caché derrière le livre et qui maintenant montre ses crocs au personnage, prêt à l'attaque, furieux et expressif de peur, d'angoisse, pareillement en cela qu'on l'imagine être le complice du négateur…

…alors, le personnage se réveille, ce n'était qu'un cauchemar, tout n'était que rêve et folie absurde et incompréhensible, comme rêver si souvent donne son empreinte à ses nuits; il s'éveille, à moitié nu sur son lit, tourné vers l'ombre, et tout lui revient, toute la somme passée du jour enfui lui revient à l'esprit et il est désappointé, déçu de lui et des autres, déçu de son sort – et sa désespérance qui grandit encore – toute la somme d'intrigues du jour passé et du jour à venir l'empoigne, le meurtrit, le traverse, lui donne encore l'envie de vomir; et la ville s'est faite silencieuse, et lui, il n'a ni passé ni avenir, il est intrus dans le passage du temps, de combien de jours semblables sera-t-il l'héritier malheureux. Qu'est-ce qu'il y a après l'angoisse, quand l'angoisse est trop grande, quand la crainte survient et emporte sans ménagement; quel est le sort qui le guettera après l'épreuve? Il voudrait être dans une tombe, sans pratiquer de la morbidité; il connaît le calme serein de certaines tombes, dans les cimetières majestueux, sous l'ombre des grands chênes, et ce drame lui vient à l'esprit; le repos d'une tombe, sans autre signification de la vie, et la confession écrite sur le papier précieux, comme il l'avait vu faire une fois, dans une production télévisée.

Il y a une fade lumière qui ébauche l'ombre de ses gestes, venue de la lampe de chevet, et cette petite clarté l'émeut et le fertilise; il reprend sa raison, insensiblement – tout ce qu'il a et tout ce qu'il n'a pas, tout le sort et toute la misère du sort, depuis son enfance jusqu'à ce jour, et encore, il a le ferme espoir que ce n'est que turpitude et mauvais hasard – et une petite consolation lui vient de ce qu'il a rendez-vous pour le lendemain. Et il se meut lentement, il remue ses membres endormis de fatigue, il ne s'exposera plus jamais à la fatalité, aux autres, de cette sorte qui vient de lui arriver, il se le jure mentalement. Puis, enfin debout, stationne, attend, réfléchit, selon ses habitudes coutumières, cherche un verre d'eau, quand une cloche résonne, quand une heure qu'il ignore sonne soudain à un clocher. Il n'est plus du temps d'ici, il ne veut pas savoir, il respire, il regrette de s'être échoué là, assis sur son lit à nouveau, dans le seul compagnonnage de la nuit, la nuit qu'il aime tant, la nuit que pourtant il maudit, à cet instant.

Pour la faveur de son temps et de ses souvenirs, il voudrait voir encore la clarté des villes méditerranéennes sous juillet ou les colombages de Saxe, quand septembre est annoncé et que les brumes sont encore bleues, les colombages alsaciens des anciennes demeures qui n'ont pas connu l'exil.

Peut-être aussi l'amoncellement des neiges sur les sapins impériaux de son jeune âge défait avant même que d'avoir été entrepris ; et dormir, dormir une seule fois du sommeil de l'inculte, de l'irréfléchi, du monstre, de la bête, quelle faveur ! Faiblira-t-il un jour, un jour qu'il sentira l'exil comme un mal profond, irrévocable, enfermé dans une dépression tout au fond de lui; ainsi constitué, ne sera-t-il pas à bout de souffle et n'aura-t-il pas le dernier courage, celui d'aller ou de se perdre, à la petite faveur d'une idée conventionnelle. Quelle sera sa saison primitive, l'aller ou l'abandon, la flèche ou la cible ?

Il est fatigué. Pour aujourd'hui, pour le lendemain, il ne désignera plus rien, ni mots ni sentiments, si éconduit est-il de dignité et de courage. A certains destins, Dieu ne s'impose pas par Amour ou par Grâce, mais par la Persécution.

Avec qui donc est la parole, en ces lieux de mégarde; pour qui est la parole en ces lieux de chute et d'inconvenance? A ce sort rendu d'un jour nouveau, il regarde le monde depuis sa terrasse, par un âge ancien et nouveau, accouplant le plaisir et la curiosité, comme s'il ne connaissait pas les images qu'il regarde encore, en une première et dernière fois, pourrait-on croire, à son petit sort rendu, dans le matin du mois de mai. Par l'instant qui passe, il s'éclaire intérieurement du temps qu'il fait, qui est un partage entre ciel bleu et nébulosité, comme si souvent mai sait l'être, et il n'aura pas assez du jour pour médire des autres et de lui, dans un léger accomplissement, dans une petite ferveur abandonnée au hasard, à la complaisance du sort. Il a son temps et il a sa grâce, nulle chose ne lui est apparue sans qu'il ne la souhaitât plus belle encore, par une espèce d'imagination jamais satisfaite; cependant, pour l'instant, il devine le parfum de la rose et celui des lilas qui fleurissent dans le jardin d'en face, plus épanouis chaque jour qui passe, et cela fait une moralité au monde, avant qu'il ne confesse sa faute, sa chute, sa honte, son immense sentiment de culpabilité, sa candeur abusive.

Aura-t-il l'idée d'aller à la promenade aujourd'hui, il ne le sait encore, l'heure qui tourne lui désignera ses façons, son ordre et son désordre, son intention; il ira cet après-midi au parc municipal, voir et regarder le printemps se faire.

Tel l'amant à un rendez-vous; puis, il traversera toute la ville, il ira plus loin encore, vers le lac, les rives et leurs floraisons, vers le débarcadère, se troubler d'émois, et boire la bière à une terrasse, comme si ce liquide contenait parfois la plus belle saveur de la vie. Il y a des rendez-vous qui sont des sauvageries mentales, et l'ordre du monde lui apparaît endolori, lui apparaît enfin par tout ce qu'il y a de grâce et de pitié dans l'accomplissement des choses. Il est à son âge maintenant, il est à son âge de maintenant, il aura eu soixante ans de reniements et de pauvre sagesse, l'année dernière, quand le temps fut à la bise et qu'elle chassa le coq du clocher perché dans son arrogance étroitement incantatoire. Un âge de la force d'aller et de croire, paisiblement. Il n'y a de temps heureux sur cette terre qu'à invoquer Dieu. N'était-ce pas elle, sa prière, qui maintenait l'équilibre? N'était-ce pas elle, la semence et la récolte, mars et août et toute la fertilité des vendanges de la treille? Et tout le temps céleste de la germination. N'était-ce pas elle qui guettait l'aube, le tourment et le chagrin, le revisitation ordurière de l'enfance; puis, encore, quand les choses se signifient, au couchant – n'était-ce pas une recherche païenne d'adoration – n'était-ce pas elle qu'il cherchait et qu'il trouvait, pareillement au filon qui donne le métal précieux, comme une faveur renouvelée à son front.

La part laide et la part belle, en des entreprises dont il ne saisissait pas l'entier, qui étaient évocations plutôt qu'invocations, jusqu'à cette heure où il se fit comprendre de Dieu, près de la quarantaine, dans l'allée principale du cimetière, quand le soleil de décembre s'inclinait, descendait, s'attardait, et qu'il pressentit le divin venu l'affleurer, dans un grand don, le don du pardon déjà sur la terre.

Alors, tout lui fut clair, il avait du chagrin à cette heure, et le chagrin passa, et l'heure s'enfuit, lui qui aurait voulu tant qu'elle se poursuive, mais la cloche sonna et il lui fallut quitter l'ordre de son adoration – il décida intérieurement d'un sort nouveau à donner aux jours – et il se retrouva dans la grâce, le baiser de l'ange enfin survenu. Quiétude et raisonnement, adoration, force et faiblesse, dans un accomplissement de choses qu'il ne parvenait pas à saisir entièrement. Il oublia là son pain d'amertume, en cette heure de fin d'après-midi de décembre; il laissa là ses ambitions terrestres, le devoir était là, à accomplir, le raisonnement était survenu; il fut, à cette heure, d'un bonheur qui le saisit tout entier. Et toujours, il revint à ce rendez-vous, toujours il chercha ces mêmes sentiments et toujours il les retrouvait, renouvelés, glorieux, inépuisables, jusque dans la nuit où sa prière se fit, s'exprima de nourrissement.

Il contemple la montagne, elle est là, admise en son velours blanc, admise en son cours, tant elle s'est rapprochée par l'effet de la clarté matinale, tant elle est ordonnée en des beautés considérables, des images vertes et bleues; et cette autre montagne, plus lointaine encore et pourtant plus proche par la lumière, qu'on aperçoit dans la faille ouverte de la première montagne, aussi belle qu'émouvante – tout cela est un épanouissement princier, de la noblesse d'une contemplation profane et sacrée à la fois – et les choses ne sont belles toutefois que parce qu'elles sont vues intérieurement, pourrait-on croire, de l'ordonnance extérieure à l'ordonnance intérieure, par l'attention au monde, par une adoration dont on ne sait pas où elle conduit, et véritablement, si ce n'est que parce que le monde existe et qu'il existe, lui aussi, traversé de contemplation. Il frissonne, c'est une brise légère qui passe, qui entoure de fraîcheur, qui est mère et sœur, puis amante, pareilles à des donations divines.

Le café fume dans la tasse, au bord de la table, il l'avait presque oublié, quand il était parti sur la terrasse, puis alors qu'il revient, qu'il ne saurait oublier complètement, tant il est fait d'habitudes, un peu pareil aux animaux, eux qui sont faits d'habitudes et d'instincts aussi. Il y a encore le pain, la cérémonie du pain, le pain frais du matin, et que la machine aura façonné dans l'heure précieuse de la nuit, sous l'œil du boulanger vêtu de blanc, celui auquel on demande tant de choses pour lui accorder aussi peu de rétribution. Un métier glorieux et pourri. C'est la moralité du monde qui est si sentencieuse envers les hommes, envers certains sorts qui regardent passer la vie en une grande allégresse, en un grand don inavoué, en une petite richesse et en une petite pauvreté, une grâce et une peine, de l'entendement du fou. Et il y a encore des gens qui disent que c'est comme ça, que ça a toujours été comme ça et que ce sera toujours comme ça, comme si la dignité humaine tolérera toujours ce qui est contraire à sa nature.

Il y aura bientôt les informations à la radio, écoutera-t-il ou n'écoutera-t-il pas ? Il pense qu'on ne lui parlera jamais des problèmes véritables, de ce qui est l'essentiel de sa vie. Sur quoi le monde est-il bâti, quelle est sa moralité, quelles sont ses vérités et quels sont ses mensonges – il y a des putains superbes de corps et d'esprit qui entreront dans le royaume des cieux avant que ceux qui croient avoir, il y a les élus et il y aura les maudits – que de surprises verra-t-on, on ne peut pas mentir à la fois aux hommes et à Dieu.

Il boit le café chaud et frais d'arôme dans une grande satisfaction, et cela le redispose ; c'est lui qu'il rencontrera toute la journée, c'est lui qui sera sa compagnie habituelle du jour, autant faire que l'augure soit favorable, autant faire que l'humeur soit amicale. Il boit le café onctueux et salvateur en gorgées gourmandes qui pénètrent sa bouche, sa gorge, son œsophage, son estomac, et l'éveillent, il se sent mieux, retrouve sa raison après le bouleversement de l'aube et tous les mauvais rêves qu'il a faits, tous les cauchemars qui sèment ses nuits l'abandonnent comme par enchantement.

Le café bu et le pain mangé, le voilà qui retourne à sa terrasse, voir le monde, voir son monde, son univers, ses petites visions retenues ; et il reprend de l'aise mentale à considérer ses familiarités étendues dans le proche et le lointain ; c'est un univers qui est fait des images qu'il s'est taillées en résurgences, et c'est encore lui qu'il regarde, avec son orgueil de fou, attelé à contempler les énigmes et les réponses aux énigmes, dans ce qu'il y a d'émouvant, de familier et de consolateur. Du perchoir au corbeau jusqu'au lointain, il regarde ; jusqu'à la plus lointaine vision qu'il faut déceler pour être content ; il regarde, et il y a sa condition, ses aspirations en ces vues, de la plus petite des volontés jusqu'à l'acharnement de voir, il regarde. Puis, repu de café et de paysage, assouvi d'orgueil et considération, il regarde encore, tout autour de lui, en ce qu'il peut concevoir et en ce qu'il peut en découdre, et le monde lui désigne son spectre intérieur, le monde qui lui parle de son vertige, du temps échu jusqu'au temps qui reste à faire, il se fait soudain ignorant, persuadé de la sainteté de sa recherche. Le petit monde qui lui fait sa musique, qui l'accompagne dans les jours de chagrin et de perception, puisqu'il faut l'un et l'autre, puisqu'on ne se constitue pas en abandonnant la lumière et l'obscurité encore.

Le matin est clair, d'une météorologie avenante, comme celle qui verse le vin dans les verres, et qui rajoute encore, pour donner plus que la ration conventionnelle, à sa terrasse revenu, après avoir pris encore une tasse de café dans le pot chauffant, après s'être redisposé, il revient à la contemplation du monde, là, au-dessus de la colline d'où l'on voit le lac, il y a un petit nuage qui s'avance; et c'est une bise qui vient, qui fait le temps frais et disposé.

Puis, il tentera de renouer avec son art, de la majuscule à la minuscule – celui qu'il voudrait avoir et non celui qu'il a, pareillement à tous les créateurs, à la fois chicané et repu. A-t-on déjà vu des hommes qui sont contents du sort qu'ils ont, sinon à quoi servirait le rêve, l'illusion, l'affabulation, l'interprétation, le geste d'être pareil au noble geste du semeur confiant le grain à la terre, le geste considéré et considérable du semeur. Et rien ne le détournera de ce qu'il entreprend, rien ne viendra lui prendre sa part, il ne demande pas s'il doit prendre ou bien donner, il est de ceux qui sont nourris.

Qui viendra le visiter aujourd'hui, lui faire l'amabilité d'une rencontre; il écrit à ses amis pour qu'ils viennent le voir, et personne n'arrive, il est mis au pain sec et à l'eau, tourmenté par rien. Vers le matin ou vers le soir – une visite, mais quelle heureuse surprise! et moi qui vous attendais – une amitié liée ou peut-être un amour décidé et autoritaire, comme savent l'être les amours qu'il dessine de sa bouche, en une danse écarlate près des platanes du parc municipal, les platanes mal entretenus par les jardiniers de la ville, puis qui parlent un allemand rude et contrit quand on leur fait savoir une opinion; eux, l'allemand de leur contrée paysanne, en coupant les branches, dans la saison d'hiver aux multitudes de fragilités. Peut-être ne viendra-t-il personne – c'est l'habituel des jours – il sera confus de solitude et d'inaccomplissement – personne, et il le regrettera ou ne le regrettera pas, il fera selon son humeur, il ne sait pas encore; cela dépend du temps et de l'heure, plus, de multiples circonstances qui sont du domaine du cœur et de l'esprit, de la décision sentimentale; on ne sait pas, si soumis est-on à une condition qui dit oui et qui dit non, en même temps.

L'amitié viendra peut-être se mesurer à son humeur – ou est-ce l'amour qui le transportera au-delà des merveilles, dans le temps de la jouissance et de la pitié, de la transgression des sens, de la vertu – et c'est à peu près tout ce qu'il lui reste comme emportement, comme déification de l'autre à la parure de reine, sous la cambrure de ses hanches, ou de son sein offert à un corps qui ne sait plus son égarement.

Viendra-t-il aujourd'hui l'ami des soifs étranges, le marchand de gémissements, son visage comme un bleuet, de la même désignation qu'une fleur tropicale, de la même ardeur à boire que le ruisseau sous l'orage, arraché dans son équilibre, comme happé par un train nocturne. Et pourtant, loin de sa raison qui n'en est pas une, il racontera les mouvements de l'enfance, quand ils étaient jeunes tous les deux, dans leur village, et qu'à se contempler dans un miroir, ils ne se reconnaissent pas ni l'un ni l'autre.

Et voilà qu'il choisira de revenir, tel le promeneur sur la dune, sur le sable des océans ou des déserts, et dont l'image avouée disparaît sans qu'on n'y prenne garde, compromise de doute. L'image apparue une dernière fois, un soir de décembre au bord du lac, d'un ami qui a disparu, comme on dit, et dont l'énigme de l'acte demeure, suspendue à la mort, la mort inlassable et perverse. On ne devrait jamais dire sans dire, argumenter sans éclaircir, dire sans ne rien avouer; mais l'égarement ne vient pas de lui, pas de l'ami, mais des hommes, de la grande lâcheté des hommes, leur seul héritage d'indécision et de silence duquel ils se contentent en dehors de leur personne, et l'oiseau qui les survolera les maudira et les prendra pour proie, bien avant qu'ils ne soient rassasiés de jouissance.

Peut-être y aura-t-il altération, incursion délétère, la vie altière sans qu'on n'y prenne garde – les hommes se soignent de leurs habitudes en tentant de se défaire de celles des autres – et c'est un matin seulement que cela apparaît, outrageant et définitif, du vautrement de la larve, de l'inconstance du reptile; et les comptes ne sont plus à faire, ils sont faits. La montagne, mon Dieu, la montagne; elle donne la beauté comme l'enfance donne l'indécision – et cette autre montagne, par dessus, plus haute, plus lointaine, nacrée, endoctrinée de brumes – la montagne qui semble dire, prier, intercéder, qui est une ivresse de randonnées et de promenades, et c'est vers l'été qu'il prendra courage, vers la désignation, vers la sanctification de Jean, à l'époque des chaleurs, quand tonnera l'orage assoiffé. Il abandonnera un peu sa paresse, il ira – il n'a de soucis que ceux de la fatigue de ses membres, peut être d'un peu d'hypocrisie – il prendra le funiculaire rouge, puis le chemin, vers l'épanouissement des premières gentianes; et il y aura des gens avec lesquels discuter, des gens qui se font compagnie de n'importe quelle humeur, pourvu que cela console d'un mal dont personne ne sait le nom et dont, pourtant, un tas de gens sont atteints. Il questionne la montagne qui est mère et sœur d'affection, à la fois; la montagne aux échancrures de sapins, en une foule immense, majestueux à la saison d'orages comme à la saison des neiges. Les sapins qui ne meurent pas, qui ne s'aliènent pas, qui prennent de la majesté en prenant de l'âge – et que des inconnus barbares, des gens de mal, abattent un jour, dans de grands cris de haleurs, comme on a mis en croix le Christ – et beaux toujours, sont des mâts de bateaux résistants aux vent, dans la multitude des nuées et des brumes.

C'est décidé, il le pressent avant que cela lui apporte des remords, cet été, il reprendra les chemins de montagne, il est jeune encore, ses jambes le porteront jusque dans le plus lointain de ses intentions; cet été, il prendra rendez-vous dans les métairies qui sentent bon les laitages et le bétail, l'âcre odeur du bétail, relevant le sillon d'une vie paysanne, d'une telle vie croyant faire son lot pour un jour ou deux, admis à leurs gestes, eux qui sont avares de mots et avares de reproches aussi. Une vie toute faite d'efforts physiques et de reconnaissances – écouter encore une fois parler ces gens si peu bavards, qui sont forts et repus de satisfaction paysanne et qui disent : – c'est comme ça, ça devait arriver ainsi, c'est le destin, et à la fin que ferez-vous; et dont on ne sait jamais où ils puisent tant de sagesse et de contentement, tant de conformités à l'espérance; et c'est dans le Livre saint, c'est là, attentifs et obéissants qu'ils puisent leur force; et encore, envisagent la vie comme si elle était une immense récompense.

Il ira reprendre goût à certaines choses fondamentales en ces compagnies montagnardes; il a des amis là-haut, de la parenté proche et éloignée, des gens simples et pourtant riches, de la complicité de la vie; des gens qui donnent et qui prennent, qui sont peut-être avares – ou plutôt économes, eux qui savent, sous leur climat, la valeur des choses prises et rendues – des gens simples et bons, semblables au pain qu'ils façonnent encore en des gestes altiers, ancestraux, et ont des fours et des cheminées pour cacher aux impurs les plus belles saveurs de l'existence.

Mais, que diront-ils de lui, quelle sera leur opinion en sa faveur ou défaveur, avertis d'on ne sait quoi, ils diront : – tu avais un métier, toi, tu faisais le pain, tu avais de la dignité, et maintenant, tu ne peux plus, qu'as-tu fait à la grâce divine pour qu'elle t'égare, pour qu'elle t'abuse et te rende infirme d'on ne sait quoi! Le métier que tu as maintenant, ce n'est pas un métier; tu t'épuises, tu te perds, tu égares tes forces, et que fais-tu de tes matins? Alors, ou alors, comme tu dis, on te respecte, comme tu dis, tu n'as plus de force, qu'elle est longue ton espérance, tu n'as plus de grâce, sur quel chemin veux-tu donc marcher encore? Tu n'as plus l'envergure d'un croyant debout, que dis-tu?

Et que te sert-il de chercher une sorte de gloire, as-tu perdu l'ambition de servir, on peut dire des choses, mais on peut aussi les faire, combien as-tu de prières dans un seul jour? Mais que fais-tu donc de ton temps, as-tu donc une aussi sauvage ambition pour qu'elle soit finalement ta chute, ta part reprise, ta perte?

Il ne répondra rien, il comprendra leur sainteté, leur justesse de sentiments et idées, il connaît leur empressement à servir, leur bienveillance, c'est pour les écouter qu'il sera là. Il ne les contrariera pas, mais ils font des comptes que maintenant il réfute, il sait la destinée qui est la leur, ils auront leur récompense pour leur peine. Mais pourquoi lui mesurent-ils sa récompense? Puis, ils servent le pain et le lard avec des gestes significatifs de grande bonté, des gestes presque affectueux envers les gens, maîtrisant leurs humeurs et donnant de quoi avoir assez et plus encore, devinant la faim des autres; et le pain et les autres, c'est leur récompense, la faim que donne l'air de la montagne; et le soir se reposera en eux, dans l'étreinte de la main offerte, entre conseils et amitiés, quand il faudra repartir, sous le baiser d'un lointain ciel rouge, à une heure sainte que ne connaissent pas les clochers des villes païennes, ou le petit chant des églises villageoises.

Et c'est en étant enfant qu'il allait en ces endroits puiser les forces qui font la vie vivable; c'est là qu'il allait récolter des réconforts, et la force de vivre et le respect de Dieu, qu'il allait là assouvir des faims crues qui lui venaient de privations anciennes et nouvelles, nouvellement connues, blessantes, animales, pareilles à la pierre jetée et reçue. Il ira encore, sous le plomb du soleil de juillet, quémander sa part de respect, sa part qu'il voudra pareille à une reconnaissance fraternelle, comme une appartenance raciale, sacrée, et il les écoutera parler, eux et elles, accoutumé à leur bienveillance, épris de la valeur qu'ils donnent à certaines choses de la vie, et regardera le soir descendre sur eux et sur le monde, les saluant d'un geste large, à l'instant de se quitter, et il aura leur odeur dans la tête, lui, fier et satisfait.

Et plus loin encore, quand il arrivera, ils seront étonnés de le revoir, ils auront les mots de l'amitié à la bouche, ils diront leurs travaux, leurs peines physiques, parce qu'ils travaillent trop, parce qu'ils sont fait d'un bois résistant, d'une race qui fait leur fierté et leurs humilités, il n'y a pas de place en eux pour la peine mentale, mais parfois pourtant, une allusion, un aveu, une confidence à peine avouée, à peine émise, parce que c'est lui, et qu'à lui on peut le dire, lui, le confident de l'extrême, naufragé revenu au rivage, des choses à peine dites et à peine tues, des confidences de la fatigue, de l'usure car la vie est usurière, elle est faite de telle sorte qu'on n'en sort jamais intact, dans leur âge plein de sagesse et de renoncement.

Et les plus tordus, les plus distordus, les plus disgracieux, les plus acharnés aux lois du travail, auront des enfants beaux comme les premiers murmures de l'aube, comme l'eau désaltérante du ruisseau parmi les fougères; et ils regarderont la vie avec ingratitude, avec de l'orgueil dans la bouche et le maintien; et pleins de fierté et de suffisance ils parleront dans les auberges, du matin jusqu'au soir, jusqu'à ce qu'ils persévèrent dans l'étroitesse et le dédain, si profondément qu'ils reviendront d'eux-mêmes à un peu plus de raison, à plus d'avertissements, mus par une sorte d'héritage qui ne conviendra qu'à eux; et ils avoueront leurs égarements avec de la repentance dans la voix, déjà serviteurs de causes fatales, d'extrémisme dans la foi, à l'image des pays montagnards où l'on apprend la foi avant la lecture.

Cet été, il retournera les voir, les regarder vivre et les entendre parler, attentif lui plus que d'autres, de la même obédience de l'ange, lui qui est un des leurs, de la même mentalité et de la même rage à l'économie, quand ils partagent le pain et les viandes, affamés de lourds travaux, et pensifs encore dans leurs sentences de sagesse murmurées et réfléchies, du même bois tordu du foyard qui les inspire et les redresse.

Mais que sert-il de dire d'eux encore; là-haut sur leurs crêtes ou dans leurs vallonnements, ils sont ignorés des hommes, par des climats atroces que sont les neiges et le vent, presque ignorés et ignorants à leur tour, tant qu'ils le peuvent; et ils se détournent du monde, tels des religieux d'un ordre extrême, et fument des pipes avec toutes sortes de gestes familiers, de longes pipes odorantes qui leur mettent de la saveur sur les lèvres. Du souvenir des Noëls studieux et généreux, de la souvenance de l'enfance, quand une tante lui disait, désignant la croix : tu seras un homme, n'est-ce pas, tu seras un homme!

L'apparente nudité du ciel, au-dessus de la montagne, dans la cambrure des cimes; et ce bleu qui est presque vert, presque blanc, dilaté; puis, étourdi de distances, sacralisé de lumière, de saintetés incantatoires, le ciel dans l'éloignement qui s'opère, qui se crée, et il semble possible au personnage de retrouver son cheminement; et tout est estival déjà, dès le premier matin, tout est gloire et amoncellement de beautés.

Pays riche et pauvre, d'une abondance et d'une retenue, pays sans charité et sans grandeur, pays qui est condamné à mourir, faute d'avertissement et par des profiteries qui sont incroyables, qui sont contraires à la dignité, et il se trouve encore des dignitaires pour servir les riches, pour faire aux riches leur litière, et renoncent jusqu'à leur orgueil par l'ivresse d'une damnation terrestre. Puis, ils font de petites manières, ils portent un orgueil d'être plus large que leurs épaules, plus rebondi que leur ventre; ils font des manières comme s'ils avaient trouvé un grand trésor et ils l'ont trouvé, le trésor, mais ils le gardent pour eux seuls, pour leur seule obédience maladive.

Il boit le café, empoigne la tasse, la reprend, la remet, laisse le café descendre lentement dans sa gorge, avec des satisfactions de viveur, de jouisseur; pareillement épris du matin qu'il l'aborde avec une grâce retrouvée, mais il ne faut pas dire que la vie n'est jamais aventure ou abandon, on ne doit pas dire qu'il ne faut pas prendre, qu'il faudrait tout donner, avec des vertus de protestant, de petit être soumis et insoumis, avec des manières de fesse-la-joie; de manière à faire croire que toute jouissance est une défaite. Il boit le café – peut-être est-on d'une civilisation du café, qu'on ne le cultive pas, mais qu'on ne peut plus s'en passer; d'un régime politique qui sacrifie au café, autant qu'à la médiocrité – peut-être le café est-il un petit dieu moderne, une familiarité quotidienne incontournable, un grand avalement universel, quelque chose comme une sainteté dont on est épris et à laquelle on dit des prières. Ils seront mesurés pour avoir mesuré aux autres.

Et ils pleureront aussi, des larmes amères qui leur viendront de leur cupidité, quand le pardon et le jugement viendront sur le monde, le grand pardon du divin, le pardon promis; et ils se frapperont la poitrine en disant qu'ils ont gagné leur pain à la sueur de leur front, et ils prétendront que cela aussi est une prière. Alors, le personnage va à sa terrasse, et pour cesser de dire sans dire, il dit avec force bonjour à la voisine, dans sa cuisine, qui fait un vacarme de citadinisation, comme si elle avait tant à faire, cependant que la vie est une longue prière aussi, dans l'étroitesse de la ville où l'odeur des cuisines se confond avec l'odeur des émanations carboniques.

Elle est riche de piété et de contentement, la voisine, livrée à sa vie qui la satisfait; et on dirait qu'elle fait toutes sortes de choses étranges avec ses plats et sa vaisselle – mais que fait-elle donc toujours dans le bruit infernal de ses soucis ménagers – on dirait qu'elle fait l'inventaire chaque matin, abordant la cuisson du repas de midi dans un grand vacarme de batterie qu'on croirait militaire. Elle prépare le dîner pour elle et son mari qui est conducteur de bus à la ville, et il gagne bien sa vie, c'est une bonne position, comme elle dit si souvent, dès qu'on aborde une discussion avec elle. Ni soucis véritables ni joies véritables, ils sont constitués, sur certains points de leur caractère, d'une étroitesse insoupçonnée, dans leur émerveillement de vivre ce qu'ils vivent; ils ont des plaisirs obscurs, des petits plaisirs qu'ils cachent selon le gré du temps, selon une pudeur inconsciente, et il ne faut pas leur dire des choses inconvenantes, ils se fâchent alors, comme si le monde était fait pour eux seuls, comme s'ils appartenaient aux élus sans en avoir la ferveur et l'obéissance. Ils gagneront le ciel à force de bonne foi, leur bonne foi de citoyens élus par la petite démocratie que l'on a; et ils siégeront dans les hauteurs, instaurant des règles et des règlements, pour faire mentir et la terre et le ciel.

Dix heures déjà, à la cause du jour. Quand il vivait les heures du matin, à l'usine, comme il les comptait; lui qui n'avait rien appris de solide, comme il était toujours effrayé de tout; il n'avait appris que des métiers qui étaient les plus rudes, les plus avilissants, habité de doute, de doute incarné dans les heures qui ne passaient pas. A quelle sainte colère divine n'était-il pas redevable de son sort, abouti entre les machines de décolletage qui hurlaient d'un désespoir incompris, pris entre le feu et la flamme, saturé d'injures, celles qu'il donnait et celles qu'il recevait, et tout le vent du sud ne le consolait pas. Le vent des hautes altitudes se faisant fou en lui; et il n'avait de grâce qu'un seul petit salaire dérisoire, et cependant, il n'en était pas averti, pas concerné, regardant l'injustice avec des yeux qui pardonnent. Il y a des lois sociales fondamentales que les riches ont transgressées depuis toujours, depuis l'avènement du monde.

Dans les usines où les ouvriers sont si fiers, si insistants de leur état, de leur savoir; hommes de métiers ou hommes de peines, si attelés sont-ils à être jaloux du peu de considération que l'on attribue à leur race, jaloux les uns des autres, sans camaraderie et sans avertissements, menacés sont-ils par la fourberie du sort. Parfois un mot, une salutation, l'ébauche d'un sourire, une amitié qui pourrait naître, mais il y a les règlements, l'idiotie des règlements de fabrique. Mais, que de roueries en lesquelles se mettre pour comprendre l'ouvrier, et puis, que comprendre qui est inspiré par la peur, que dire de la peur qui est conscience de la cupidité. Il viendra des temps meilleurs, des temps de joie et de partage, des temps d'égalité qui feront trembler les mains, il ne faut pas dire que ce sera toujours comme ça, il ne faut pas présumer de la patience de Dieu, et tels qui croient tenir l'édifice se verront confondus par leur avidité même. Puisque dans leur arrogance, ils n'écoutent ni Dieu ni la plus simple des raisons.

Il boit le café amer et fort, le fond de la tasse encore chaude; puis réfléchit, le café qui donne l'idée et le courage de l'idée; lui qui est d'un statut de relégué, de répudié, il ne pense alors à plus rien d'autre qu'à son courage, à son interprétation des valeurs et des sens; il ne participe plus ni à la richesse ni à la pauvreté du monde, il ne reçoit que des miettes, et elles lui suffisent, il n'attend pas sa consolation de cette terre. Il a laissé l'heure à d'autres, le souci malfaisant de l'heure; il ne faut pas lui en vouloir, il est de la race de ceux qui demandent leur pain à Dieu, et qui le jugera pourrait bien être pris à son propre piège.

Dix heures passées, la cheminée et le clocher, il n'y a pas d'amours heureuses, il n'y a que l'ambition des hommes et leurs limites. La montagne s'incline maintenant sous le soleil, il faut toujours chercher; et on voit apparaître une autre montagne, plus loin, entre la gorge de la première montagne, maintenant on la voit, maintenant que les brumes se sont dissipées, alors qu'un peu de bise se lève, et elle maintiendra le temps au beau pour toute la semaine. Le clocher et la cheminée de l'usine, dressés dans le paysage; aussi inconvenants l'un que l'autre, il ne défendra plus la cause des uns ni celle des autres, le temps est bientôt échu maintenant de la patience divine.

Cette autre montagne au loin, qu'on n'aperçoit que par un temps salutaire, un vent d'est qui la blanchit, la fait bleue ou verte, noble dans sa vêture de hêtres et de sapins, sous le mois de mai, accoudée au ciel, dans des parages que l'on devine être entourés de beautés fabuleuses. Et des rêveurs, des poètes vont s'installer là, méditant tout le jour et toute la nuit qui suit, pour que la beauté se dise avec le talent et l'identité. Des poètes repus de légendes, des rêveurs assidus à des causes éthiques; tout un petit monde de médiocres qui croient faire le monde, et qui ne font même pas le temps ou la rime audacieuse. Il n'y aura plus de salut, tout est vain désormais.

Il n'a reçu aucune faveur maternelle, aucun égard, aucun amour; et, à cause de cela, par la faute de cette défection, de ce pot cassé, de ce ciel brisé, il emmerdera les autres toute sa vie. On ne parle bien d'une mère, à la manière des véritables artistes, que lorsqu'elle fut présente, et dont la chaleur rayonna autour d'elle, amie de la dignité de vivre, de la consolation des maux les plus petits comme les plus grands.

Mais lui, il ne se souvient pas d'avoir embrassé sa mère, femme rude du temps de la rudesse, elle ne lui avait pas appris ces choses ; et il ne l'embrassa que lorsqu'elle fut morte, et qu'il la veillait. Elle ne lui avait pas appris le pourquoi de la tendresse, de l'éveil des perceptions, de la dévotion par laquelle, ensuite, on aborde la vie, sain ou brinquebalant, à la joie ou à la peine, courageux ou pleutre, résistant ou confondu, et c'est pour toute une vie, ce viatique, on le possède ou on ne le possède pas. Et si on possède l'épanouissement de la mère, on avance, on va de l'avant, on a un front solide dans la tourmente ; et si on ne le possède pas, on va, errant de toujours, attablé à une table que personne ne sert, tenu par une soif inexplicable, une soif qui fait la dignité ou l'indignité, et dont la vertu est telle qu'elle est toujours une occasion de chute.

Lorsqu'il la veillait, la petite morte insignifiante, couchée sur son lit, dans la petite pièce si ridiculement étroite que cela le blessait, il se rappela la visite qu'il lui avait faite quelques jours avant sa mort, cependant qu'elle lui disait :
– tu vois, c'est ici que ton père me loge, c'est ici, dans cette modestie écœurante que ton père m'a conduit avant qu'il meure, par des hasards sentencieux comme des pasteurs, loin de tout, tu vois, c'est ici ! Et elle disait cela comme si elle avait, une seule fois de sa vie, pu compter sur lui.

Et qu'en ce jour-là encore, elle lui servait quelques pâtes avec de la saucisse, et ce maigre repas pour lequel il s'était réjoui, même cela, elle ne savait pas le faire, apprenant éternellement les choses pour les oublier aussitôt, aussi vite qu'il faut pour le dire, et lui, il ne disait rien, il était lâche, il était fait d'un respect animalier, il mangeait sans rien dire et espérant la quitter aussi vite qu'il le pourrait, chassé d'elle comme par un énorme ressort intérieur, et c'était sa part, il recevait à nouveau la part de l'enfance, dans un lourd abrutissement. Et c'est à lui, le cadet, qu'elle demandait de la dignité, à lui seul qu'elle faisait part de ses plaintes, lui qu'elle prenait à témoin, lui qui avait pratiquement toujours fui le lieu de la paternité. Des choses de la pudeur intense, à peine révélées, non inscrites et non dites, murmurées à peine, indécises et presque solennelles, pour qu'on croie, une seule fois, sa douleur, sa peine et son indécision.

Il s'en alla le repas à peine achevé, il s'en alla pour fuir avant qu'il ne devienne dément, car il avait besoin, encore une fois, de se reconstituer dans sa tête, dans son cœur aussi, et c'est son habitude de la solitude qui le sauvait, qui lui redonnait de l'aplomb ; la solitude où raisonner, réfléchir encore une fois le sort qui lui était échu, lui le cadet, l'enfant difficile qu'elle n'aura jamais compris. Avant qu'il ne parte, lorsqu'il la veillait, défunte, il entendit entrer deux hommes dans l'appartement, deux hommes qui parlaient allemand, et l'un se souciait de l'enterrement et l'autre – c'était son frère aîné qui ne voulait pas s'approcher du cadavre, qui fuyait et qui disait d'une voix perlée : – comme c'est triste ce deuil, comme c'est triste, c'est des choses qui ne devraient pas arriver.

Cette autre montagne, plus loin, plus éloignée dans l'espace que la première, plus secrète et dont la poésie l'accapare, l'interroge, les jours où elle apparaît, cette autre montagne du sens de la divinité, cette autre montagne accueille les sentiments qui inspirent les voyages, qui dit des choses pour les lui voler, comme on vole sa vertu à une femme, on est ainsi fait que ce qui inspire de la poésie à l'être lui prend aussi quelque chose de tu, d'incréé, d'inavoué et peut-être d'indicible, comme si une éthique était sise en ces lieux, qu'il faudrait convaincre d'enrichissement, de certitude et d'aveu de la beauté.

Puisque les choses que l'on aime sont ainsi faites qu'elles prennent quelque chose de l'être; puis, elles donnent, ces choses entrevues dans leur parenté bleue, quelques sortes de sentiments et les reprennent aussitôt, tel se fait-il assouvi et inassouvi – cette montagne qui tient des promesses d'ailleurs, qui invoque le voyage, et lui retire bientôt sa beauté par l'enlacement de quelques brumes. La montagne dont le cœur gardera l'émoi vif et consolateur, salvateur.

Mais quelle heure est-il donc, les gens qui se préoccupent constamment de l'heure qu'il est ne sont pas des êtres tranquilles, ne sont pas des cœurs paisibles, ou alors, on se préoccupe de l'heure quand on a peur de la perdre, quelle est enfuie à jamais, ni soucis ni constance, il se demande l'heure qu'il est, et craint de la perdre en un hasard malheureux, il est bientôt dix heures et demie, et c'est la part de rêve dont il est fait qui le sauve, qui l'éloigne de la tourmente. Depuis toujours, il est pressé, il a peur de perdre son temps, lui qui le perd en rêvant; mû semble-t-il être par une infatigable machine. Et ainsi survenu de raisonnement, il veut aller voir ailleurs, sans raison, sans prévoyance, de même sorte qu'on pourrait croire que quelqu'un l'attend, quelqu'un d'essentiel, de l'importance de la vie et de la mort, de l'importance du feu qui le ronge, impatient et patient, guetté par le regret, le remords et le sens incompris des jours.

Les belles montagnes qui sont là, dormant, de la quiétude infinie du songe, assises contre le ciel, énigmatiques et fortes, hautes d'un vertige que l'on croirait absolu, qui ont de la beauté, qui la donnent ou qui la cachent; et cette beauté est pareille au sentiment du sacré, elle élève, elle donne, la beauté est une part du sacré, le témoignage sur la terre du sacré, et l'on ne peut regarder sans voir, et on ne peut être appelé que si l'on est élu. Comme si tout était prévu pour lui sur la terre comme dans le ciel, comme s'il n'y avait plus rien à dire et que tout fût accompli déjà, en une grande sollicitude paternelle. Que de petites ferveurs sont ainsi mortes, le dimanche matin à l'église, lorsque la petite assemblée chante les psaumes, et qu'on dirait de la tristesse qu'elle est générale, dans un petit don de soi, dans une ferveur modeste et sombre – et bientôt il n'ira plus, il se détournera, frappé de déception, pareil à l'arpenteur qui ne trouve pas ce qu'il cherche.

Aurons-nous l'orage ce soir, lui qui est annoncé – le ciel soudain fâché de turbulences océaniques, et ce vent raconteur de sable, le vent qui vient du sud, d'un grand Sud qui parle de désert – et c'est comme une insomnie redoutable, on dirait un temps de punition et de pardon aussi. Aurons-nous l'orage violent et crispé des saisons vespérales – il attendait que cela passe, en un village perdu d'avarice et de médisance, sous un auvent disgracieux, puis la concierge qui hurlait dans l'escalier – il faut fermer les fenêtres, est-ce que vous avez fermé les fenêtres? A quoi sert-il donc de parler d'exil, à quoi sert-il de tout juger; ce sont des êtres bien mal pensants que ceux qui ne sont jamais satisfaits de ce qu'ils ont – à quoi bon parler de retour si on ne l'envisage jamais, si cela était possible; mais cela n'est jamais possible, c'est un leurre, cela n'existe pas, ou alors dans la tristesse d'une fable, les fables du bout du monde, celles prussiennes ou bataves dont la moralité est faite d'approximations enfantines, d'une moralité de l'au-delà de la conscience.

Où iront-ils mourir les hommes qui n'ont rien sur la terre, quelle sera leur tombe, leur dernier séjour; ceux qui n'ont ni terre ni biens et qui hurlent comme les loups dans leur faim, dans une constante défaveur, où iront-ils mourir; mais avant encore, se faire assassin, faucher l'herbe d'été, pour voir si la moralité du ciel est celle, instruite, conforme, est la même que la moralité de la terre. Où iront-ils mourir, à leur dernière prière, vers quel Dieu tendront-ils leurs mains?

Quel pain d'amertume ne mangeront donc pas leurs enfants? Y a-t-il des disgrâces plus vastes, des égarements plus profonds que de croire qu'ils n'auront pas la récompense plus épaisse que celle des petits maîtres de la terre? Quelle folie présidera donc à leurs deuils, quels sentiments auront-ils à leur destin, de quels mensonges ne seront pas dites leurs homélies?

Il est un temps où s'abreuvent les choses au désir de la soif, comme un troupeau de bœufs aux champs, près de la source où dormait le ruisseau. Les chemins conduisant aux pâturages sentaient bon le cumin et la camomille, en été vers l'extase, quand la soif grondait dans sa gorge et que les majestueux pins provinciaux se dressaient tels des guerriers farouches, hauts et forts, au tournant de la marche, là où il allait chercher du repos et de la cohérence. Il allait, ventre creux et poitrine insoumise, dans la fureur du cœur qui battait à ses tempes, cueillant ici ou là la pâquerette et la camomille, on ne sait jamais ni l'enlacement ni le dénouement, pour faire un bouquet dédié à sa petite sœur cadette qui attendait toujours qu'on lui passe une humeur, qu'on lui fasse l'aveu d'une tendresse, dans le désert mental où ils étaient ensemble, quand grondait la tempête et qu'il fallait prévoir jusqu'à l'ivresse même de recevoir des coups. Il y a la part du feu, du combat, de la désignation éphémère et il y a la part du repos, de l'aise à venir, des sentiments repris à l'abandon des causes, le sort repris d'une sainteté légère et fruste à la fois.

Le cumin et la camomille, à la première averse de juin, en ces lieux où chantaient les grillons, dans la cohérence du jour volée à la peine, aux habitudes prises et aux habitudes abandonnées; et la senteur de l'été fertile montait des prés, des foins étalés dans l'humidité, et qu'en toute hâte il fallait soustraire aux dommage de la pluie. La pluie perverse et bienvenue, on ne savait jamais, et personne n'était jamais content du temps qu'il faisait, personne n'agréait les événements tels qu'ils arrivaient, dans une grande misère de l'esprit et du cœur. L'aura-t-il connue, celle-là, cette misère là? Les aura-t-il connues les misères qui retirent les sentiments? Le cumin et la camomille, des plantes qui ont disparu de ces parages maintenant, sacrifiés par une petite civilisation du rendement, puisque les ruisseaux ont été mis en terre, tel des défunts; et il y a encore des gens qui ne sont pas assez riches, pas assez contents de ce qu'ils ont pour rendre grâce. Parce que la moralité du monde est une farce, un conte ancien que l'on raconte aux enfants dès le plus jeune âge, pour qu'ils sachent bien que l'on peut être en compagnie sans être en partage.

Alors, il y a dans le ciel une limite invisible derrière laquelle dorment les anges, puis, tout le sérieux et l'aléatoire du monde, en des tendresses enfantines qui soulèvent le front de l'adulte, du vieux, de la grande détresse des êtres, de leur soif; elle qu'on ne consolera jamais, même dans des violences qui sont des rappels, autant de cris, autant d'insultes.

Vers les deux heures de l'après-midi, il ira se mettre en campagne et retrouvera les étoiles tombées du ciel, en de furtifs mouvements, en une chute brillante et rapide, de l'éclair du salut, entre choses et autres qui ne concernent que les rêveurs à moitié nus sous les effigies écarlates. Il partira se promener, sans parcours prévu, dédié à son errance, de la même sorte de hasard que le lion chassant l'antilope, projetant des pensées confuses sous l'éclatement solaire, sous le royal mois de mai, sous la saison qui est imprévisible et inconstante. Il passera près de l'école enfantine, pour s'émerveiller des joies qui parviennent, quand il aura contourné les saules – que veut-on faire, veut-on un partage ou un accaparement – veut-on l'appel de la raison ou l'appel des grandes déraisons, veut-on du ciel l'avertissement ou l'oubli, comme les témoins idolâtres qui comptent leurs sous avant de compter leurs devoirs, familiers des bénéfices et qui disent : c'est la démocratie, on est en démocratie. Il ira, comme n'étant de nulle part, comme étant de nulle audience, accaparé du doute des justes, et s'abaissant sous les injures des petits princes de sang délétère, de petites prières conformes aux avarices et aux assoiffements, comme l'étaient leurs pères et comme le seront leurs enfants, jusqu'à l'arrivée de la tempête, du feu originaire qui brûlera tout, en un grand tintamarre salutaire.

Chercheur d'émeraude et de pluies cristallines, il ira, méditant l'imprévu, tenace au raisonnement tel l'abeille à sa corolle, occupé de sagesse et folie, de la sagesse et la folie qu'il faudra bientôt enchaîner, tant est grande sa colère; puis son ministère aléatoire, derrière l'alignement des arbres, à l'ombre fraîche des marronniers d'audace et de perversion, à l'image du monde conscient de sa fausse vertu, puisqu'il n'y a ici de valeur que d'avoir. Ou alors, n'est-ce qu'un jeu, une farce, une inspiration satanique, un jeu de tricheurs, d'incrédules, de petits mandarins, un jeu de mesure sur des balances truquées?

Buvant le café et mangeant le pain, assis dans sa cuisine, épiant le dehors par la fenêtre ouverte, guettant un sens à ce qu'il voit, à ce qu'il réfléchit, guettant le sens extrême dans le silence extrême, veilleur d'images et de prières, accablé de fatigues anciennes, allé et revenu, témoin de la folie du monde qui a fait couche en lui, témoin de sa folie qui lui vaudra peut-être de mourir innocent, témoin du sens comme de l'oubli du sens – un silence intérieur doux et éprouvant à la fois, un silence comme une épreuve supplémentaire – et rien ne le remuera autant que sa minuscule importance, dans le désarroi autant que dans la dignité, il épousera les causes les plus nobles et se désistera peut-être pour les yeux d'une femme, d'une femme et de son corps, tel le seul sens de l'épreuve.

Le joueur de flûte s'est mis à sa terrasse, au matin radieux où l'on croit cueillir des roses, au matin de mai fourvoyé d'évidences. Il joue maintenant, une aria ou une fugue, indifférent à ce qui l'entoure, comme le savent les êtres vivant de leur seule audace, perdu dans sa pensée intérieure, accrochant à sa cause le jeu comme le silence. Il est élève au conservatoire et croit en sa chance. Il faut croire et entreprendre, c'est la seule folie pardonnable.

Il pensait pouvoir, plus jeune en âge, épuiser par la faveur du raisonnement ses angoisses et ses phobies de petit vivant – il n'avait pas ressenti encore la morsure des choses communes et son front ne portait pas d'injures – il pensait se faire fort et abouti tels les arbres de la cour de récréation qu'il visitait à l'hiver comme à l'été; les arbres, le symbole, le seul exemple à retirer de ces temps troublés – il pensait avoir des raisonnements qui mordent comme mordent les chiens ou les reptiles, et il était fait d'un bois tendre, braises et cendres, comme si l'ambition et la désobligeance étaient réunies en lui. Mais il n'aima pas l'odeur du couchant, lorsqu'un soir d'été, il fut averti et il pensa que la bataille serait rude. Et maintenant, il y a encore des gens pour dire que vieillir peut être d'une joie immense, d'une ferveur telle celle d'un aboutissement, une moisson en octobre, des roses en décembre; mais c'est un mensonge, c'est une fausse donne, il n'y a de temps qui passe qu'à rendre le cœur plus âpre encore dans ses perceptions, comme ces maisons dont la pierre vieillit avec la façade, et que tout n'est qu'architecture mal ordonnée. Un répit peut-être, une prière plus sincère, l'oubli plus tard, l'indifférence, l'avertissement au chant du coq, dans le premier matin du rivage, alors que tout ne peut être qu'alarmes et désobligeances.

Et dans un arrachement subit à la forme, dans une grande lassitude d'élaborer, dans une impuissance venue du plus profond du corps, il quitte sa table pour aller vers sa terrasse, inquiet de lui et du monde, du sort que l'on espère et de celui que l'on reçoit, là où le chant de la flûte sera plus fort, plus méditatif, plus élaborateur que le passage des voitures sur les rues d'alentour, il se fait rude de raisonnement, accompli de peurs imprévisibles, et son univers est un chantier que les maçons ont déserté. Il est là le musicien, en son univers guetté de bruit et de chaos, immensément porté par son aubade, par son art – c'est à la musique qu'il revient de dire les choses les plus accessibles et pourtant les plus profondes – et peut-être le nuage qui passe lui sera reconnaissant d'accompagner sa course, son hasard, sa folle entreprise d'être là et de passer, dans un chant unique, en ce lieu où de vieilles aventures humaines sont abandonnées à l'éclatant printemps de lilas et de sureau.

Il joue de son instrument enchanté, le musicien, prisonnier de son art et libre de toute la joie qu'il donne; il joue en hochant légèrement la tête de gauche à droite, puis revenant; ou alors de haut en bas, perdu et retrouvé dans sa partition, et l'hommage qu'il rend ainsi à la musique pénètre la maison toute entière, et on l'écoute, il donne sa part de vie, il se fait laboureur et semeur, il est authentiquement populaire, et la grâce qu'il donne est une disgrâce infligée aux sourds, à tous les médisants, à tous les accapareurs de prétendus sortilèges. Il joue encore de sa flûte à bec, cerné par les bruits de la rue qui ne le découragent pas, lui connaissant le temps et la mesure; et tout son corps bouge un peu, comme s'il voulait donner de la persévérance à ce qu'il interprète. C'est Bach ou Mozart, et tant d'autres qui enchantent toujours, qui sont éternels comme les hautes neiges, selon une humeur qui doit être baroque ou romantique, par de si vastes programmes réjouis, aux instants du matin, quand il fait beau et que la petite lune attardée touche enfin l'horizon. Jouer de la flûte pour faire taire la rudesse des choses, l'avarice des ayants droit et la lâcheté des foules oublieuses.

Il rentre le personnage, il veut ébaucher ses phrases, il veut construire et élaborer, avant que de remettre sa cause, et c'est le joueur de flûte qui le range du côté des créateurs, des gens prétentieusement attelés à l'art. Lui, il n'en demandait pas tant, il était modeste enfant, puis adolescent hébété, enfin adulte, de l'âge de la colère du démon, enfin quoi! il voulait créer, ça n'appartient pas qu'aux imbéciles. Son jeune âge d'espérances recluses en des sentiments, des idées qui l'écartelaient, qui le faisaient martyr, lorsqu'il s'opposait soudain à toutes ses déconvenues. S'il avait su, il aurait peut-être renoncé et il serait resté là à faire du pain et des pâtisseries pour les enfants qui riaient de le voir tout blanc. Mais l'orgueil, que sait-on de l'orgueil des êtres, l'insoumission, l'appel du silence, l'impossibilité de faire autrement sans se mentir, mû par un arrachement à soi, happé était-il par le souffle puissant de la muse, de l'incantatrice, par la force de l'archange libérateur. Et il faisait comme ces oiseaux qui perdent leurs plumes et les retrouvent aussitôt, il allait d'une saison à l'autre, grandissant, abandonnant une vieille parure pour une vêture plus neuve, et il arriva enfin que la maladie décida de son sort, lorsqu'il s'enferma, lorsqu'il décida de se démettre, et qu'il connut une désespérance plus grande encore, là où il pensait trouver le répit.

L'appel du silence en soi, la nuit, au fil des rues parcourues, la dignité qui se cherche, qui opère ses mesures; et puis, tant à prendre et tant à laisser de sentiments hantés, tant à laisser croire aux raisonnements qu'ils sont aboutis, que de fois ne fut-il pas dans le doute et le dégoût de lui-même; et ensuite, se reposer dans une modeste chambre, au bout du lac, la ville écarlate et incommode. Se reposer, se démettre, se refaire dans d'humbles chambres volées à l'indigénat; puis aller encore, rompre le cou à l'illusion, elle, revenue, insistante, farouche telle la louve, et le poing dans la poche – attendre, croire, il faut bien qu'un pareil orgueil serve à quelque chose dans la vie – reprendre, retourner dans le modeste logis décoré de femmes nues ou légèrement vêtues, ses seules maîtresses qui n'en étaient pas, qui lui soutiraient des jouissances de reclus; et enfin, le bruit des sirènes d'ambulances au loin, tout le temps, à chaque instant de la nuit, revenaient toujours à son oreille, et lui disaient la démence et le mal-être, la sirène des ambulances, comme une alerte en soi, comme un danger imminent, comme un effroi sur le cœur. Il n'y avait rien d'autre à faire que vivre – et c'est parfois un miracle – prendre vivre pour seul devoir, attendre, se faire une raison, traquer l'imaginaire qui était, à ces époques, une petite aune de révélations médiocres.

L'abandon à la vie venait le tenter parfois, comme il y a en chaque être, de telles tentations, le dernier courage à l'aube ou vers le soir, quand le soleil a disparu et que tout est dit du jour, la décision plus difficile à prendre que toutes les autres – il en aura eu des idées, il se sera paré de deuil à maintes reprises – puis, le courage lui revenait, l'obsession de la vie le reprenait, il appelait l'aventure, dédié à des croyances que personne, ni père ni mère ne lui avaient apprises, et il redevenait farouche en ses ambitions comme l'est le loup en ses chasses, comme le renard, la vipère, tout étincelait d'un orgueil nouveau.

Il aura livré bataille, il sera revenu de guerre, heureux et mutilé, pour rencontrer des gloires incertaines, se fatiguant les membres encore d'une impudeur toute accomplie de désespérance. Et vivait d'une dignité petite et pourtant vive, comme si elle lui survivrait. Maintenant, il est d'un âge redevenu heureux où il a enterré ses parents, père et mère – ô! le deuil de l'enfance, altéré et pourtant insoumis – et même, il commence à enterrer des amis, des connaissances, et toute absence qui est définitive est une absence inacceptable.

Le facteur est passé, rien pour lui. C'est curieux ce sentiment vague qui est d'attendre imperceptiblement quelque chose au courrier, la lettre d'un ami, un héritage ou le bonheur de quelque institution qui fait part de sa louange – que les choses qui aspirent au bien sont rares dans ce que l'on vit – mais il n'en est pas à ce cas pour aujourd'hui. Ce sentiment que beaucoup de gens partagent qui est d'attendre vaguement une attention personnelle, un envoi qui rassure de la bêtise du monde, tiens! même les factures; et il y a même un pédant qui a dit cette suite : pas de nouvelles, bonnes nouvelles! Il est vrai que les pédants ont tout dit, tout affirmé et fait état de tous les contraires aussi, bien évidemment.

La raison élémentaire lui reviendra, sitôt qu'il aura rejoint son étage, et qu'il aura bu un café au lait encore – ce breuvage de quelques illustres personnages et de tant d'anonymes, ce breuvage qui redispose chaque matin les populations des nations civilisées et autres ayants droit cachés derrière leur tasse et qui avalent, imprudents, jusqu'à l'amertume, jusqu'au malaise. Il n'est pas si vieux qu'il le dit, mais il est peut-être plus vieux déjà qu'il ne le pense, cependant que les excès de café et d'eau minérale rébarbative ne l'ont pas condamné encore à une ou l'autre maladie sérieuse que l'âge transmet, et transmet la sagesse aussi, bien que quelques-uns ont affirmé que l'âge est une faveur divine, un don du ciel, une aumône faite à des infidèles en quête de rachat et à des recroquevillés. Que faut-il croire encore, ou ne pas croire, assagi dans son parcours de bête fauve qui résiste au dompteur – on est toujours soumis à une chose ou à une autre chose, du regard des évidences, de l'éternelle attente du bien, comme si c'était un présage ou une invocation de bête sauvage qui ne tolère ni avilissements ni servitudes; égaré est-il sur un chemin de solitaire où il n'apprend rien des autres, et c'est ce qu'il veut, c'est ce que son sort lui a donné pour part exclusive, ce qu'il lui a fait croire, et il a oublié de penser que les compagnies des autres sont aussi les plus salvatrices, les plus inspiratrices d'idées et de concordances. Dans une danse maladroite de fierté semblable à celle d'un coq mexicain, il aura appris le mouvement, la certitude, l'orgueil, peut-être la damnation, la damnation et la certitude qui ne servent pas véritablement à l'homme; il y a la vérité et il y a ce que l'on sert, qui est autre, qui est appelé du nom de la virginité pour faire croire à la vertu, à une supériorité maladive quelconque de la vertu.

C'est un petit pays qui est la grenouille de la fable. Ils sont des hommes et des femmes qui ne se réjouissent de plus rien, qui ne s'émeuvent plus, qui n'ont plus d'enthousiasme, qui n'ont plus de joies profondes, semblable en cela à des femmes mortes. Parfois, on vote le dimanche, sur des sujets électriques, pour agréer la bêtise des gouvernants – ils parlent de démocratie exemplaire – et il n'y a rien d'autre à faire pour arracher les dents de la bête, il n'y a rien d'autre à faire que combattre dans son coin, et puis, ne plus croire quiconque ni personne. Est-ce la peine encore de croire, de s'atteler, puisqu'il faut appartenir à quelque chose, à un endroit de pitié universelle, à un témoignage crédible comme la pluie, mais est-ce la peine encore? Est-ce la peine encore de croire, ou bien, tout n'est-il pas perdu déjà, vendu au plus offrant, au dénominateur matériel, aux possédants hypocrites, à un petit cercle de profiteurs maudits par leurs biens; pays de résistance, est-ce la peine encore, ou faudra-t-il donner sa vie dans un combat qui fera reculer l'odieux. Pays de braises et de cendres, visages inconnus, visages d'ailleurs, le long des rues, envahissement, perte d'identité, vaut-il la peine encore de le disputer à l'ennemi venu tracer ici ses territoires de chasse. Peuple travailleur et accueillant, où devient-on encore un homme avec son orgueil et sa dignité, où est la part de dignité dont chacun est l'héritier légitime, pour un abandon à des vertus qui sont fausses.

Il aura le cœur meurtri par l'aventure du jour, ce soir, quand il veillera un peu sous le ciel défunt, à la promenade ou à la somnolence. Meurtri comme tant d'autres, mesuré à la même aune, au même sort des jours, à la même blessure, au même enchantement enfui, au même désenchantement résolu, surgi, parvenu, activé dont ne sait d'où, et qui est comme la rose fanée de septembre. De quelle heure faut-il donc s'enquérir, quel est le devoir qui reste, qui retire les images et anime les effrois mesurée à la même aune – et lui qui n'a pas compris sa tâche, qui ne l'a pas reçue, qu'on ne lui a pas accordé, qui ne sait pas du tout ce qu'il lui reste à entreprendre et qui reste là à interroger le ciel et la montagne, qui cherche une prière à la mesure de son accomplissement. On doit bien penser qu'un orgueil aussi farouche serve à quelque chose sur la terre. Et il ne demandera pas sa route au témoin des vertus.

Alors, une douleur intérieure le prend, s'empare de lui, il s'incline donc, la main vissée à sa poitrine; alors, il veut regarder l'heure à sa montre, mais il n'y a plus d'heure, l'heure s'engouffre au loin, l'heure est perdue – il n'y a plus d'heure à sa montre, et cela l'emplit d'une angoisse nouvelle, qu'il n'a jamais connue, qui lui est étrangère et pourtant familière, comme si elle le guettait depuis toujours, une douleur comme une affection, comme une belle visiteuse; et il a du plaisir et il a de l'angoisse. Quels sont ces sentiments qui lui viennent, âpres et doux à la fois, en quel univers pénètre-t-il, dont il se souvient soudain, qu'il a connu en rêves, et la réalité, le souvenir et le rêve s'enchevêtrent, pense-t-il, dans une mesure ultime, comme à un abandon, à une jouissance dont il n'a pas la trace mentale en lui. Pourtant, il continue d'être à ses pensées, il continue de chercher quelque chose qu'il a dans la tête et dont, tout épris, il ignore le sens, et dont toutefois l'importance qu'il s'en fait lui semble être dans l'état d'une grande urgence.

Est-ce printemps ou automne, est-ce mai ou novembre, est-ce joie ou deuil, est-ce tristesse; l'importance de l'heure lui échappe, où est-elle enfin, que se passe-t-il donc de si émouvant, qui donc a volé l'heure à sa montre?

Il doit y avoir un coupable dont il ne sait pas la forme, l'audace, l'inconvenance. Alors, il semble aller vers un vertige ancestral, et toutefois primordial aussi, il semble aller vers la part d'ombre qu'il a toujours portée en lui. Mais ce ne sont que des impressions, de rapides passages d'idées, de suite d'idées imprévues, inconstantes, il a déjà connu cela au cours de sa vie, croit-il savoir, il a déjà été averti, il n'est pas surpris; cependant l'heure devient soudain importante, réprime la raison et fausse l'état élaboratoire dans lequel il était auparavant. Ce même sentiment qui ôte leur importance aux raisonnements.

Il pense alors au clocher, le clocher là, au milieu du paysage – il court à sa terrasse et de sorte surpris; mais non, il n'y a plus d'heure au clocher non plus, plus de quoi prendre connaissance de l'heure – c'est un complot, c'est un coup des Chinois, peut-être même des Arabes, enfin c'est bien la farce de quelqu'un – rien d'autre qu'une désespérance inépuisable qui l'emporte, le confond à la morbidité des faits.

Et rien pour le reprendre, aucune solution abordable, rien d'autre qu'un grand dépit et une forte amertume au fond de la gorge. Ce ne doit pas être grave, il raisonne, il se prend à réfléchir effectivement, il pense que le matin, la première aube surtout était belle et que c'est ce qu'il doit retenir du jour. L'heure volée au clocher! Dans cette région de nulle part où il est bien trois ou quatre fois minoritaire, unique et pourtant semblable à toutes celles qu'il a vues, il ira à la promenade cet après-midi; et qu'à contempler le monde qu'il rencontrera, il prendra des forces, et pour quelques petites faveurs qui lui seront dues, il lui arrivera de se consoler de ne pas en vivre de plus grandes. On verra bien ce qu'on verra. De quel bois se chauffent ces jeunes hurluberlus plaisantins? De quel métal sont-ils faits pour ainsi emmerder les autres?

Les hommes, lorsqu'ils croient simplement un peu, qu'ils ont fait une prière ou qu'ils ont lu un verset biblique; ou lorsqu'il leur arrive quelque chose d'étrange, lorsqu'ils font la guerre et qu'ils espèrent en des victoires décisives, ils mettent Dieu de leur côté, ils s'en emparent farouchement; et Dieu qui est ce qu'il est, il ne dit rien, il se tait, il reste muet, et, de sorte, il laisse le champ libre à tous les accaparements. C'est ainsi qu'il fut toujours.

Lui aussi, il met Dieu de son côté, le prend à témoin de ce qu'il lui arrive, à défaut de savoir faire sa volonté, il accapare Dieu; ce n'est rien d'autre qu'une manie humaine très répandue.

Il se calme, il se tranquillise, il n'attache pas tellement d'importance à l'heure qu'il est. L'heure qu'il fut et l'heure qu'il est, on peut se passer de le savoir; quand il était jeune, il vivait sans montre et il n'est jamais arrivé en retard, et plus, il avait le souci moins lourd qu'aujourd'hui. La singulière manie que de porter cet attribut au poignet. Il n'y a plus d'heure, soit! De grandes civilisations ont vécu sans l'importance de l'heure, et leurs heures les plus glorieuses se sont passées dans l'ignorance du temps, et c'était un luxe qui n'en était que plus grand. On ne va pas prendre l'heure pour Dieu même, ce n'est pas Dieu qui a inventé l'heure, il ne les a pas inscrites – les heures de joies et les heures de reconnaissances – dans des tabelles aussi importantes qu'un commandement. Ce sont les hommes qui ont décidé de l'heure, pour se donner de l'importance et pour faire timbrer les ouvriers dans les usines, au petit matin de la déchéance.

Il n'y a rien de sacré qui soit attaché à l'heure, sinon les baisers des amants lorsqu'ils doivent se quitter et que la peine émerge; l'heure est plutôt une invention satanique; c'est l'orgueil des hommes qui a voulu se faire croire une fois de plus, en inventant la seconde, en tous cas, pas même invention des saints ni des apôtres, puisque les heures et les minutes n'entrent dans le devoir humain que lorsqu'il a paru important de mesurer le temps aux autres, depuis l'enfant qui vient de naître jusqu'au condamné qu'on va chercher dans sa cellule.

Il lui reste une deuxième montre à consulter, elle est à l'office dans une boîte de chocolats vide, sur elle pas d'heure non plus; une troisième montre, pas d'heure du tout. Il n'est pas bon de se moquer des fidèles, de ceux qui peuvent se considérer comme des justes. Est-ce un décret de Satan qui vient de tomber sur lui? Est-ce une malédiction subite qui le cerne; peut-on croire qu'il n'y a plus d'heure, alors que tout fonctionne, que tout est organisé, que les voitures passent et que les trains sont à l'heure, mais eux, où la prennent-ils donc?

Ce n'est pas très important, mais que c'est agaçant qu'il n'y ait plus d'heure; est-ce une farce, un mystère, une épreuve que cette circonstance à laquelle il est condamné; qu'est-ce qu'il y a donc de caché derrière cette dormante farce, veut-on lui faire croire qu'il ne donne véritablement qu'à lui, est-ce une morale qu'on lui soumet, et que c'est son orgueil qui lui ôte la faculté de mesurer le temps, comme si on voulait le punir de ne mettre d'importance qu'en son rôle? Que veut-on lui faire admettre, de qui est ce mauvais goût, quelle est cette énigme qui le tracasse davantage qu'elle ne l'interroge, que veut-on lui faire croire, sinon que le temps est court, qu'il est mesuré, qu'il est semblable à la forme que prend l'angoisse devant la tombe et les grands froids de l'infini, du commencement et de la fin, qu'il faut se résoudre à ce que le temps passe, à ce qu'il conduise au néant, et que mourir est la seule fable à laquelle on doit croire. La part terrestre et la part divine. Le fécond et le transitoire, le certain et le doute.

Il est intrigué, cette heure qu'il n'a plus à sa montre, cette heure qu'il a perdue, et peut-être ne reviendra-t-elle plus; l'heure du rendez-vous avec l'aimée, l'heure divine du rendez-vous avec la femme, la femelle dominante. Il y a des circonstances honnêtes et des circonstances malhonnêtes, il ne faudrait pas lui faire croire qu'il est un petit saint déchu, un petit saint besogneux.

Parfois, c'est l'amertume qui monte à la bouche, qui fait la saveur de la gorge, de l'avalement, cette part d'ombre, cet enfermement dans un corps étranger, tel le sort du sourd ou de l'aveugle, à un angle de la chambre – et cette respiration qui lui est lourde, comme si le tiède printemps l'éprouvait encore plus, comme si l'aube n'était pas venue, et que la beauté de la terre lui était subitement retirée, toujours plus âprement dans les délits du jour, alors que tout s'accomplit et que tout est mesure de beauté étourdissante.

Y a-t-il de la vertu à regarder l'heure, à prendre possession du temps? Probablement, et c'est peut-être un miracle avoué que cette heure au clocher ou cette manie du poignet – il faut qu'elle manque, et alors, on prend garde à son importance, il faut qu'elle ne soit plus là pour mesurer la joie profonde qu'elle donne ou l'angoisse profonde aussi – comme s'il ne le savait pas; et puisqu'il vient de l'apprendre, il s'en avertira à la prochaine occasion. Ou alors, il devine encore, c'est peut-être une maladie qui est faite pour châtier les poètes imprudents – les ouvriers dans les usines aussi regardent l'heure et il est encore des imbéciles pour faire croire qu'ils n'élaborent pas – une maladie comme un inceste, à ceux qui oublient que le temps est ouvrier, impérial, imprécateur, et qu'il est comme les gens riches, il demande du respect, mais on sait bien que c'est une aubaine pour l'un et de l'orgueil avarié pour les autres.

Il pense que c'est une sorte de vanité soudain que d'ignorer le temps, un phénomène qui n'atteint que les jaloux et les envieux; et la rupture lui est venue au cœur, dans le souci et l'avilissement, la courbature. Il n'ira pas plus loin dans l'agacement, mais qu'est-ce donc que cette tempête qui s'est soudain levée à son front, qui lui courbe le dos, à l'entendement averti et pourtant soucieux. Il pense alors au musicien, au joueur de flûte; mais bien sûr il doit connaître l'heure lui, de ce fait, il court la lui demander. Il abandonne tout, soucis et désappointements, et se fait en chemin une conscience de ne plus se laisser abuser s'il lui arrive encore une pareille aventure et mésaventure.

Il est derrière la porte du musicien – ils se connaissent un peu de vue, mais ça n'a pas le poids d'une amitié, il lui fera part de son respect pour sa musique – il frappe trois grands coups donnés par une sorte d'angoisse qui le maltraite, qui l'induit en énervement.

Au musicien qui ouvre la porte, il demande, faussement aimable : – bonjour, quelle heure est-il, quelle heure avez-vous, j'ai perdu ma montre ! Le musicien est étonné, surpris dans une mesure qu'il ne cache pas, s'avise encore, puis dit : – attendez un instant, je vous prie, je cours à mon horloge, il est, il est, attendez voir, mais c'est surprenant, je ne peux plus lire l'heure, je n'ai plus d'heure, ni à ma montre ni à mon horloge, et moi qui ai rendez-vous au concert de l'après-midi, je ne sais pas qui peut me jouer une farce pareille, je suis troublé, je ne sais pas l'heure qu'il est. Le personnage principal éclate alors de rire : – ah ! à vous aussi, c'est exactement ce qui vient de m'arriver, plus d'heure ni aux montres ni aux clochers, plus d'heure du tout, c'est surprenant, conne vous dites ! Le musicien réfléchit un court instant, il tente de se rassurer lui aussi : – oh ! vous savez, les églises n'ont jamais su très bien annoncer l'heure, vous m'approuverez probablement si je vous dis que pour moi, les Églises sont toutes ma grande déception, les Églises, oui, surtout celles que nous avons sous ces cieux. Le flûtiste est jeune encore, entre voyelles et consonnes, entre vingt et trente ans, la chevelure noire et un léger accent qui trahit une origine méridionale ; il a aussi l'esprit et l'âme à épiloguer sur ce qui lui semble être le bien et le mal, et c'est rassurant, tout en lui rassure, et il a de la bonne foi à revendre, tel le meilleur des vendeurs de tapis.

Le personnage principal se tait soudain ; qui donc joue cette grande farce, est-ce un complot politique ou religieux, est-ce que ce sont des crétins qui ont envahi le pays, une sorte d'étrangers farouches qui réclament plus qu'on ne peut donner ; ou alors, la complaisance des marchands qui veulent accaparer un nouveau marché, une réclame d'économistes, il y a de quoi réfléchir, est-ce une drôlerie ou une sommation ? Il laisse le jeune homme parler, habiter ce pays où l'on donne si peu la parole à la jeunesse, sinon pour ne pas l'écouter quand elle parle. Le jeune homme parle, il fait part de toutes ses déceptions ; mais il sait rire aussi, c'est fait, ils rient tous les deux ensemble de la bonne plaisanterie qu'on leur fait et qui mettra le monde en émoi.

Pour une surprise, c'est une surprise, on se croirait démuni de tout, comme si l'on était véritablement pauvre soudain, même si on n'a jamais été riche ; il n'y a pas à dire, l'heure et l'importance ignorée de l'heure, il n'aurait jamais imaginé devoir tant de gloire à une montre qui ne donne même pas le cours des lunaisons.

Déjà l'atmosphère du matin qui était lourde, on dirait qu'il souffle un peu de fœhn, comme en des alpages enserrés de montagnes, et puis maintenant cet événement, on dirait qu'on est fait de rien, qu'on est nu, de la petitesse de la démocratie que l'on a, et qu'on n'a pas d'arguments pour l'expliquer, pour le croire, comme si le monde était enfin une surprise !

Ils s'interrogent tous les deux, bavardent encore, se désillusionnent, s'indignent et rient gravement, de la même sorte de rire que des gens surpris à ne rien faire, comme si faire était la seule vertu du monde, l'essentiel de la vie. Une sentence, tiens ! une sentence : les protestants n'ont pas bâti beaucoup d'églises, et, avec leur obsession du travail, de la sainteté du rendement, ils ont fait quelques riches, mais ils n'ont pas fait ni des justes ni des saints. Le musicien ajoute : – avez-vous vu les banques actuelles, on dirait que ce sont là les nouveaux sanctuaires de la foi, enfin, de la foi qui se pratique aujourd'hui ; il n'y a pas à dire, le veau d'or l'emporte sur la croix, croyez-vous que l'on échappera à la colère de Dieu avec nos mesures incrédules ? L'un d'eux subitement a une idée : – et si on allait voir chez les voisins, pour la forme, simple histoire de rigoler et de leur apprendre ce qu'ils ignorent peut-être encore ; ah ! la tête qu'ils feront, eux qui croient toujours que la volonté de Dieu est aussi la leur, je vous assure, il y a de quoi se réjouir encore, allons-y !

Sur le palier, ils frappent à la porte et croisent en même temps un regard entendu. C'est une voisine qui prépare le dîner pour elle et son mari, lequel est aux bus de la ville ; mais, quand saura-t-on qu'il est midi, les bus doivent bien être bloqués quelque part ? Elle est là, sur son pas de porte, un ustensile à la main, qu'elle aura sans doute oublié de déposer à sa place, parce qu'ici, on est en Suisse, et c'est ici qu'on donne des conseils ! De la mesure du possible, dans ce pays neutre et pourtant envahi. A l'interrogation contrariée de la femme, l'un dit : – nous sommes très embarrassés, mon ami et moi, de vous déranger à cette heure, mais pourriez-vous nous dire l'heure qu'il est ? Et ils se regardent en souriant l'un et l'autre, complices de la bonne farce qui cache mal leur première contrariété. Attendez, dit-elle, un petit instant, il me faut aller consulter le coucou du salon, je n'ai pas de montre, j'ai toujours le temps juste dans ma tête, mon père était horloger, un instant, juste un petit instant ! Ensuite de quoi, elle va, et ils attendent d'un air entendu, ça sent bon le rôti chez elle, simplement dit pour être remarqué, puis elle revient bientôt : – mais ça par exemple, c'est une plaisanterie que vous me faites, il n'y a plus d'heure au coucou du salon ! Alors, les deux amis éclatent d'un rire inaltérable, d'un rire franc qui les chahute de gauche à droite et de haut en bas.

La situation est déjà plus claire, le ciel se dégage, ils ne sont pas les seuls à être confondus dans ces circonstances que personne n'explique. Cela les soulève d'un rire salutaire, un peu semblable à ce rire qu'ont les enfants dans la cour de récréation, lorsque la farce aboutit. Le conducteur de bus, mon Dieu ! que de sérieux ne mettra-t-il pas à élucider le mystère, de quelle farouche humeur ne sera-t-il pas pris, quelle offense ne fera-t-il pas à Dieu et aux saints ! Et cela les emporte d'un rire qui se renouvelle, qui les secoue comme on secoue les sacs de farine, un rire qui ne les abandonne pas.

Un des deux se ressaisit toutefois : – c'est une immense mascarade, il faut en appeler à la police, à l'État, à l'Armée, pour une fois qu'elle servirait; c'est un complot, une affaire nationale, qu'en sait-on, c'est peut-être un ennemi qui en veut au pays, ah! mais quelle journée. On ne peut pas astiquer les fusils et voir venir l'ennemi, vous voyez, ils ne sont bons à rien; il faut enfin aller à ce qui est important.

On ne doit pas croire qu'on a Dieu avec soi parce qu'on lève de temps à autre les yeux au ciel, il ne faut pas, menteurs, dire cela. On ne dérange pas le Ciel en vain, c'est toute une autre aventure, Dieu; et l'on ne doit pas prendre la foi qu'on a pour une élévation, et ne pas prendre non plus son orgueil pour de la foi, et, de sorte, croire que l'on est élu parce que, une seule fois de sa vie, on a joint les mains ou on a fait semblant. Dieu est une autre aventure que celle de la religion, il ne faut pas croire, on n'a pas le Ciel parce qu'on a un peu de bravoure, d'orgueil rassasié; un peu de confession, un peu d'honneur, il ne faut pas croire.

Toujours pas d'heure nulle part, on dirait qu'il se fait un grand silence sur le monde. Le flûtiste en laisse tomber ses bras sur ses genoux : – on verra, on verra bien qui est le coupable; mais si c'est une farce de la Municipalité, je le prends très mal, on n'a pas idée d'emmerder les gens sur un sujet aussi important que l'heure qu'il est; j'ai bien peur maintenant de manquer tous mes rendez-vous, et pour voir, simplement pour voir, si on allait chez l'autre voisine de palier, c'est une femme sérieuse, peut-être verra-t-elle mieux que nous dans ce désert mental, dans cette confusion qui gronde, qui grogne, cette confusion de sentiments que j'ai en moi.

L'autre voisine répond au coup de sonnette des deux amis. Elle apparaît sur le pas de sa porte, toise bêtement la compagnie et dit sur un ton rancunier : – mais quelle heure est-il donc, je n'ai plus d'heure, j'ignore l'heure qu'il est, il n'y a plus d'heure à l'horloge de ma cuisine, c'est un peu angoissant, je parie que c'est vous qui avez fait le coup? Un des deux amis : – ma pauvre dame! si vous saviez; on est à peine sorti d'une catastrophe qu'il nous en arrive une autre, il n'y a rien à comprendre pour le moment, nous sommes effondrés! Elle : – mais il ne faut pas, remettez-vous, ça ne se passera pas comme ça, je vais voir chez madame Weber, son mari est policier, il saura bien l'heure qu'il est, si nous n'avions pas tous ces marauds, cela ne nous arriverait pas; allons chez madame Weber, des braves gens eux, d'abord c'est l'heure qu'on nous prend, et après tout le canton, tout le pays. Mais qu'ils aillent donc tous se faire foutre!

La petite troupe des concernés, des victimes du grand effroi, des citoyens en rupture d'audience descend l'escalier, c'est à l'étage au-dessous qu'habite le policier – il faut faire de l'ordre, on veut de l'ordre – et tout l'escalier résonne de leur précipitation, du martèlement de leurs pas, ce qui ne s'était jamais produit, et cela depuis des temps reculés, des années d'indigence et de pudeur, le désordre, cette atmosphère, ce va-et-vient qui trouble soudain les consciences, cette gravité de l'heure, si on la connaissait, mais puisqu'il faut s'en passer, il arrivera peut-être quelque chose de déterminant chez madame Weber, que sait-on!

Il n'y a pas besoin de faire du mal aux gens pour qu'ils vous portent rancune, pour qu'ils vous en veuillent; il suffit d'être là, de paraître, anonyme, innocent, n'ayant rien commis, silencieux, de dire simplement bonjour et déjà ils vous en veulent, déjà ils sont antagonistes, adversaires, ennemis, comme si vous les aviez surpris de doute, d'insultes, comme si vous leur aviez déjà infligé une tracasserie, une contrariété. C'est étrange et falsificateur ce dont quoi sont faites les pensées humaines; on n'a rien dit et ils ont déjà une opinion, ils vous ont déjà jugé.

Et voilà qu'il y a des gouttes de sang sur l'escalier, là, c'est pourtant vrai, des gouttes de sang, du vrai sang – on reconnaît tout de suite la couleur du sang véritable – des gouttes qui perlent, des gouttes qui parlent, qui hurlent plus que tout – il le fait remarquer à sa petite suite, on crie, on s'étonne – et quel drame vit-on, du sang, mon Dieu, du sang, de quoi avertir les consciences les plus retenues.

On dirait que le sang les regarde, qu'il les accuse; mais au fait, c'est peut-être un crime, un assassinat, il faut remonter le temps; il doit s'agir d'un meurtre, mais de quoi donc se surprendre par les temps qui courent, dans la maison d'un policier, il y a de quoi douter de tout. Mon Dieu, qui a osé, est-ce possible, du sang répandu, comme si on était en état de guerre; et peut-on le dire sans crainte de se tromper, on est en état de guerre, l'ennemi est là. L'immense part d'ombre qui vient de naître sur les esprits! Quelle stupeur, quel émoi, qui donc a osé conduire l'irrémédiable à son terme, de qui donc est ce sang rouge tel du sang; et on dirait qu'il y en a partout, répandu, renversé comme d'un sac d'une orgie meurtrière.

Cependant, alors qu'ils sont là à se regarder, à exprimer de l'effroi les uns envers les autres, la minuterie de l'escalier éteint la lumière, subitement, et ils sont tous dans l'ombre, ils sont tous pris de frayeur, et quelqu'un doit remonter ou descendre, dans le but d'actionner le courant électrique, il faut faire quelque chose, on ne peut pas rester ainsi dans le noir, à se regarder sans plus se voir.

Il n'y a plus maintenant de quoi faire marche arrière, le mal est fait, il est commis, il s'est produit, il faut le sacraliser comme le fera la Justice, dans son ample devoir; mais d'où vient cette bêtise de raisonnement qui est de toujours faire croire qu'on peut minimiser les choses? Et le ragot court à perdre son souffle : – police, polizei, polizei, policia! Les mots qui surgissent de toutes parts dans l'escalier – ausländer, ausländer, étrangers, étrangers, asylante, asylante – des mots que murmurent des bouches connues et inconnues, les mots soudain surgis de bouches proches et lointaines, dans tout l'escalier, à chaque étage où les gens sont sortis de leur logis, on dirait que l'escalier est devenu l'agora. Là-haut, vers le sixième étage, une femme crie : – achtung, blut, polizei, polizei, achtung, ausländer, ausländer, – le sang sur l'escalier, quand la lumière est revenue, quand quelqu'un a fait de la lumière, on peut vivre à nouveau; mais quelqu'un de fâcheux a éteint, la minuterie ne fonctionne plus, c'est l'ombre, les ténèbres, un vieux dit : – heimat, vaterland, heimatland, volk und heimat, volk und land, peuple et patrie – un autre, un homme ni jeune ni vieux : – vous êtes tous des menteurs, vous m'avez tous trompé, je n'ai rien à attendre de vous, vous m'avez caché la moralité du monde, vous êtes tous des menteurs avec votre démocratie – lumpen, lumpen, heimat und arbeit, arbeit, arbeit ist gesundheit – pourquoi ne travaillez-vous pas, que faites-vous toute la sainte journée, ah! vous rêvez, profiteur, profiteur, engeance à vivre de la sueur des autres, warum, warum, profiteur – et la maison entière est à sa porte, l'escalier ruisselle de mots, de murmures, d'imprécations, pareillement à un champ de foire, ils et elles sont tous là, accoudés à la balustrade, leur bouche vomitive, leur bouche grossière et profanatoire, les vieux, les vieilles, la moralité du monde populaire est là – arbeit, heimat und arbeit, arbeit macht frei, achtung, blut, lumpen, profiteur, pourquoi ne travaillez-vous pas, c'est une honte, de mon temps, de mon temps – le personnage lui-même se met à crier – salopes, salopes, extremismus, hund, hund, friedhof, friedhof, fascismus, fascismus – on est dans une confusion générale, on dirait que l'escalier de la maison, du parterre jusqu'au sixième étage, est devenu une volière d'oiseaux exotiques où chacun hurle et veut rendre des comptes trop longtemps contenus dans des sortes de pudeurs malsaines, vomitives, exutoires enfin – kapitalismus ist fascismus, liberalismus ist kolonialismus, merde, merde, actionnaires, actionnaires – vous êtes tous des chiens pisseux qui avez peur de votre ombre, vous n'aurez droit à aucune rétribution divine, vous servez de faux dieux, on vous enterrera tous, vous aurez bientôt fini de moraliser, on ne fait pas de moralisme quand on n'a aucune morale – de haut en bas de l'escalier la rumeur court, elle s'amplifie, ce sont des injures qui sont prononcées, un immense théâtre d'injures d'un étage à l'autre, comme la fontaine aux sept vasques du parc municipal, c'est un déversement de multiples chutes d'injures, et quelqu'un a entonné l'Internationale, c'est le flûtiste, il chante lui, par-dessus tout – vous avez tous menti, vous êtes tous des menteurs à cause de vos petits sous, vous avez servi de faux dieux, vous n'aurez jamais mon respect, vous avez tous vécu de fraudes, vous êtes tous la merde que vous allez redevenir, chiens et chiennes sans moralité, dans votre gouffre spirituel, vous ferez de la cendre noire, votre siècle est un siècle de damnés, de menteurs, de faux témoins – le personnage hurle tout ce qu'il contient de rancœur, il s'est fait d'une rage subite et intemporelle, il se fait insulter et il insulte à son tour, mais qu'importe, c'est une sorte de déclaration de guerre à laquelle on assiste, les mots sont des armes, et les gens civilisés n'oseraient pas les répéter – littérature, imposture, profiteur, singe, nous n'avons pas besoin de vous, nous savons dire nos prières nous-mêmes – porcs, truies, chiens et chiennes, vous irez tous au néant, vous êtes faits de fausses importances, personne ne vous regrettera, ni parentés ni enfants – on ne s'entend plus, tout gronde, les murs grondent, c'est un étincellement d'injures vieilles comme le monde, de la même tradition de l'éternité, du même sens de la haine trop longtemps contenue, et s'ils n'avaient que ça à dire, ils se tairaient, mais ils parlent, ils ont les mots qu'ils n'ont pas osé dire de visage à visage, tels des craintifs qui cachent leurs craintes dans la peur de soulever celle des autres; ils n'ont rien osé dire, et maintenant, dans l'ombre complice, pareils aux lâches dans l'anonymat, ils crachent, ils vomissent leurs mots, et les paroles s'envolent, se confrontent, on dirait des épées sorties de leur fourreau, en d'autres lieux, le sang viendrait se mêler à sa source – à quoi croyez-vous, gens de la bêtise du peuple, que c'est le travail qui enrichit; mais non, c'est le vol; existe-t-il une seule autre chose pour vous si ce n'est que de croire à l'argent, à la possession, l'argent, geld, geld, gold, gold, vous n'avez que ce souci, vous chiez et vous regardez encore si votre merde n'est pas de l'argent, vous êtes faits de croyances infâmes comme celles qu'ont les reptiles, vous n'aurez aucune rétribution pour votre folie, le monde ne vous appartiendra jamais. Un homme de grande vertu, soudain enragé : – et toi, hund, hund, tu seras comme la chair des chiens crevés, tu crèveras de mendicité au bord du chemin, et il n'y aura personne, ni père, ni mère, ni frère, ni sœur pour te relever, tu auras un tombeau de chien – ja, ja, aber, aber, moi, j'aurai tenté d'élaborer pour sortir le monde de son ornière tragique, disgracié des hommes mais consolé de Dieu; moi, je serai debout jusqu'aux derniers de mes instants, j'aurai lutté pour racheter le monde de son mensonge historique!

Qui est l'imprécateur, celui qui fait de ses vérités la vérité du monde, ou est-ce celui qui refuse l'indignité? Mais soudain, on entend crier une voix qui est plus forte que toutes celles des autres, une voix dans l'escalier au parterre, et qui fait taire l'assistance, une voix tumultueuse et exercée, un peu comme une voix de militaire aux armes dans les champs, une voix qui se permet d'injurier le peuple. C'est le policier, de retour de son service, qui est là, au bas de l'escalier et qui gueule : – hé! hé! was ist los, qu'est-ce que vous avez tous à être là et à gueuler comme des perdus, c'est une révolution ou une mise aux enchères, rentrez chez vous, c'est un ordre, befehl ist befehl, rentrez chez vous et foutez-moi la paix. Mais le flûtiste, à peine le policier est-il content de son effort et de son effet, le flûtiste qui est un homme courageux et qui n'a pas peur des atermoiements des violons, le flûtiste élève la voix : – tout d'abord une question, quelle heure est-il? Le policier est surpris de la question, il revient sur ses pas, interroge de manière muette l'assistance, considère le flûtiste de haut : – mais voyons! il est midi, quelle question, il est midi, vous n'entendez pas sonner au clocher, regardez donc votre montre, il est midi, et je veux que le monde soit en ordre, je vous dis qu'il est midi!

Alors, c'est un grand soulagement dans toute l'assistance. Tout s'apaise et tout redevient d'un ordre normal des choses. On entend remuer, on entend des soupirs et des regrets; des excuses sont marmonnées, on dirait que les choses sont à leur place, il n'y a plus de contestation, c'est midi, comment n'y avaient-ils pas tous pensé, est-ce l'insulte encore ou est-ce déjà le regret de l'insulte. Quelle bonne nouvelle, c'est midi aux montres comme aux clochers! Alors, les gens quittent l'escalier, ils taisent la calomnie, ils rentrent chez eux, confus de leurs grognes et de leurs paroles; et l'on entend les portes se fermer dans une hypocrisie retrouvée; puis, les serrures font tourner les clés, et tout retourne au silence, à l'habitude conventionnelle des jours. Tous des gens repus d'avoir osé dire que le monde est le monde, et qu'il n'appartient à personne. Il subsiste une espérance peut-être, de le remettre de ses fatalités, mais il faudra réfléchir, aborder les problèmes et dire aux femmes qu'elles sont plus de la moitié du monde. Et tous sont rassurés, et la maison retourne à son silence, le personnage rejoint sa table, le musicien son instrument, et le policier content se prépare à manger sa soupe, en parlant à sa femme qui est une ménagère exemplaire – et c'est bien là le travers de toutes les ménagères – faire la soupe et la servir, et n'entendre rien d'autre qu'un compliment sur l'état des assiettes, rien d'autre que cela et qui doit être une bien piètre consolation.

De quelle bonne humeur n'est-il pas soudain relevé, le personnage principal à sa terrasse, et qui regarde l'horizon, la parure des choses et des images, l'horizon proche et celui plus lointain de la montagne. Il savourera sa soupe en son éternité retrouvée, il mettra l'eau à bouillir pour le café, il aura de grands gestes, en chantant, des gestes comme ceux d'un fou ou ceux d'un racheté. Il relira le monde comme s'il relisait un livre aimé. Ce n'est pas que l'événement soit grave, mais il avait oublié d'éteindre la radio et l'heure des informations est passée.

Il est allé, il est venu, reparti puis revenu encore, le cœur à moitié chancelant : – voir le monde, s'émerveiller de la beauté du monde en son accomplissement – dans ce pays qui ne vaut plus la peine d'être disputé aux bêtes; et maintenant, il est derrière sa porte, le souffle un peu court, la porte de l'amante aux caresses fertiles, fécondes, il sonne. Moment d'attente et déjà plaisir, émerveillement du cœur et de l'esprit, des sens. Sera-t-elle là, à cette heure du soir où il a l'habitude sereine de la rencontrer, et puisqu'il a rendez-vous, que l'élue lui a fait signe, il se réjouit comme l'enfant devant la tourte, d'entendre le son de sa voix, de la regarder telle qu'elle se sera faite en ce crépuscule qui inonde les yeux de son sang, de l'estimer du haut en bas, sans honte et sans panache, lui qui a plus d'une patience pour la retrouver, dans l'absolution des démons.

Il y aura son parfum dès l'entrée, dès le petit reposoir, et ce n'est pas la moindre des séductions, toutes les plus belles courtisanes ont usé de cet argument. C'est l'envie de la chair qui est déjà à son écoute, ce totalitarisme de l'odeur tout alentour répandu, qui ouvre le royaume de cette maîtresse qui a le souffle plus long que toutes les autres séductions élémentaires. Le miracle de l'odeur, à chaque fois pareil et à chaque fois réinventé, indissoluble d'une ferveur qu'il range parmi les troubles les plus essentiels de l'existence – revenus et réintroduits, aussi pareil à sa voix intérieure, pareil à ses sens que l'instant réveille à la nature du ciel.

Personne pour l'instant, il attend, il écoute, il tend l'oreille vers l'intérieur de l'appartement, et cette impatience qui le gouverne déjà, qui lui institue une âme étroite et mensongère à la fois. Quel est ce temps qui passe hors d'elle, à quoi bon du temps à attendre, alors qu'il allait la retrouver et déjà, comme elle est présente et absente, dans le raisonnement qui cherche, qui invoque, qui pèse l'aventure et la déshonore, en ce même sens de l'être reconduit qui souligne une impatience et qui éveille déjà de la rancœur, il attend. Il faut la connaître pour la juger, elle n'a pas le temps dans sa tête, elle est d'une insouciance que lui font pardonner sa pudeur et son impudeur. Et pourtant, ce n'est pas dans sa manière que de le faire attendre – mais qui au monde connaît véritablement les manières des femmes – elle ne le traite pas sans égards, mais, quelles sont ces idées de la juger déjà, il se réjouit, elle va venir d'une seconde à l'autre. C'est ce siècle où toutes les illusions ont été perdues, le siècle de l'impatience, des fausses vertus, et il n'y a que l'argent qui contente encore ceux qui le possèdent. Il presse sur le bouton de la sonnette, encore une fois, presque gêné et presque emporté de son insistance, son impatience qu'il conçoit comme un remède à son attente. Rien ni personne, de quoi désespérer. De la déception des choses qui fuient, que le destin emporte, de la déception de la légèreté des femmes, de la déception du temps qui s'écoule, du temps que rien ne peut retenir, à cet âge parvenu est-il d'une petite sagesse qui reste la sœur d'une petite folie.

Toujours ce silence, pareil à l'insulte, pareil au refus, au reniement, tel le goût, au fond de la gorge, qui est d'amertume et d'indécision. Personne, et le monde est dépeuplé, rendu sournois, c'est une profonde déception qui le remue, l'enveloppe, le chagrine déjà. On dirait un silence millénaire qui est accroupi là, derrière la porte, qui s'est installé et endormi en ce lieu de ses précaires épousailles, le silence qui soupire et que rien ne découragera, semble-t-il. Pareil au silence du désert, à la grande multitude des espaces et des étendues, dans le premier découragement. Il insiste, il sonne encore une fois, il attend, rien, rien qu'une porte muette, et ce silence aussi profond que le ciel profond, comme la mer, et de sa patience surgit l'impatience, la dureté de l'impatience, on dirait un grand gel sur les premières floraisons – et de son amour pourrait bientôt surgir la haine, c'est vite fait, c'est vite arrivé, vite survenu, et c'est aussi implacable que la morsure d'une bête fauve. On en pense ce qu'on veut bien en penser, mais c'est fâcheux que cette circonstance et son déroulement, il faut bien en convenir, c'est fâcheux, cela endolorit le cœur; mais toutefois, ce n'est rien de grave, l'instant demeure, ce doit être un oubli, une déformation mécanique de la précarité des jours et de l'heure; peut-être est-ce l'habitude perdue, par de nouvelles générations, d'être à l'heure, le démembrement d'une chose, ou d'une autre chose, qui fait que l'oubli s'est installé dans le monde, dans la part d'une négligence devenue universelle. Rien ni personne, pas même un mot sur la porte. Il sonne encore une fois, avec insistance, dans l'éclatement de l'ombre sur la face du ciel, à la sollicitude d'une espérance; mais rien encore, pas la plus petite des bontés survenant, pas le moindre soulagement du désir, et il consulte sa montre, il est à l'heure – et dire que les femmes demandent tant de nouvelles libertés et qu'il ne s'en trouve aucune pour en prendre un peu avec lui – c'est l'heure indécise, l'heure du désenchantement. Et ainsi de suite, vivre de la sorte, d'une déception à l'autre, jusqu'au jour subit de l'ensemencement définitif.

Il attend, il désespère un peu, la porte est muette de là d'où devrait venir le salut, en un moment propice de la présence, les causes les plus pures sont les causes les plus difficiles à défendre, on a déjà vu des gens mourir pour moins que cela, le hasard est ce qu'il est. Le hasard qu'il ne parviendra pas à répudier – un aussi grand enracinement, de la solidité de la dent, du rocher granitique – oui, maintenant répudier le hasard d'un revers de la main.

De cette grave angoisse qui le saisit, qui vient du fond des âges, de la grande angoisse des hommes; il est là, derrière la porte, occupé à sonner encore, gravement atteint de doutes, comme s'il vivait un détournement du cœur, un détournement d'intention, de la même sorte de criminalité, de cette même angoisse qui l'étreint, qui lui vient de l'enfance, de sa solitude toujours, de la solitude de tous les âges d'une humanité défectible, alors, il pense s'en aller. Et cette solitude, la rejeter serait la reprendre. C'est le galop d'un cheval épouvanté qui revient à son écurie, à l'avoine dont quelqu'un s'est soucié.

Ose-t-il sonner encore une fois, ou bien est-ce le désarroi, la confusion des sentiments qui l'emporte, qui le fait petit, qui le déshonore sans le condamner, lui qui en fait un devoir nouveau pour assujettir des âges nouveaux, inconnus, imprévus des hommes; s'étant probablement trop réjoui, il ne sait que faire. Le temps est nu.

Au passage du temps indistinct, aux instants qui fuient sans accorder d'égards, il répond par le mépris, une curieuse sorte de mépris qui le condamne lui autant qu'il condamne les autres; et ce sentiment nouveau l'honore et le déshonore, à croire qu'il vit continuellement de deux idées à la fois; l'une chevauchant l'autre, et une blessant l'autre, et toutes les deux s'activant jusqu'à se mordre, il n'en a finalement aucune pour croire être, pour faire de son équilibre un affermissement qui serait un salut.

Va-t-il répudier cette heure du rendez-vous d'un mépris aussi profond que la mer, que l'azur du ciel; va-t-il sonner encore une fois ou abandonner déjà, proche de la clarté et de l'obscurcissement; mais une idée lui vient soudain, est-ce l'instinct ou la méprise, il met la main sur la poignée de la porte, et constate, éberlué, que la porte est ouverte. Quel soulagement, quel fabuleux sentiment de rachat. Il entre, décidé, résolu, comme le monde lui semble soudainement beau, que la vie est magnifique en cet instant; il entre, sans savoir plus que son horizon coutumier, sans se mettre en réserve, il franchit le petit vestibule, abandonne son chapeau à un crochet, et, dans une gloire immense, il écoute, il tend l'oreille, il y a de la lumière partout, et il comprend enfin.

Sur la porte de la salle de bain, il y a un billet – la douche – c'est entendu, il aurait pu y penser, le monde est clair, il est clairement établi, mais il se raffermit aussitôt, il n'a pas perdu son temps, il y a de fabuleuses promesses dans l'air puisqu'il entend le bruit que fait l'eau en se déversant sur son corps, et puis jaloux, la condamne à l'oubli, à l'imperfection. Y a-t-il au monde un être plus dépité que l'amant écarté, éconduit, y a-t-il de plus grandes peines au monde que le refus d'une maîtresse, il en connaît quelque chose, c'est un homme averti qui en vaut deux. Il s'était fait du mal pour rien, son anxiété originaire ne lui a donc servi à rien – le mardi est fait d'épluchures, on ne sait jamais qui mange le plat – il s'était fait pauvre et le voilà riche, le sort est bien malin qui lui réserve des tours et qui, plus tard, le console, on n'est fait de rien si l'on n'est pas fait de pitié. Il disait un jour à une femme qui lui avait refusé sa grâce : – allez donc, puisque c'est comme ça, à votre logique et ne me demandez pas la mienne, vous ne comprendriez pas!

Mais il n'est pas là pour se fourvoyer de bêtises philosophiques, il prend place dans un fauteuil qui domine une petite table en verre, basse et embêtante, là où il y a un cendrier qu'il n'utilisera pas. C'est charmant, il regarde; tout l'intérieur de la pièce est peuplé de charme, de rigueur – rien n'est obligé de plaire et rien n'est obligé de manquer – tout est d'un goût sûr et versant à son évidence; c'est un appartement de femme qu'il découvre une nouvelle fois, et ses sentiments reviennent avec ses sens pour lui dire qu'on n'est fait que de chair véritablement, à l'instant de choir, à l'instant de se consulter par des idées qui reculent, qui ont la folie en tête, qui chapardent le miel à l'abeille.

Là, elle viendra bientôt, pleine de parfums et de perles, la souveraine, la féline, l'unique, sa déité femelle, elle qui connaît si bien les hommes, et surtout, elle qui sait si bien en déduire. Un être si cher, que de fois n'a-t-il pas craint déjà de la perdre, pour une bévue, une audace ou une retenue, une négligence, l'art de dire ou de ne pas dire, le fait d'oublier ou le fait de trop y penser, comme si c'était une reine dont il a peur de ne plus être le sujet. Il refuse toutefois violemment cette idée. De quoi se consolerait-il de la perte d'un printemps si ce n'est que de faire des prières en décembre.

Et puis, c'est aller vers un vertige que d'aimer, c'est aller, tel l'oiseau, jusqu'à la plus haute branche de l'arbre, là où passent les vents délicieux, et c'est rendre un souffle aussi, à la faveur d'un abandon et d'un recommencement, d'une chute et d'un relèvement. Que la demeure d'aimer est belle à habiter, on a tout le temps de donner sans penser à recevoir, et c'est pour cette cause, précisément, que l'on reçoit tant, que le jardin d'adoration est plus élevé encore, pareil est-il fait de feuillages chaque fois nouveaux, de printemps en saisons d'espérance, sous l'auvent des blessures remises, à l'heure de la vague vers le rocher.

L'eau qui coule et se déverse, il n'entend que ce bruit révélateur pour rivaliser avec le bruit que fait la ville, la circulation, le grognement des bus, la haute rumeur des rues, comme si un orgue profane jouait dans le lointain, surgi de la gorge d'un monstre. L'eau qu'il devine sur son corps insoumis, né d'une race de bergères illustres, d'une demeure de donner sans vouloir se servir; ce corps après lequel il soupire, et il apprendra le silence à son ombre, la résignation, la satiété, la carapace de l'instinct, comme son corps d'animal fabuleux versé à l'abandon. Il y a toujours deux œuvres en lui, celle qu'il pense faire, qui lui vient à l'esprit, celle du sens de l'imaginaire, et qui s'envole aussitôt, vers l'oubli, vers le reniement – que de belles œuvres les hommes ont-ils ratées par la cause de leur négligence – et puis, celle qu'il façonne effectivement, à sa maladresse rendu, l'œuvre qui est faite d'une résonance impudique comme le viol, d'une quête obscure et silencieuse, à l'égal de la récolte des glaneuses dans la moiteur des après-midi de juillet.

C'est un petit pays qui n'a plus d'identité, qui n'en a peut-être jamais eu, qu'on ne lui accorde plus, qui n'est pas dans le souci des économistes, un petit pays abandonné à la goinfrerie des petits princes jamais visibles. Il y a un arbre dans la cour, un arbre miraculé avec des feuilles dont on croirait qu'elles sont faites d'aluminium; et sa solitude est grande, immense comme la profondeur d'une forêt norvégienne, d'une forêt où les arbres sont rois et amis. On ne fait droit à plus rien, sauf à l'assoiffement des concernés, on fait taire la parole des justes, et on enterre les poètes dans le désert des silences accrochés aux nuées, là où ils rêvaient, et ils étaient coupables. La solitude de l'arbre ami qui crée une image fabuleuse, là, parmi les garages et les entassements mécaniques, dans le tranquille soir de mai, sous l'étagement des odeurs citadines, qu'il est beau l'arbre de mai, courageux comme un résistant, comme le personnage de la fable qu'il est, le personnage familier des enfants et de l'ogre.

Dans une expression soudain sérieuse, il contemple l'arbre, il le voit, il le regarde; l'arbre qui témoigne de la résistance à l'adversité; et il pense que l'aléatoire, c'est lui, le personnage principal, ce n'est pas l'arbre, ce n'est plus l'arbre. Il s'égare, il y a un temps pour tout, pour l'égarement comme pour les retrouvailles; il pense trouver du répit bientôt, dans une confrontation au silence. L'arbre souverain où viendra chanter l'oiseau de l'aube d'albâtre, le matin revenu. Il pense à une terre natale comme on pense à une mère qu'il faudra inventer, on n'est pas fait que de mépris, on est fait de rêves, de fables qu'on s'invente, de l'essence de la rêverie salvatrice. L'arbre qui édifie l'homme. L'arbre sacré que les peuples heureux vénèrent, s'il subsiste encore des peuples heureux, après l'acharnement. Il faudra répudier la nuit, faire de l'émoi une vertu et de la lutte un salut. Il dormira encore sous l'altitude des cieux endoloris.

Aura-t-elle bientôt achevé de faire sa toilette, l'amante, la petite sainte des ciels fatigués de brumes, la sainte image biblique de la purification, de la femme – ange qui apparaîtra bientôt – et le bruit de l'eau tombant le lasse – elle sera la seule, l'immense, la femelle dominante par la grâce dont elle fera cadeau en abondance, telle une source de montagne, et il devine déjà les joyaux qui lui feront perdre la tête. Et tout le sens qu'elle portera en elle, le sens définitif; tous les aveux qu'elle déliera lui viendront de son cœur qu'il a déjà déposé là, au pied de son lit; et s'inclinant un peu, elle le ramènera à sa bouche et lui dira d'un ton ferme : – à qui vont les prières dont tes lèvres miment les paroles, qui donc veux-tu encore adorer, n'ai-je pas de quoi te faire oublier ta faim et ta soif, ne suis-je pas la seule philosophie existentielle? Et sa chair parlera plus que sa bouche, il y aura un printemps nouveau tel un aveu, des sources de miel pur cachées à ses endroits les plus secrets, et elle lui dira encore : – cherche, cherche, ce n'est pas la mer à boire, ce ne sera non plus pas le ciel à épouser. Brèves frayeurs et larges certitudes, il aura pour elle toutes sortes d'adorations orientales qu'elle lui aura enseigné dans des temps furtifs comme le tigre, comme en ces religions où l'on prie en embrassant un sein, et dans son apostolat serein, il murmurera des suites de souffle et d'impressions : femmes, jeunesses, vous êtes la seule vertu du monde, avec les vieux, les très vieux et les très jeunes, les autres sont des jouisseurs!

Il lui tarde de vivre sa cérémonie de conquêtes et d'abandons, son arche de Noé sur les flots, sa rédemption, éloigné et proche, confident et ennemi, il lui faudra tout le courage du monde et toute sa lâcheté aussi, toute la force et toute la faiblesse – il lui semble : une purification qui tiendrait lieu de transgression, comme si cela se pouvait – et alors, il sera un homme de part totale, excessive, divinatoire, tandis que sa féminité de lionne, toute sa grâce parfaite lui sera l'oraison qu'on prononce sur des tombes illustres, pour des défunts revêtus de grâces acquises en des combats de dignités accomplies. Que lui importera donc de perdre sa raison, il se vêtira d'une autre dignité, d'une raison sauve de tous les dénigrements. Il n'écoutera le jugement de personne, il refusera qu'on le fasse coupable de vices, il éconduira la pudibonderie des envieux, il refusera la petite argumentation des jaloux; voilà, il sera en un événement en lequel Dieu proposera et dont la femme disposera, comme on dit dans les fables populaires.

Mais, existe-t-il d'autres rivages que tente le bonheur, y a-t-il défection plus grande de la dignité; en fait, il n'existe nulle part ailleurs un autre émoi qui vaille la tentation de ce bien qui est un mal et de ce mal qui est un bien; et il ne faut rien en refuser, c'est une divinité à laquelle croire et il n'en existe pas tant. Il sera à la fois ordinaire et à la fois sérieux, il aura la bravoure infatigable des conquérants; mais qui donc est Dieu pour avoir créé l'homme et les choses, et rendu témoins des acteurs qui ne le méritaient pas.

C'est une femme de rigueurs intenses, au goût qui présume de la largesse, à l'apparence qui trahit la fidélité – aura-t-elle des mains si belles et dont il espère les caresses; lui, il lui fera part de cette envergure de mots qui seront de ne pas la perdre, et il invoquera la grâce de Dieu pour ne pas la décevoir, pour ne pas être ennemi ou rassasié, pour ne pas considérer la rose à ses épines. L'appartement, il le convoite en ses espaces par une sorte de bêtise absente, relégué à des soucis de jouisseur, de viveur. Comme si la beauté imprégnait ce qui l'entoure, et dont il serait un peu jaloux, maladroitement, d'une simple convenance masculine. Il a des idées vieilles comme des moulins à vent; comme ces fours à bois archaïques que le boulanger surveille en les nourrissant, puis garde un œil sur la pâte, dans le petit matin calme et discret. Elle fait innocentes les choses dont elle s'entoure, et il reste là, occupé à attendre, encore insoumis et déjà soumis, de la petite grâce de l'animal en lui, puisqu'il faut, à ce séjour, des partages qui sont des aveux; et il y a sur la terre des pays où les femmes sont des divinités.

Comme les vagues de la mer vers une citadelle, comme l'intrus de la fable qui retourne la moralité à son compte – moitié homme et moitié bête, allant sur son corps et revenant, jaloux, inconforme, inassouvi – de la faim du lion dans la savane, qu'elle récusera pour le nourrir encore plus de folles envies héréditaires, et l'heure passera aux clochers des villes, le tourment venant avec le tourment, indicible état de grâce, inconsolable et pourtant consolé; et il embrassera avidement ses fesses dont elle joue comme d'un instrument diabolique, de la même ivresse du miel de l'Éden, de la saveur divinatoire mêlée à un peu de cidre d'Auvergne.

A la saison des vivants, dans l'instant qui passe, dans le temps usagé, on entend l'eau couler et se répandre – elle ne chante pas, mais parfois, elle siffle la Marseillaise, et on dirait des mineurs japonais en grève – et cela fait un bruit de pluie tombant sur les feuillages, au tournant de mai ou à la mi-juillet, lorsque l'orage se fait violent et violeur, entendus de souffles rageurs, et alors que toutes les choses se déterminent ou se redéterminent, comme au solstice de la Saint-Jean. Puis le roulis de l'eau dans sa douche se tait, on n'entend plus rien, c'est un instant grave et sévère comme ceux de la neige qui tombe et qui recrée le monde; mais qu'est-ce qu'ils disent donc à la radio qui est restée allumée? Dans une chute, il aura l'élévation; dans une défaite, il aura la gloire; et il a besoin de prendre et de donner, tel l'enfant qui attend des sucreries après la réprimande.

Quand elle se prépare pour les instants magiques où elle sera l'autre, elle dominera l'autre, le visiteur indiscret, l'instant d'un échange et d'une déroute, et elle se fera innocente de sa ferveur, d'une grande innocence presque gamine, et le moment qui la verra venir sera celui d'une aube qui naît, d'une genèse, d'un matin tranquille de juin – quand la rosée repose sur la fleur et donne une senteur de lune à toutes les choses – de la même sensualité que la parade animale, et ce sera un jeu, un duel, une tendre guerre. Y aura-t-il assez d'hommes pour croire que le monde est à refaire, ou bien, est-ce que ce sera des promesses encore, de la poudre aux yeux des croyants éphémères. Et rien ne sera donné qui ne sera pas repris, et rien n'inspirera plus que le refus et la charité.

Elle aura les gestes qui enflamment, la pudeur avant la vertu, l'éclat avant le don, et rien ne sera pareil à l'âme d'autre que ce qu'elle inspire des choses lues ou des choses devinées – elle aura la douceur qui écarte le doute, la chasteté qui éloigne les fauves et la tendresse qui bâtit les châteaux les plus fous – là où la vie passe sans blesser, dans des sens et des faveurs, et il abordera ces rivages enchanteurs avec la grâce de l'autorité rédemptrice. Elle sera reine et lui sujet, cela lui importe peu; il faut être d'une montagne pour exister réellement, avoir la complicité continuelle d'une montagne aimée que l'on a vue avec des yeux d'enfant, de la vision de la montagne, de son émoi, de sa maternité évidente; et ne rien omettre, dire la beauté de la montagne, et vomir l'impression de ce salut profanatoire.

Mais que fait-elle donc – tout ce temps qui passe sans rien apporter, si ce n'est une jouissance intruse qui prépare à toutes celles qui suivront – que fait-elle en son jardin d'essences divinatoires, en ce lieu secret où elle se prépare à affronter l'autre, comme si ce n'était pas une des évidences de la vie, et il attend et elle s'attarde, ils jouent déjà un jeu d'impuissance, à l'égal des égarés et de la trop grande importance qu'ils se donnent. Il ira se confesser, pauvre et soumis, et il s'avertira maladroitement de la trop grande légèreté de son âme irraisonnable et irraisonnée; une rédemption est peut-être cachée sous ces cieux.

Elle seule est importante à l'usage de son amant, du personnage qui ne dit rien et qui, presque, sucerait son pouce, dans l'ignorance de sa haute culpabilité; mais il veut lui aussi sa consolation sur cette terre, il se donne un droit que tant d'autres ont déjà pris. Que se passe-t-il soudain, voici qu'elle apparaît – il cherche de quoi se verser de l'eau – et avaler sa salive que ses lèvres hébergent, lui remettre l'amertume qu'il a dans sa gorge. Il cherche un verre, mais ils ne sont pas ici; ils sont dans une pièce attenante, et ce n'est pas le temps maintenant de conquérir le haut sommet de son désarroi. Elle est là, sévère et sérieuse, d'un maintien dévisagé, elle dans sa robe de chambre prude et maladroite, de quoi cacher sa personne pour mieux offrir, pour laisser deviner, pour laisser à l'interrogation et au doute, et il a soif, il voudrait se verser un verre d'eau; il n'y a rien ici, on doit se déplacer, tels les nuages de mai dans le grand ciel.

Il lui dit : – veux-tu savoir le nom de l'événement quand il advient à l'homme, veux-tu que je te dise une vérité ou bien la vérité, ni l'une ni l'autre sont de mon pouvoir, du même souci que le parjure, des clercs Elle lui répond : – et sur quel écran projettes-tu tes images, dans le superficiel ou le profond de la vie; tes images, toujours, qui devraient être comme ses jouets à l'enfant. Il ajoute : – je voudrais avoir une mémoire musicienne pour te chanter les plus beaux cantiques, je prends la femme pour sainte et les hommes pour profanateurs, quel est le gentil nom du parfum que tu portes, on dirait de la neige sur les trésors tropicaux de l'Afrique. Mais c'est une vérité qui dit des mensonges, comme si souvent les vérités de la grâce et du mentir humain.

En effet, la nuit tombe, il se regarde faire, en forçat ébloui de ce qu'elle prend de l'intérêt pour lui, de ce qu'elle le nomme. La nuit qui vient a jeté de l'ombre aux fenêtres, on dirait un temps d'automne, du pèlerinage à l'automne, saison meurtrière et douce, du souvenir des rameaux de pomme de terre, le soir, à l'heure insoumise du jour qui a dit son dernier mot. On voit la nuit confuse se mettre aux rideaux, indélicate, familière, se répandre par les rues et au-dessus des toits de la ville; la nuit qui est mystérieuse, qui est fardée comme pour bafouer la vertu, et dire du monde qu'il lui appartient.

Alors, elle retire son vêtement, et elle est nue, cachant son sexe de ses mains, et semble troublée, comme pour impressionner le personnage, et retenir ses dons dans un manège de fillette qu'elle est probablement restée, pudique et sobre dans sa manière de femme fatale. C'est un code, c'est à déchiffrer que la rondeur de ce sein qu'il embrasse, vers lequel il s'élève, mais elle est déjà partie vers des mondes nouveaux, vers son lit qu'elle désigne d'un geste paisible. Il a sa dignité déjà perdue et déjà retrouvée; puisqu'elle l'invite dans son règne, elle l'invite à l'offrande; puisqu'elle offre son corps à son regard, en un geste de brutalité confiante. Ce qu'il faut de vertu, tout de même, de vertu coupable pour tenir le monde en équilibre, ce qu'il faut d'incantation pour faire fuir le diable qui est en eux.

Elle est sur son lit, allongée dans le mal comme dans le bien, affranchie de doute enfin; et les voilà réunis pour le plaisir, pour le désir, et l'un et l'autre ont des idées qui édifieraient le monde, si on laissait son sort aux justes. Et l'un monte vers l'autre en une attitude d'affamé, et l'autre se penche sur lui avec une tendresse qui l'encourage; puis elle ajoute encore des paroles à sa séduction, elle murmure des mots qui sont des flammes, elle donne le ton et la mesure à l'excitation du personnage. Et la nuit descend, l'ombre se faufile et surgit; eux, ils interprètent quelque chose qui semble être une cérémonie profane, séculaire, universelle; une cérémonie qui est à la fois le bien et le mal, qui tient d'une nourriture céleste; puis, le drame se noue lorsqu'il aboutit à son sexe. Quand elle l'offre, quand elle ne le retient plus, et l'entier de leur deux corps frissonne, comme secoués de chaleur, de froidure et de gel.

Puis aussi, elle qui se fait femelle et souveraine, elle dont le feu s'évanouit en lui, elle a pour lui des faveurs qui lui feront, un jour, rencontrer la folie. Et lui, et elle, ils entrent de concert dans un rite profond.

Quel est-il en ces parages où l'emmènent sa vertu et son vice, ensemble noués, pour lui faire croire que le sens de la vie est là, sa seule vérité contre le mal, contre les maux de la vie. Elle, qui est-elle pour le mépriser sans l'offenser, pour lui dire les choses qu'il n'entend pas et que pourtant il écoute, noué, attaché, suspendu, asservi d'un courage aveugle. La musique, elle pense à la musique, soudain, c'est pour l'encourager qu'elle lui dit des mots, la parole est aussi séductrice que son reste – attachée est-elle, pourrait-on croire, à le voir à bout de souffle – et il rit, il se fait jeune, insistant, doté d'un pouvoir de la séduire dont il est fier, et il s'accomplit en se perdant, l'amour a des chemins de traverse que nul n'emprunte sans se blesser; et elle, elle sait de lui les soumissions et les révoltes, elle s'autorise à le blâmer de ce que son souffle est court – il ne dit rien, gardant pour lui seul ses aveux, ses chimères et ses détresses. Elle l'invite à ses seins qu'il répudie pour son sexe, là, dans l'aventure profonde du drame, et il lui semble qu'il boit un cidre à la saveur qu'ont parfois les cidres de Provence.

A-t-il vu son trouble venu lui raffermir les seins, a-t-elle vu son trouble sans penser qu'elle le provoque, a-t-il entendu son gémissement à la lisière de sa bouche, a-t-elle vu sa dense intensité de jouissance intérieure, tel délire, tel emportement; et le reste des choses inavouées, tel emportement, telle tragédie, telle mémoire un rachat en lequel il puisera les forces du lendemain. En cet âge de l'insulte des années qui se sont dérobées à sa mémoire sans qu'il n'y trouvât un piège, une importance ou de la déraison, de la dérision.

Alors, il quêtera une étreinte, une dernière étreinte pour le jour, la seule, l'unique, la sainte, celle qui lui enlèvera ses derniers doutes; et ils verseront tous les deux à la tendresse et à l'animalité, sitôt la tragédie et l'apaisement résolus, dans l'oubli des jours, dans l'oubli de la fatalité de la terre et de ses comptes, un instant, un court instant d'une grâce infinie, d'une sorte d'assouvissement que la terre ne devinera jamais et qui les liera de chair et d'esprit. Il embrassera une dernière fois son sein de gloire inavouée; et elle maintenant, elle le repousse, et il entend le diable ricaner dans son dos, à moins que ce soit une rixe dans la rue, des bruits insolites parvenus par la fenêtre ouverte.

Et il quittera la tiédeur de son corps avec un regret lamentable, lui qui, en ces instants maintenant passés, avait oublié l'heure, le jour et la condition. Davis entonne son chorus dans New Rumba. Qu'était-ce donc que ce bruit, ce bourdonnement à l'oreille, ce hurlement lointain d'une dizaine d'ambulances qui circulaient sur une route chimérique, toute alarme enclenchée, qu'il entendait parfois au loin; et cela faisait une dérision, cela accomplissait un lourd vacarme que lui seul entendait. Puisqu'il a toujours eu ce travers de comportement que d'être retenu en un silence et en une frayeur, dans les moments les meilleurs comme dans les moments les pires, par cette étrange hérésie sise en une attitude intérieure qu'il n'expliquera jamais. Il a toujours eu des excès d'idées et de raisonnements quand l'alerte venait.

Il en voudra tant et de manières décisives, irrévocables, à ceux qui étaient autour de lui, dans l'enfance, de ne pas lui avoir appris le respect du divin, de la haute sainteté de Dieu. Rien ni personne pour enseigner, pour avertir, pour édifier. C'est certainement la seule faute impardonnable de toute l'aventure. En un quelconque endroit du monde, lorsque Dieu manque, tout vient à manquer, le pain et le vin sont eux-mêmes repris quand on ne rend pas sa divinité à Dieu. La foi lui aura fait vivre avec plus de légèreté toutes les contrariétés du monde.

Comme les autres lui font si peu de place – elle lui refuse l'étreinte qu'il voulait plus tardive, en avançant dans la nuit maintenant établie – comme on le traite mal, à l'égal d'un chien domestique, comme on lui mesure sa place sur la terre ! A-t-il si peu donné pour si peu recevoir, est-il véritablement celui qui oublie et qui demande encore à ce qu'on ne l'oublie pas ?

Alors, il est aux clochers du monde une heure grave et monstrueuse, l'heure de l'adieu, l'heure solennelle qui étreint de peine tous les amants du monde ; et puis, ça ira, il retrouvera la lune ce soir, dans un envol blême au-dessus des toits. Il est dans le vestibule, il l'a quittée, il referme la porte, il est dans l'ascenseur, bientôt dans l'entrée, dans la rue ; se sont des sentiments grands et beaux qui l'animent soudain, ceux d'avoir été à une fête dont il retiendra pieusement les déroulements, avoir été à une sorte de partage que rien ne remplace, à une glorieuse cérémonie, à la célébration d'un art nouveau et pourtant ancestral, et il porte son parfum comme s'il portait une bannière à ses couleurs.

Toutes choses portent son regret en elle, si belles soient-elles. On dirait aussi que les choses les plus belles portent une ombre, comme si on devait vivre et puis regretter, prendre et puis rendre. Alors la rue s'ouvre sous la lourde clameur des réverbères, et il s'éloigne, il vit consciencieusement la petite heure qu'il est, heure d'infortune et de grâce pourtant. Là-haut, sur le haut de la montagne, les lumières du village opulent l'occupent un instant, l'émerveillent ; puis il passe son chemin, il va au hasard des rues sombres, sous l'effleurement des clartés publiques qui sont tantôt frêles et tantôt vives. En fait, il prend pratiquement toujours par les mêmes rues – il faut un événement majeur pour le faire renoncer à sa croyance –, il a une voie royale qui le conduira jusqu'aux rives du lac, des endroits où l'on peut raisonner sans que le monde ne vienne encore blesser, sans qu'il échappât à son devoir, son mystère, à son vomissement existentiel. Il est un temps où le souvenir s'organise, un temps aimable et doux, accueillant, dans l'accompagnement serein des marronniers de mai.

Il va vers le lac comme il va vers un confident – c'est curieux ce sentiment de retrouver certaines choses en certains endroits, comme si l'on retournait à la matrice – là où, semble-t-il, on peut retrouver sa nature élémentaire, puis aussi la nature de ses réflexions originaires, semblablement au petit enfant qui a toujours l'instinct de reconnaître sa mère. Un instinct de la même sorte que celui de la bête, on pourrait croire que l'homme est une bête avant d'être un humain, ou bien est-ce sa droiture qui se détourne, et c'est ce qui l'éclaire d'une dignité nouvelle parfois – mais c'est un sentiment diffus, bête et homme de la même sorte du désir que le mâle qui retourne à la femelle dominante – pour encore croire et espérer. Il retourne à ces lieux du lac comme l'homme méditatif veut retrouver ses idées, ce qu'il a abandonné là pour le reprendre, pareillement à ce qu'on pourrait croire qu'exister est un vol, un sabbat où la distance ne s'élabore qu'avec le rêve.

Rue du Débarcadère, on approche, c'est ici qu'il faut reprendre sa chimère, dans les espacements de l'ombre qui vient de l'impuissance des lampes publiques, quand les étoiles s'allument et qu'elles prennent le cours de leur veille attentive, jusqu'au matin de pure révélation. Il marche si vite que l'on dirait qu'il fuit, oiseau migrateur, vers une nouvelle saison à reconquérir.

Et ce sera toute la nouvelle saison de la rose de juin. Voilà, il parvient au but, à sa destination prévue, il voit les grands bateaux blancs qui lui semblent être des fantômes à peupler les nuits des justes, les bateaux qui se reposent lentement de l'effort du jour. Il arrive, l'enfant maltraité, l'enfant chahuté de deuils et renoncements; c'est en ce lieu qu'il prend ses rendez-vous les plus solitaires, là, dans l'ombre propice, accoudé à une barrière, faible et fort de ses pensées, c'est là qu'il pense retrouver les sens qui lui sont dévolus, qui lui sont accordés, et c'est de cette pâture qu'il se retrouvera, homme dans le temps, dans l'élargissement de sa dignité. C'est une manie qu'il a, qui l'interroge constamment; de la même sorte d'une tentative de guérir, de répudier ce qui ne cesse de l'étreindre, sans pouvoir nommer les choses; c'est une méprise pourtant, un sentiment aliéné que de croire qu'on peut véritablement guérir de quoi que ce soit d'effectif sur cette terre.

D'une angoisse profonde et perpétuelle, aussi sûrement précise que le soc traçant le sillon. Là, dans le soir tranquille, parvenu à un banc ou à l'appui solide d'une balustrade, il regarde, extérieurement et intérieurement, et il est toujours le même, il se retrouve encore intact, dans sa tribulation, d'une journée à l'autre, et c'est précieux que ces sentiments, c'est la dignité même qui est préservée, c'est le sort qui édifie, comme si l'on pouvait croire, parfois, à une essence retrouvée, à la versification du temps d'hier et de celui du lendemain. Et c'est peut-être émouvant une grandeur d'égarement aussi parfaite.

Alors soudain, il vomit, il se met a vomir, irréductiblement, envahi de vertige et de malaise, il vomit dans l'eau que l'ombre éloigne, que l'ombre rend profonde; il vomit sa solitude, il vomit toutes les fables de bêtise qu'on lui a fait croire, il vomit le grand mensonge du monde, il vomit sa moralité et celle du suivant, il vomit toutes les légendes contenues par une sorte de grande lassitude de les contenir encore, comme s'il n'avait pas appris à vivre, et cela l'apaise, ça lui redonne un sentiment de dignité paisible. Il vomit de la même sorte tout le lait maternel qu'il n'a jamais pu digérer, il vomit sa honte et sa colère, il vomit tous les mensonges de la terre, il vomit ses soumissions et ses insoumissions, et vomir le fait homme, l'habite avec largesse, le purifie, le conduit enfin vers une justification jusqu'alors refusée. Demain matin peut-être, il entendra le chant du coq dans la basse-cour qui trimbale des idées de labeur.

Celui-là qui a frappé le Christ au sortir du sanhédrin, celui-là ne mérite pas le nom d'homme. Il est plus bas que le chien à la niche, celui-là, plus bas que la vipère à son pierrier, plus bas que le vers de terre à son tourment. Il ne mérite même pas de reposer en paix sur la terre, dans un grand trou aussi profond que la honte, celui-là a déshonoré l'humanité tout entière. Celui-là qui a battu le Christ au sortir du sanhédrin, celui-là ne mérite pas le nom d'homme. Celui-là.

Alors, il se détourne, le blâme est dit, la saison est retrouvée, il soupire un peu et prend le chemin du retour. Les fous sont les seuls gens au monde qui espèrent en une sorte d'équilibre des esprits, et qui le détruisent en tentant de l'édifier.

Achevé d'imprimer en mars 2002
sur les presses de la Nouvelle Imprimerie Laballery
58500 Clamecy
Dépôt légal : mars 2002
Numéro d'impression : 203020

Imprimé en France